그리고
아무 말도
하지 않았다

Und sagte kein
einziges Wort

하인리히 뵐(Heinrich Böll) 지음
정찬종 옮김

도서출판
이유

그리고 아무 말도 하지 않았다
Und sagte kein einziges Wort

ⓒ 정찬종, 2023
지은이 | 하인리히 뵐(Heinrich Böll)
옮긴이 | 정찬종
펴낸이 | 정숙미

1판 1쇄 인쇄 | 2023년 5월 25일
1판 1쇄 발행 | 2023년 5월 31일

기획 및 편집 책임 | 정숙미
디자인 | 김근영
마케팅 | 김남용

펴낸 곳 | 도서출판 이유

주소 | 서울특별시 동작구 동작대로23길 15, 미광빌딩 2층
전화 | 02-812-7217 / 팩스 | 02-812-7218
E-mail | verna213@naver.com
출판등록 | 2000. 1. 4 제20-358호

ISBN | 979-11-86127-27-8(03850)

그리고
아무 말도
하지 않았다

**Und sagte kein
einziges Wort**

차 례

1장

　일이 끝난 후에 나는 수당으로 받은 수표를 현금으로 바꾸기 위해 총무과로 갔다. 창구 앞에는 많은 사람들이 서 있었다. 30분을 기다리다가 수표를 내밀자 은행 직원은 노란 블라우스를 입은 아가씨에게 수표를 건네주었다. 그녀는 계산서 카드들이 있는 곳으로 가서 내 카드를 찾아보고는 은행 직원에게 수표를 되돌려주면서 말했다.

"틀림없는데요."

　은행 직원은 깨끗한 손으로 대리석 판 위에 지폐를 세어 놓았다.

　나는 받을 돈을 다시 세어 본 후에 봉투에 넣고 아내에게 보낼 쪽지를 쓰기 위해 사람들을 밀치고 나와 문 옆에 있는 작은 책상으로 갔다. 책상 위에는 붉은색 예금전표가 아무렇게나 흩어져 있었다. 예금전표 하나를 집어 들어 연필로 뒷면에다 쓰기 시작했다.

　'내일 당신을 만날까 하는데……. 12시에 전화할게요.'

봉투에 쪽지와 지폐를 넣은 다음 풀을 붙였다. 그리고는 잠시 망설이다가 봉투를 다시 뜯어 10마르크 지폐 한 장을 꺼내 외투주머니에 넣었다. 그리고 다시 쪽지를 꺼내 이렇게 썼다.

'10마르크는 내가 가져가겠소. 내일 이 10마르크를 당신에게 돌려주리다. 아이들에게 뽀뽀해 주겠소? ― 당신의 프레드로부터.'

그러나 봉투가 다시 붙지 않자 '입금'이라고 쓰여 있는 한산한 창구로 갔다. 유리문 뒤에 있는 아가씨가 일어나 창유리를 위로 올렸다. 그녀는 가무잡잡한 피부에 야윈 편으로 분홍색 스웨터를 입고 있었는데, 그 스웨터의 목 부분에는 손으로 만든 장미가 꽂혀 있었다.

"접착용 테이프를 조금만 줄 수 있을까요?"

내가 묻자 그녀는 잠시 망설이며 나를 쳐다보더니 갈색 롤 테이프를 조금 떼어 내밀고는 한마디 말도 없이 다시 유리창을 내려 버렸다.

"감사합니다."

나는 유리창에 대고 말했다.

책상으로 돌아와 봉투를 붙인 후, 모자를 쓰고 은행을 나왔다.

밖에는 비가 내리고 있었고, 가로수 길에는 나뭇잎

이 하나, 둘 아스팔트 위로 떨어지고 있었다. 나는 은행 입구에 멈춰 서서 12번 전차가 모퉁이를 돌아올 때까지 기다렸다가 전차를 타고 투크호프 광장까지 갔다. 선로에는 많은 사람들이 있었고, 사람들의 옷에서는 비에 젖은 축축한 냄새가 났다. 내가 요금도 지불하지 않고 투크호프 광장에 내렸을 때 비는 더욱 세차게 내리고 있었다. 나는 재빨리 소시지 가게의 천막 밑으로 달려가 계산대 위로 몸을 굽혀 구운 소시지 하나와 고기 수프 한 접시를 주문하고 담배 열 개비를 산 다음, 10마르크 지폐를 내고는 거스름돈을 받았다.

소시지를 먹는 동안, 가게의 앞뒤 전체를 비추고 있는 거울 속을 들여다보았다. 처음에는 나 자신을 알아보지 못했다. 색이 바랜 모자와 그 밑으로 깡마른 회색빛 얼굴이 보였다. 그 순간 나는 어머니에게 물건을 팔러 와서 한 번도 거절당해 본 적이 없는 사람들 중의 한 사람처럼 보인다는 것을 알았다.

어렸을 적에 종종 내가 그들에게 문을 열어 주면, 현관의 어두운 불빛 사이로 보이던 그들의 얼굴에는 참담한 절망감이 나타나곤 했다. 내가 불안한 표정으로 옷장을 바라보며 어머니를 부르면 어머니는 곧장 앞치마에 손을 닦으며 부엌에서 나오셨는데, 그럴 때면 가루비누나 마루 닦는 왁스, 면도날, 또는 구두끈

을 팔러 다니는 그 참담한 행상의 얼굴에는 특이하게
도 안도의 빛이 퍼지곤 했다. 어머니를 본 순간 비로
소 그들의 회색 얼굴에 나타난 그 행복감은 섬뜩하게
까지 보였다.

어머니는 착한 분이셨다. 어느 누구에게도 문 앞에
서 거절하는 법이 없었고, 약간의 여유라도 있을 때면
거지에게 빵이나 돈을 주었으며, 최소한 커피 한 잔이
라도 마시고 가도록 하셨다. 그리고 우리집에 아무것
도 없을 때면 그들에게 깨끗한 컵에 시원한 물이라도
따라주면서 위로의 눈길을 보냈다.

우리집 초인종 주위에는 거지들의 비밀 기호와 부
랑아들의 손자국이 묻어 있었고, 우리집에 구두끈 값
으로 지불할 수 있는 동전이 몇 푼이라도 있기만 하
면 행상들은 어떤 물건이든 꼭 팔고 가곤 했다. 더구
나 어머니는 그런 행상인들에게 아무런 경계심도 갖
지 않았으며, 녹초가 되어 찾아온 사람들의 얼굴을 보
면 거절하지 못하고 구매계약서나 보험증서, 주문청
구서 등에 사인을 하셨다. 어릴 때 잠자리에 누워 있
으면 아버지가 집에 들어오시는 소리를 들을 수 있었
다. 아버지는 부엌에 들어서자마자 크게 싸움을 벌였
는데 그럴 때마다 어머니는 거의 한마디도 대꾸하지
않으셨던 것을 기억한다.

어머니는 조용한 여자였다. 우리집에 찾아온 사람들 중 한 사람은 지금 내가 쓰고 있는 것과 같은 색 바랜 빵모자를 쓰고 있었다. 이름이 '디쉬'였던 그는 가루비누를 팔러 다녔다. 나중에 안 사실이지만 그는 환속한 사제였다.

상처 난 잇몸에 심한 통증이 느껴질 정도로 따끈한 소시지를 먹고 있는 동안 건너편에 있는 평평한 거울 속의 내 모습이 디쉬와 닮아 가고 있다는 것을 깨달았다. 내 모자와 야윈 회색 얼굴, 그리고 어두운 눈빛 등이 디쉬와 닮아 가고 있는 것 같았다.

그러나 나는 내 얼굴 옆에 있는 다른 사람들의 얼굴들과 소시지를 베어 먹기 위해 벌린 그들의 입을 거울 속에서 보았다. 누런 이빨 뒤로 붉은 소시지가 부스러져 넘어가는 컴컴하고 크게 벌린 목구멍들, 여러 가지 모자, 모자를 쓰지 않는 사람들의 젖은 머리카락들, 그 사람들 사이로 이리저리 움직이는 소시지 가게 아가씨의 장밋빛 얼굴이 보였다.

그녀는 밝게 웃으며 나무 포크로 기름에서 뜨거운 소시지를 건져내어 지저분한 겨자와 함께 종이 접시에 담았다. 그리고는 소시지를 먹고 있는 사람들 사이를 왔다 갔다 하며 겨자가 묻은 종이 접시를 모았다. 그리고 담배와 레몬주스를 내주며, 짤막하고 불그스름한 손가락으로 돈을 받았다. 천막 위로 빗방울이 떨어지고 있는 동안에.

소시지를 먹을 때 크게 벌린 입과 누런 이빨 안쪽의 컴컴한 목구멍을 보며 평소에 나를 놀라게 한 다른 사람의 탐욕스런 표정을 내 얼굴에서도 발견했다. 우리들의 머리는 프라이팬에서 나오는 따뜻한 김에 휩싸였으며, 그 모습은 마치 익살스러운 인형극 무대 위에 서 있는 것 같았다. 나는 깜짝 놀라 다시 밖으로 뛰쳐나와 비를 맞으며 모차르트 거리로 달려갔다.

내가 바그너의 구두 작업장에 다다랐을 때는 잡아늘린 것 같은 가게의 처마 밑에 사람들이 서 있었기 때문에 그들을 밀치고 나서야 겨우 가게 문을 열 수 있었다. 층계를 내려가 가죽 냄새가 나를 맞이할 때 비로소 나는 안도의 숨을 쉴 수 있었다. 땀에 찌든 오래된 구두 냄새, 새 가죽 냄새, 구두를 기운 실에 칠하는 수지 냄새가 났고, 낡은 재봉틀이 윙윙거리며 돌아가는 소리를 들었다. 의자에 앉아 기다리고 있는 두 여인의 곁을 지나 유리문을 열자 나를 향해 웃음 짓는 바그너의 얼굴이 보였고, 나는 기뻤다.

나는 바그너 씨를 35년 전부터 알고 있었다. 우리는 이 구두 가게의 시멘트 지붕 위 높은 곳 어딘가에서 살았다. 나는 다섯 살 때 처음으로 어머니 슬리퍼를 그에게 가져갔다. 이제는 등받이가 없는 그의 의자 뒤쪽 벽에는 대신 십자상이 걸려 있고, 그 옆에는 회색 수염을 기른 자상한 노인인 성 크리스피누스의 그림이 걸려 있었고, 그 구두 수선공의 매우 숙련된 손에는 철제 삼발이가 들려 있었다.

나는 바그너에게 손을 내밀었고, 입에 못을 물고 있던 그는 말없이 눈짓으로 옆에 있는 의자에 앉으라고 했다. 나는 자리에 앉아 주머니에서 봉투를 꺼냈고, 바그너는 탁자 위로 담배쌈지와 담배말이 종이를 내밀었다. 그러나 내 담배에는 이미 불이 붙어 있었으므로 고맙다고만 하고 그에게 봉투를 내밀었다. 그는 입에서 못을 빼내더니 혹시라도 작은 못이 달라붙어 있지는 않은가 하고 손가락으로 그의 거친 입술을 비비며 말했다.

"또 부인을 생각하는구먼."

그는 나에게서 봉투를 받고 머리를 흔들며 말했다.

"잘 해결될 걸세. 내 손자 녀석이 고해성사에서 돌아오면 그놈을 보내겠네."

그는 시계를 쳐다보며 말했다.

"한 30분 안에는 올 거야."

"그 사람은 돈이 필요합니다. 그 속에는 돈이 들어

있어요."

"알고 있네."

나는 그에게 손을 내밀어 악수를 하고 헤어졌다. 그리고 층계를 올라오면서 그에게 돈을 좀 빌려 달라고 부탁할 수 있었을 것이라고 생각했다. 나는 잠시 망설이다가 마지막 층계를 올라와 밖으로 나와서는 다시 사람들을 헤치고 나아갔다.

버스로 5분쯤 걸려 베네캄 거리에서 내렸을 때도 비는 여전히 내리고 있었다. 나는 기념물로 보존하기 위해 남겨 둔 고딕 양식 건물의 높은 꼭대기를 돌아보다가 불에 타버린 창문 안으로 진회색 하늘을 보았다. 이 집들 중 단 한 곳에만 사람들이 살고 있었고 나는 그 집 처마 아래로 뛰어가 초인종을 누르고는 기다렸다.

가정부의 부드러운 갈색 눈빛을 보았고, 내가 분명하게 닮아 가기 시작하는 그런 부류의 사람들에게서 예전에 내가 가졌던 것과 똑같은 동정을 읽었다. 그녀는 나에게서 외투와 모자를 받아들고는 툴툴 털며 말했다.

"맙소사, 흠뻑 젖었네요."

나는 고개를 끄덕이며 거울 앞에서 손으로 머리를 쓸어 올렸다.

"바이젬 부인 계신가요?"

"안 계셔요."

"혹시 내일이 첫째 날이라는 걸 부인은 기억하고 계시던가요?"

"아니오, 모르시던데요."

가정부는 말을 마치고 거실로 나를 안내했다. 식탁을 난로 쪽으로 밀어낸 다음 의자 하나를 가져왔지만 나는 난로에 등을 대고 서서 150년 동안이나 바이젬 가족에게 시간을 알려준 시계를 쳐다보았다. 방은 오래된 가구들로 가득 차 있었고 창문들도 고딕식으로 장식되어 있었다.

가정부는 커피를 가져다주면서 바이젬 씨의 아들 알폰스의 바지멜빵을 매만졌다. 나는 이 아이에게 분수 계산법을 가르쳐야 했다. 불그레한 뺨을 가진 건강한 이 아이는 커다란 정원에서 밤을 가지고 노는 것을 좋아했다. 그는 열심히 밤을 주워 모았고, 아무도 살지 않는 이웃집들의 정원에서도 밤을 주워 왔다. 지난 몇 주 동안 창문이 열려 있을 때면 나뭇가지들 사이로 밤송이가 주렁주렁 달려 있는 것을 볼 수 있었다.

나는 커피잔을 움켜쥐고 따뜻한 커피를 홀짝홀짝 들이마셨다. 이 건강한 소년에게 천천히 분수 계산법을 설명해 주는 동안 이런 일은 아무런 소용이 없음을

15

깨달았다. 이 아이는 귀엽기는 하지만 그의 부모나 형제자매들과 다름없이 멍청했다. 이 집에서 영리한 사람이라고는 단지 가정부밖에 없었다.

모피와 고철 장사를 하고 있는 바이젬 씨는 친절한 사람이었다. 종종 그를 만나 몇 분만 얘기를 나누면 그가 내 직업을 부러워하고 있다는 모순된 느낌을 갖게 된다. 그는 사람들이 그에게 기대했던 것처럼 지적이고 열심히 노력하는 지배인이 되지 못했다는 생각으로 일생 동안 괴로워할 것 같았다. 그에게는 역시 이 두 가지가 모두 부족했다.

우리가 만날 때마다 그는 내 직업에 대해 상세한 것까지 열심히 물어보았다. 그럴 때면 나는 그가 나처럼 작은 전화 교환국에 틀어박혀 있는 것이 그의 일생을 위해 차라리 좋을 것이라는 생각을 하곤 했다. 내가 어떻게 전화 교환기를 조작하는지, 그리고 어떻게 장거리 통화를 연결하는지를 그는 알고 싶어했고, 직장의 특수 용어에 대해서도 물어보았다. 내가 모든 대화를 도청할 수 있다는 상상은 그에게 어린애와 같은 기쁨을 주었다.

"재미있어요. 역시 재미있어."

그는 항상 말했다.

시간은 서서히 갔다. 나는 알폰스에게 분수 계산법

을 가르쳤고, 숙제를 받아쓰도록 시키고는 담배를 피우면서 끝날 때까지 기다렸다. 밖은 조용했다. 가족들이 떠나 버린 후 늙고 병든 여인들만이 남아 있는 조그마한 초원의 마을 같은 적막감이 이 도시의 중심가를 지배했다.

분수는 사람들이 반대로 곱하기를 함으로써 뒤죽박죽되어 나누어진다. 알폰스가 갑자기 내 얼굴을 뚫어지게 쳐다보면서 말했다.

"클레멘스는 라틴어에서 2점(B학점에 해당함)을 받았어요."

내가 얼마나 놀랐는가를 그가 알아차렸는지 어떤지는 알 수 없다. 그의 말은 갑자기 열세 살짜리 아들의 창백한 얼굴과 내 아들이 알폰스 곁에 앉는다는 사실을 동시에 떠오르게 했다.

"그래, 잘했구나."

나는 힘겹게 말했다.

"너는 어땠니?"

"4점이에요."

그는 대답하면서 내 얼굴을 의아스럽게 쳐다보았고, 그의 눈초리는 꼭 어떤 것을 물어보려는 듯이 보였다. 나는 얼굴이 화끈 달아오르면서도 마음이 냉정하게 가라앉는 것을 느꼈다. 아내와 아이들의 얼굴이 내 얼굴에 투시되는 것처럼 확대되어 떠올랐기 때문이었다. 나는 더듬거리는 동안 눈을 감아야 했다.

"계속하자. 분수에서 곱셈은 모두 어떻게 하지?"

그는 작은 소리로 곱셈법을 말하면서 나를 쳐다보았다. 그러나 나에게는 그의 말이 들리지 않았다. 내 아이들의 모습이 눈앞에 어른거렸다. 내 아이들이 란도셀 가방을 여는 데서부터 시작해서 사무실 의자의 그 어딘가에서 끝나는 죽음의 순환 속에 매여 있는 것이 보였다. 우리 어머니가 아침마다 가방을 메고 학교 가는 나를 지켜보았듯이, 내 아내 케테는 아침마다 책가방을 메고 나가는 우리 아이들을 지켜볼 것이다.

나는 이 아이의 얼굴을 보며 분수 계산법을 설명하였고, 그 분수 계산법은 이 아이의 얼굴에서 다시 튀어나와 그 중 얼마는 내 얼굴에 부딪쳤다. 비록 느리지만 시간은 지나갔고 2마르크 50페니히를 벌었다. 나는 이 아이에게 다음 시간을 위한 숙제를 받아쓰게 하고 마지막 남은 커피 한 모금을 마저 마신 다음 현관을 나왔다. 가정부는 그동안 부엌에서 말린 내 외투와 모자를 들고 와서는 미소를 지으며 외투를 입는 것을 거들었다.

거리로 나왔을 때 그 가정부의 거칠면서도 순박한 얼굴이 떠올랐고, 그녀에게 돈을 부탁해 볼 수 있었으리라는 생각을 하였다. 나는 순간 머뭇거리다 여전히 내리고 있는 비를 맞으며 외투깃을 세우고는 지벤슈 메르첸마리에 성당 옆의 버스 정류장으로 달려갔다.

10분 후에 식초 냄새가 풍기는 도시 남부 구역의 어느 집 부엌에 나는 앉아 있었고, 이 부엌에서는 크고 노란 눈을 가진 창백한 소녀가 라틴어 단어를 암송하고 있었다. 그때 마침 옆방으로 통하는 문이 열리며 유달리 커다랗고 노란 눈을 가진 야윈 여인이 얼굴을 내밀며 말했다.

"얘야, 열심히 해라. 너를 학교에 보낸다는 것이 얼마나 어려운지를 너도 알겠지? 그리고 과외 공부하는 데도 돈이 많이 든다는 것을."

그 아이와 나는 한 시간 내내 열심히 라틴어 단어와 문장과 문법을 공부하였지만 이것이 별로 소용없는 일임을 알았다. 3시 10분이 되자 그 마른 부인이 옆방에서 나와 식초 냄새가 심하게 풍기는 손으로 아이의 머리를 쓰다듬으며 내게 물었다.

"얘가 해낼 수 있을까요? 지난 번 시험에서는 3점을 받았어요. 내일 또 시험이 하나 있다는데."

나는 외투 단추를 채우고 주머니에서 젖은 모자를 꺼내면서 조용히 말했다.

"아마 해낼 겁니다."

내가 아이의 뻣뻣한 금발을 손으로 쓰다듬자 그 부인은 말했다.

"꼭 해내야 합니다. 이 아이는 나의 유일한 혈육이지요. 내 남편은 비니차에서 죽었어요."

나는 순간 녹슨 트랙터로 가득 찬 비니차의 더러운 기차역을 상상하며 부인을 쳐다보았다. 그녀는 재빨리 마음을 가라앉히고서는 오래 전부터 마음먹었던 말을 꺼냈다.

"교습비를 며칠 후에……."

나는 그녀가 말을 채 끝내기도 전에 대답했다.

"그러지요."

어린 소녀는 나를 향해 미소를 지었다.

다시 밖으로 나왔을 때 비는 벌써 그쳐 햇살이 비치고 있었다. 크고 노란 낙엽들이 하나 둘씩 축축한 아스팔트 위로 떨어지고 있었다. 한 달 전부터 살고 있는 블록 씨의 집으로 돌아가는 것이 가장 좋을 뻔했다는 생각이 들었다. 그러나 아무런 소용도 없을 그러한 일들, 그러한 노력이 자주 나를 충동질한다.

나는 바그너와 바이젬 씨의 가정부와 식초 냄새가 나는 부인에게 돈을 빌려 달라고 할 수 있었을 것이다. 그들은 분명히 조금은 빌려주었을 것이다. 나는 그냥 전차역으로 가서 11번을 타고는 나켄하임까지 비에 젖은 사람들 사이에 섞여서 흔들리며 갔다. 낮에 먹은 따뜻한 소시지가 구토를 일으킬 것만 같았다.

공원의 지저분한 덤불 사이를 따라 걸어가 뷔클러 씨의 빌라 앞에서 초인종을 눌렀다. 도로테아는 거실로 나를 안내해 주었다. 내가 방에 들어서자 뷔클러 씨는 신문 가장자리에서 한 조각을 찢어 읽고 있던 책에 꽂고 나서는 어색한 미소를 띠며 나를 맞이했다. 그는 이제 늙어서 몇 년 전부터 도로테아와 함께 살고 있었는데 그들의 우정은 결혼생활보다도 더 지루하게 돼 버렸다고 할 수 있다. 서로의 성격을 고루하게 만드는 무관심을 가지고서도 그들은 서로를 감시하고, '여보', '자기'라고 부르면서도 돈 때문에 서로 싸우다가 다시 결합하곤 한다.

방으로 돌아온 도로테아도 신문 가장자리에서 한 조각을 떼어 내어 그것을 책갈피에 꽂고 내게 차를 한 잔 주었다. 그들이 내놓은 초콜릿 봉지 옆에는 담배 한 갑과 찻주전자가 놓여 있었다.

"자네를 다시 보게 되어 반갑구먼. 담배 한 대 피우겠나?"

뷔클러 씨가 물었다.

"감사합니다."

우리는 담배를 피우면서 아무런 말도 하지 않았다. 나는 도라(도로테아)에게 등을 돌리고 앉아 있었고, 그녀를 보기 위해 몸을 돌릴 때마다 돌처럼 굳은 그녀의 표정을 보았다. 그러나 내 눈초리가 그녀와 마주치게 되면 돌처럼 굳은 그녀의 표정은 금방 미소로 변했다. 그들은 둘 다 아무 말도 하지 않았고 나 또한 아무 말도 하지 않았다.

나는 담배를 비벼 끄고는 침묵을 깨며 말했다.

"저는 돈이 필요합니다. 혹시……."

그러나 뷔클러 씨는 웃으면서 내 말을 끊었다.

"그렇지! 자네는 벌써 오래 전부터 필요로 했던 것과 똑같은 것을 원하고 있구만. 나는 기꺼이 자네를 도와주고 싶네. 하지만 자네도 알다시피 돈이란……."

나는 도라를 쳐다보았다. 그러자 그녀의 돌처럼 굳은 미소는 즉시 녹아들었다. 그녀는 입 주위가 깊게 주름져 있었으며, 평소보다 더욱 깊숙이 담배 연기를 빨아들이는 것 같았다.

"죄송합니다. 그러나 아시다시피……."

"알고 있네. 미안할 것 없어. 누구든지 곤경에 빠질 수 있으니 말일세."

그가 대답했다.

"그렇다면 저는 방해하고 싶지 않습니다."

"전혀 방해 되지 않아."

갑자기 활기차게 변한 그의 목소리를 듣고서 나는 그 말이 진정임을 알았다. 도라도 역시 일어나서 내 어깨를 다독거려 주었는데, 그녀의 눈에서 '내가 가면 어쩌나' 하는 두려움을 읽었다. 나는 즉시 그들이 나를 만나 내심 기뻐했다는 것을 알았다. 도라는 내게 담배 케이스를 내밀고서 차를 한 잔 더 따라 주었다. 나는 자리에 다시 앉으며 모자를 책상 위에 내려놓았다. 우리는 여전히 말이 거의 없었다. 내가 도라를 쳐다볼 때마다 매번 그녀의 돌같이 굳은 얼굴이 미소로 바뀌었다.

마침내 그들 부부는 둘만이 남아 있는 것을 두려워하고 있으며, 책과 담배 그리고 홍차 같은 것들을 지겨워하고 있고, 그들에게 일어나는 끊임없는 권태를 두려워하고 있다는 것을 알았다. 내가 의자에서 일어나 모자를 집어 들었을 때 그것이 사실임을 더욱 확실하게 알았다.

30분 후 나는 이 도시 다른 구역에 있는 옛 동창의 집 앞에 서서 초인종을 눌렀다. 나는 1년이 넘도록 그 집에 가 본 적이 없었다. 그가 현관문의 조그마한 유리창 뒤로 커튼을 밀쳤을 때, 나는 그의 희고 살찐 얼굴에서 당황하는 빛을 보았다. 그러나 그는 현관문을 여는 사이에 이미 다른 표정을 짓고 있었다.

우리가 복도를 지나갈 때 욕실 문에서 김이 새어 나왔고, 어린아이들의 낄낄거리는 소리가 들렸다. 그리고 욕실에서는 부인의 날카로운 목소리가 울려 왔다.

"도대체 누가 왔어요?"

나는 30분 동안 장뇌 냄새가 나는 푸른 빛깔의 가구가 놓인 방에서 그와 함께 앉아 담배를 피우며 이런저런 이야기를 나누었다. 학창 시절에 관한 이야기를 시작하자 그의 얼굴은 한층 더 밝게 빛났다. 그러나 나는 지루함을 느꼈고 담배 연기를 그에게 내뿜으며 그를 향해 말을 던졌다.

"자네는 나에게 돈 좀 빌려줄 수 있겠나?"

그는 조금도 놀라는 기색을 보이지 않았으나 라디오, 냉장고, 가구의 월부금과 부인의 겨울 외투에 대해 설명한 후 갑자기 화제를 중단하더니만 다시 학교에 대해 이야기하기 시작했다. 나는 그의 말에 주의를 기울이는 동안 무시무시한 감정에 사로잡혔다. 그는 2,000년이나 지나 버린 듯한 이야기를 했다. 우리가 태고의 선사시대에 사람과 싸우고 칠판에 지우개를 집어 던지고, 화장실에 담배를 내뿜고, 마치 원시시대

24

의 선실에 있는 것 같았다. 모든 것이 너무나도 낯설고 멀게만 느껴져서 나는 놀랐다.

"자, 그럼 실례!"

나는 이렇게 말하고서 일어났다.

우리가 복도를 걸어 나오는 동안 그의 얼굴은 다시 무뚝뚝해졌고, 욕실에서 들려오는 그의 부인의 날카로운 목소리는 내가 알아들을 수 없는 뭔가를 외쳐댔다. 그는 뭐라고 거칠게 대꾸했는데 그 소리는 마치 '좀 내버려 둬'라고 하는 것 같았다. 현관문이 닫혔고 내가 지저분한 층계 위에서 몸을 돌릴 때 조그만 창문의 커튼을 밀치고서 나를 바라보고 있는 그를 보았다.

나는 천천히 걸어서 시내로 되돌아왔다. 다시 조금씩 비가 내렸고 퀴퀴하면서도 축축한 냄새가 났다. 가스등은 벌써 켜져 있었다.

나는 길가 주점에 들어가 화주를 한 잔 마시면서 자동 전축 옆에 서 있는 남자를 보았다. 그는 유행가를 듣기 위해 계속해서 동전을 집어넣고 있었다. 나는 테이블 위로 담배 연기를 내뿜다가 마치 여죄수같이 보이는 여주인의 심각한 얼굴을 쳐다보며 계산을 하고 나왔다. 파괴된 집들의 쓰레기더미에서 새어 나온 누르스름한 빗물은 흙탕물이 되어 보도로 흘러내렸다.

걸어가고 있는 내 머리 위로 건축용 발판대가 걸쳐 있어 석회질의 빗방울이 외투 위로 떨어졌다.

나는 도미니코 성당에 들어가 기도를 하려고 노력해 보았다. 그곳은 어두컴컴했고, 고해실에는 아이들과 몇몇 남녀가 서 있었다. 앞쪽 제단에는 촛불 두 개와 빨간 영혼의 빛이 타고 있었고, 고해실에도 아주 작은 램프가 켜져 있었다. 나는 얼어 있었음에도 불구하고 거의 한 시간 동안 성당에 앉아 있었다. 고해실에서 조용히 중얼거리는 소리를 듣고 있을 때였다. 한 사람이 나타나 본당으로 가서는 얼굴 앞으로 손을 내밀자 마치 사람들이 계속해서 손을 내미는 것처럼 보였다.

마침내 신부가 고해실 문을 열고 얼마나 많은 사람들이 기다리고 있는지 둘러볼 때, 나는 그 안에서 빨갛게 달아오른 둥근 전기난로의 전선을 보았다. 아직도 열두 명이나 되는 많은 사람들이 기다리고 있는 것을 보자 그는 실망스러운 표정을 짓고서 고해실로 다시 돌아갔다. 그가 원형 전기난로의 스위치를 끄자 다시 중얼거리는 소리가 들렸다.

나는 오늘 오후에 만났던 사람들의 얼굴을 생각해 보았다. 나에게 롤 테이프를 조금 떼어 주었던 은행의 여직원부터 시작해서 소시지 가게의 쾌활한 아가씨, 소시지 조각을 먹기 위해 입을 딱 벌린 내 얼굴과 내 머리를 덮은 빛바랜 빵모자를 생각했다. 또한 바그너의 얼굴, 바이젬 씨 집 가정부의 거칠지만 상냥한 얼굴, 내가 분수 계산법을 가르쳐 준 어린 알폰스 바이젬의 얼굴, 식초 냄새를 풍기는 부엌에 있는 소녀, 그리고 그 소녀의 아버지가 죽었다는 더럽고 녹슨 트랙터로 가득 찬 비니차 역을 상상했다. 마지막으로 야윈 얼굴에 크고 노란 눈을 가진 그녀의 어머니, 뷔클러 씨와 또 다른 동창, 주점의 자동 전축기 옆에 서 있던 남자의 붉은 얼굴을 떠올려 보았다.

갑자기 추위를 느낀 나는 일어서서 입구에 있는 세례반으로 가서 성수를 바르고 십자가를 그은 뒤 뵈넨 거리로 걸어갔다. 베츠너 주점에 들어가서 오락기 근처의 조그만 식탁에 앉은 나는 봉투에서 10마르크 지폐를 꺼낸 순간부터 오후 내내 베츠너 주점 외에는 다른 아무것도 생각하지 않았음을 깨달았다.

나는 모자를 벗어 옷걸이에 걸고 계산대를 향해 말했다.

"화주를 큰 잔으로 하나 부탁해요."

그리고는 외투 단추를 풀고 주머니에서 동전 몇 개를 찾았다. 나는 오락기의 동전 투입구에 동전 하나를 집어넣고 단추를 눌러 은빛 구슬을 통로로 나오게 한 다음 오른손으로 베츠너 씨가 가져다 준 화주를 받아 들었다. 그리고 나서는 구슬 하나를 놀이판에 구르게 한 다음 구슬이 접촉점을 지날 때 거의 잊고 있었던 5마르크짜리 동전 하나를 발견했다. 나와 교대한 동료가 내게 빌려준 동전이었다. 나는 오락기 위로 좀 더 깊숙이 허리를 굽히고 은빛 구슬의 유희를 구경하면서 멜로디를 들었다. 그때 나는 베츠너 씨가 계산대 옆에 있는 한 남자에게 조용히 말하는 것을 들었다.

"저기 있는 친구는 주머니에 돈이 더 이상 한 푼도 없을 때까지 저러고 서 있을 걸세."

2장

    프레드가 내게 보낸 돈을 몇 번이고 세어 보았다. 진한 초록, 연초록, 푸른 색깔이 나는 지폐들이다. 벼 이삭을 나르고 있는 농부 아낙네나 풍만한 가슴을 가진 여인네들의 머리가 인쇄된 것은 상업이나 포도 재배를 상징하고 있었다. 역사상 유명한 영웅의 외투 자락 밑으로는 수레와 망치를 손에 들고 있는 남자의 모습이 그려져 있는데 이것은 수공업을 나타내는 것이었다. 그 옆에는 은행의 주형을 가슴에 숨긴 채 권태로워 보이는 아가씨의 모습이 있고, 이 아가씨의 발밑에는 건축가의 연장과 글씨가 새겨져 있었다.

    초록빛 지폐 가운데에는 오른손에 저울을 들고 흐릿한 눈으로 나를 쳐다보고 있는 멋없는 부랑아의 모습도 보였다. 추한 장식이 값진 지폐 주위를 둘러싸고 있고, 구석에는 값을 나타내는 숫자가 인쇄되어 있었다. 떡갈나무 잎과 벼이삭, 포도나무 잎과 십자형 망치가 동전에 새겨져 있고, 뒷면에는 끔찍한 독수리의 상징이 그려져 있었다. 마치 무엇인가를 잡아먹기 위해 날개를 펴고 막 날아오르려는 끔찍한 독수리 상이 그려져 있었다.

지폐를 세고, 분류하고, 동전을 쌓아올리는 동안 아이들은 나를 쳐다보고 있었다. 어떤 교회 관청에서 전화 교환수로 일하는 남편의 봉급은 월 320마르크 83페니히이다. 지폐 한 장은 방세를 위해 간직해 두고, 한 장은 전기와 가스, 한 장은 의료보험료를 위해 따로 떼어 놓고 빵집에 갚아야 할 돈을 세고 나니 240마르크가 남았다. 프레드는 10마르크를 가져갔는데 내일 다시 돌려주겠다는 쪽지를 내게 보냈다. 아마 그 돈으로 술을 마셔 버렸을 게다.

나를 바라보고 있는 아이들의 얼굴은 진지하고 조용해 보였다. 나는 아이들을 위해 깜짝 놀랄 만한 선물을 벌써 준비해 두었다. 그들은 오늘 복도에서 놀아도 된다. 가톨릭여성연맹 회의에 참석하기 위해 프랑케 씨 가족은 주말에 여행을 떠난 것이다. 아래층에 살고 있는 젤플슈타인 씨 가족은 아직 2주일은 더 있어야 휴가에서 돌아온다. 그리고 그저 허름한 돌로 된 벽 하나를 사이에 두고 옆방을 빌려 쓰는 호프 씨 가족, 아니 이들에게는 물어보지 않아도 된다. 그래서 아이들은 복도에서 놀아도 되는 것이다. 이것은 결코 무시할 수 없는 특전인 것이다.

"아빠에게서 온 돈이야?"

"그래."

나는 대답했다.

"아빠는 아직도 아파?"

"그래. 너희들은 오늘 복도에서 놀아도 돼. 하지만 아무것도 망가뜨리면 안 된다. 그리고 특히 벽지를 조심해야 해."

나는 아이들이 기뻐하는 모습을 바라보면서, 동시에 토요일 일을 시작하며 아이들에게서 벗어날 수 있다는 행복감을 맛보았다.

프랑케 부인이 유리병 300개를 완전히 봉했을 것임에도 불구하고 절인 과일 냄새는 여전히 복도에 배어 있었다. 끓인 식초 냄새와 푹 삶은 과일과 야채 냄새는 프레드의 속을 뒤집어 놓기에 충분했다. 문들은 꼭 잠겨 있었고, 옷걸이에는 프랑케 씨가 지하실에 갈 때 쓰는 낡은 모자가 걸려 있었다. 새 벽지는 우리 방문까지 닿았고, 새 칠은 우리 방의 출입구로 쓰이는 문짝 한가운데까지 칠해져 있었다.

우리는 방이 하나뿐인데, 나무 벽으로 갈라서 한쪽에는 꼬마가 자고 있고, 다른 쪽에는 잡동사니가 쌓여 있었다. 그렇지만 프랑케 씨 가족은 방을 4개나 쓰고 있었다. 부엌, 거실, 침실 그리고 프랑케 부인이 방문객을 맞는 응접실이었다. 나는 분과위원회의 숫자도 모르고 그 협회에 대해서도 관심이 없었다. 단지 내가 아는 것이라곤 교회 당국이 이 방의 필요성을 그녀에게 확증해 주었다는 것뿐이었다. 우리를 결코 행복하게 할 수는 없어도, 결혼생활의 길을 열어 줄 가능성은 보장해 주는 이 방을 말이다.

프랑케 부인은 환갑의 나이에도 불구하고 아직 아름다웠다. 모든 사람을 매혹시키는 그녀 눈동자의 기이한 광채는 나에게 공포감을 불러일으켰다. 어둡고도 차가운 눈동자, 기술적으로 염색한 단정한 머리, 나하고 얘기할 때만 갑자기 날카로워지는 나지막이 떨리는 음성, 어울리는 옷맵시, 그녀가 아침마다 성찬식을 올린다는 사실, 한 달에 한 번씩 주교가 관할구 지도층의 여성들을 영접할 때 그녀의 반지에 키스를 한다는 사실, 이 모든 사실은 그녀와 대항해서 싸우는 일이 소용없는 일임을 말해주었다. 6년 간이나 그녀와 대항해서 싸우다가 이제는 그것을 포기했기 때문에 우리는 잘 알고 있었다.

아이들은 복도에서 놀고 있었다. 조용히 노는 것이 습관이 되어 버린 아이들은 떠들라고 해도 떠들지 못한다. 나는 그들이 뛰어노는 소리를 거의 들을 수 없다. 그들은 마분지 상자를 끈으로 매어서 복도 끝까지 닿는 기차를 만들어 조심스럽게 이리저리 끌고 다녔다. 역을 만들기도 하고 양철통과 나무토막을 나르기도 했다. 아마도 저녁까지 이런 놀이를 할 것이 분명했다.

막내는 아직 자고 있었다. 나는 다시 한 번, 달콤한 냄새로 나를 부드럽게도 또는 놀라게도 하는 값지고 더러운 지폐를 세어 보았다. 그리고 남편 프레드가 내게 줄 10마르크를 더해 보았다. 그는 아마 그 돈으로 술을 마셔 버렸을 것이다. 그는 두 달 전에 우리를 떠났다. 우리의 좁은 방과 프랑케 부인의 존재, 끔찍스러운 이웃인 호프 씨 가족을 더 이상 견딜 수가 없어서 친척 집이나 수용소에서 잠을 잤다. 당시 도시 변두리에 주택단지를 짓고 있던 주택위원회에서는 우리의 신청을 거절하기로 결정했다. 왜냐하면 남편 프레드가 술주정뱅인데다 나에 대한 신부의 증언이 불리하게 작용했기 때문이다.

신부는 내가 교회 단체 모임에 참여하지 않는다고 화가 나 있었다. 이 단체의 회장은 프랑케 부인이고, 그런 이유로 그녀는 흠이 없고 사심 없는 여자라는 평을 더 확고하게 받고 있었다. 마침 프랑케 부인이 식당으로 사용하던 우리 방이 비었고, 그 사심 없는 부인은 손해를 보면서도 우리에게 불리한 결정을 내린 것이다.

그러나 그런 일이 있고 난 뒤 나는 감히 상상할 수 없는 공포에 사로잡혔다. 증오의 대상이 된다는 사실이 무서웠고, 프랑케 부인이 매일 성체를 먹기 때문에 일이 점점 이상해지는 것 같아 두렵기만 했다. 그녀의 눈빛은 점점 더 냉랭해져 갔다. 부드러운 예배 의식을 보고 듣는 게 내게 남아 있는 얼마 안 되는 기쁨 중의 하나였다. 그럼에도 불구하고 나는 미사에 참석하는 것이 두려워진다.

내가 옆방 응접실에서 자주 듣는 신부의 목소리를 단에서 듣는 것이 두려워졌다. 그것은 좋은 담배를 피우며 자기 위원회나 협회의 부인들과 비천한 농담을 즐기는 탕아의 목소리였다. 내가 숨을 죽이고 있는 동안 그들은 종종 옆방에서 큰소리로 웃었다. 시끄럽게 떠들어서 회의를 방해하면 안 된다는 걸 아이들에게 주지시키며 떠들지 못하게 해야 하는데 나는 오히려 아이들이 놀게 내버려두었다. 이제 더 이상 아이들이 떠들 수 없게 되어 버린 사실만을 두려워하며 바라보고 있었다. 가끔 막내가 자고 큰 아이들이 학교에 간

뒤 아침에 쇼핑을 할 때면 미사가 없는 시간을 이용해서 몰래 성당에 가 보았다. 그럴 때면 나는 신의 현존이 그대로 나타나는 무한한 평화를 느꼈다.

그러나 종종 프랑케 부인은 그녀의 증오보다도 더욱 나를 놀라게 하는 흥분된 감정을 보일 때가 있었다. 성탄절에 그녀는 우리에게 와서 거실에서 열리는 작은 축제에 참여해 달라고 했다. 마치 거울 속으로 깊이 걸어 들어가듯 복도를 통해 걸어가던 우리 모습이 지금도 눈에 선하다. 클레멘스와 카를라가 앞장서고 그 뒤를 프레드, 그리고 내가 막내의 팔을 잡고 갔다. 우리는 거울 안으로 깊숙이 걸어 들어갔다. 너무도 가련해 보이는 우리 모습이 거울에 비쳤다. 30년 전 그대로인 거실에서 나는 마치 다른 세계에 와 있는 것처럼 낯선 어색함을 느꼈다. 우리는 이런 가구에 어울리지도 않고, 이런 그림들 사이에 있을 형편도 아니다. 다마스커스 테이블보가 덮인 식탁에 앉아 있을 사람도 아니다.

프랑케 부인이 전쟁중에도 간직한 크리스마스 트리 장식은 내 심장을 두려움으로 멈추게 했다. 반짝거리는 푸른 금빛의 전구, 유리로 된 천사의 머리칼과 얼굴, 장미나무 구유 속에 누워 있는 비누로 만든 아기 예수, '인류에게 평화를'이라고 씌어 있는 석고 설명서, 그 밑에 달콤하게 약간 찡그리며 웃고 있는 흙으로 빚은 빛나는 마리아와 요셉, 매주 여덟 시간씩 어머니회의 회원인 청소 아줌마의 땀이 소비되고 그 대가로 시간당 50페니히가 지불되는 가구, 이 지독한 청결성이 내게 공포감을 준다. 프랑케 씨는 구석에 앉아서 파이프 담배를 피우고 있었다. 굵은 뼈대의 체구는 이제 살이 오르기 시작했고 그가 층계를 오를 때면 덜커덩거리는 발걸음 소리가 자주 들렸다. 헐떡거리는 프랑케 씨의 숨소리는 내 방을 지나 복도 깊숙이까지 들렸다.

희귀한 가구들 때문에 아이들은 겁에 질려 있었다. 그들은 쿠션이 좋은 가죽 의자에 너무나도 수줍고 조용하게 엉거주춤 앉아 있어서 나는 그만 울음이 터져 나올 것만 같았다. 아이들을 위해서 이미 접시가 준비되어 있었고 선물도 놓여 있었다. 양말과 프랑케 씨 집에서 35년 동안 크리스마스 선물로 사용되어 온 점토로 된 돼지 저금통이었다.

프레드의 얼굴은 어두워 보였다. 나는 그가 초대에 응한 것을 후회하고 있음을 알았다. 그는 창가에 놓인 의자에 흐느적거리며 기대서서 주머니에서 풀어져 버린 담배를 한 대 꺼내 천천히 매만지며 불을 붙였다. 프랑케 부인은 포도주를 잔에 가득 채워 권하면서 아이들에게는 화려한 도자기 잔에다 레몬에이드를 가득 채워 내밀었다.

《늑대와 일곱 마리의 아기 염소》라는 동화 내용이 잔에 그려져 있었다. 우리는 마셨다. 프레드는 단숨에 잔을 비워 버리고는 그 잔을 살펴보듯이 손에 쥐고는 포도주 맛을 음미하는 것 같았다. 순간 나는 그에게 감탄했다. 그의 얼굴에서 다음과 같은 사실을 뚜렷하게 읽을 수 있었기 때문이다.

'저금통 두 개와 한 잔의 포도주, 5분 동안의 감상으로는 우리집이 너무 비좁다는 사실을 잊게 할 수는 없다고.'

이 끔찍스러운 초대는 차가운 이별로 끝났고, 나는 프랑케 부인의 얼굴에서 그녀가 이야기하고 싶은 것을 모두 읽었다. 지금까지 우리가 받아 온 수많은 저주에다가 이제는 분명한 뻔뻔스러움과 무례함의 저주가 더 보태지는 것이다. 그리고 그녀를 위해서는 순교자가 왕관을 향해서 걸어갈 때 거쳐야 할 숱한 계단 중에서 두 계단 더 올라간 것이리라.

프랑케 씨는 말수가 적었다. 그러나 부인이 없을 때면 가끔 우리 방에 머리를 내밀고는 아무 말 없이 문가에 있는 테이블 위에 납작한 초콜릿 한 장을 놔두곤

했다. 종종 포장지에 지폐가 감춰져 있을 때도 있고 그가 복도에서 아이들과 얘기하는 것을 들을 때도 있었다. 그는 아이들을 붙들고 몇 마디 중얼거렸다. 아이들은 그가 자기들의 머리를 쓰다듬으며 한 말을 전해주곤 한다. '예쁘구나' 라고.

프랑케 부인은 이와는 전혀 다르다. 말도 많고, 활기도 있지만 상냥함이 없는 여자이다. 그녀는 옛날 도시의 상인 가정에서 태어났는데 이 가족은 대대로 거래 품목을 보다 값진 것으로 바꾸어 왔다. 기름, 소금, 밀가루, 생선과 옷감에서 포도주 장사로 바꿨고, 정치에도 관여하다가 부동산업으로 전락했다. 나는 요즈음 그녀가 하느님을 등에 업고 가장 값진 장사를 하고 있다고 생각해 볼 때가 있다.

가끔씩 프랑케 부인은 톤이 부드러워질 때가 있다. 우선 돈에 대해서 이야기할 때이다. 그럴 때면 그녀는 많은 사람들이 삶, 사랑, 죽음, 혹은 신을 말할 때처럼 조용한 외경심과 매우 부드러운 목소리로 놀랄 만큼 부드럽게 '돈'이라고 말한다. 돈이나 돈의 고유한 권력에 대해서 얘기할 때면 그녀의 눈빛은 점점 더 흐릿해지고 용모는 젊어 보인다.

그녀는 두 가지 보물을 손상케 하는 일을 허락지 않는다. 내가 석탄이나 감자를 가져오기 위해 가끔 지하실에 있을 때면 두려움이 나를 사로잡는다. 부드러운 목소리로 중얼거리듯, 비밀 의식의 마지막 순서로 숫자를 노래하듯 프랑케 부인이 옆방에서 유리병을 세는 소리가 들리기 때문이다. 그녀의 음성은 기도하는 수녀의 목소리를 상기시킨다. 그럴 때면 나는 종종 물통을 그대로 내버려둔 채 위로 달려와서 아이들을 꼭 껴안곤 한다. 그 무언가로부터 아이들을 보호해야겠다는 생각이 들기 때문이다.

아이들은 나를 쳐다보곤 한다. 그들의 부드럽고 검은 눈동자가 알 듯 모를 듯한 표정으로 나를 바라본다. 그들은 주저하면서 내가 시작하는 기도를 따라한다. 단조롭고 도취적인 연도나 주기도문의 문장이 가라앉은 목소리로 우리들의 입에서 흘러나온다.

벌써 3시가 되었다. 밖에서는 갑자기 일요일에 대한 공포가 시작된다. 뜰에서 소음이 터져 나오고 즐거운 토요일 오후를 알리는 소리가 들린다. 그럴 때면 내 심장은 몸속에서 얼어붙기 시작한다. 다시 한 번 돈을 세어 보고 돈에 그려진 몹시도 지루한 그림을 그냥 멍하니 쳐다보다가 마침내 돈을 쓰기로 결심했다.

복도에서는 아이들이 큰소리로 웃어 대고 꼬마는 잠을 깼다. 이제 일을 해야 한다. 턱을 괴고 생각에 잠겼던 그 식탁에서 눈을 떼자 방 한쪽 벽이 눈에 들어왔다. 싸구려 복제 그림이 걸려 있었다. 감미로운 르누아르의 여인의 얼굴.

이 그림은 내게 너무 낯설게 느껴져서 어떻게 30분 전에 이 그림을 견뎌낼 수 있었는지 이해가 되지 않는다. 나는 그림을 내려서 침착하게 손으로 갈기갈기 찢어 그 조각들을 쓰레기통에 던져 버렸다. 내 시선이 벽을 따라 움직이다가 멎은 문 위에 걸린 십자가와 내가 잘 모르는 어떤 화가의 데생화가 자비로움을 느끼게 한다. 이제까지는 이 그림의 헝클어진 선과 인색한 색채가 낯설게 느껴졌는데 갑자기 이 그림을 이해하지도 못한 채 그 뜻만을 알 것 같다.

3장

　내가 역을 떠날 무렵에 막 어두워지기 시작했다. 아직 한산한 거리는 주택가 옆을 비스듬히 가로지르고 있었다. 역 앞 광장에는 추위 속에서 택시 운전사들 몇 명이 떨면서 서 있었다. 네댓 명의 창백한 얼굴들이 외투 주머니에 손을 깊숙이 찔러 넣고는 챙이 달린 푸른 모자 밑으로 이쪽을 잠시 바라보았다. 그들은 끈으로 묶어 놓은 인형들처럼 똑같이 움직였다. 잠시 동안 그렇게 서 있더니만 원래 위치로 되돌아가 역 입구를 향했다. 이 시간의 거리에는 창녀들 한 사람도 눈에 띄지 않았다.

　천천히 몸을 돌리자 기차역의 커다란 시계 바늘이 서서히 9자 위로 미끄러져 가고 있는 것이 보였다. 6시 15분 전이었다. 나는 오른쪽의 큰 건물로 통하는 거리로 접어들었다. 그리고는 주의 깊게 진열장들을 들여다보았다. 틀림없이 근처의 카페나 술집, 혹은 노점들 중 하나는 열려 있을 것이다. 나는 이러한 가게

들을 혐오했다. 그러나 이 시간에 미지근한 커피나 군대 냄새가 풍기는 김빠진 수프를 파는 대기실보다는 나은 편이다. 나는 외투깃을 올려 조심스럽게 여미고는 바지와 외투에 붙은 가뭇가뭇하고 너저분한 먼지를 털어 버렸다.

어젯밤에 나는 여느 때보다 술을 더 많이 마셨고, 밤 1시쯤 역으로 들어가서 가끔씩 내게 잠자리를 내주는 막스에게로 갔다. 전쟁중에 알게 된 막스는 수화물보관소에서 일하고 있었다. 수화물보관소에는 중앙에 커다란 난로가 있고, 이 난로 주위에는 앉을 의자로 대용할 수 있는 나무판자들이 널려 있다. 그곳은 수화물을 운반하는 사람, 보관소 일꾼, 엘리베이터 운전원 등 역의 맨 아래층에서 일하는 모든 사람들이 쉬는 장소다. 나무판자 사이는 충분히 넓어서 그 안으로 기어들어갈 수 있었다. 아래쪽은 넓은 편이며, 어둡고 따뜻했다.

이곳에 누워 있으면 나는 마음이 안정되고 평화를 가질 수 있다. 혈관으로 알코올이 흐른다. 들고 나는 기차들의 둔탁한 소리, 위에서 짐수레가 부딪치는 소리, 엘리베이터의 윙윙거리는 소리, 어둠 속에서 더욱더 어둡게 들리는 이런 소음들은 나를 곧 잠들게 한다. 케테와 아이들 생각이 나면 이곳에서 흐느껴 울 때도 있다. 술주정꾼의 눈물은 아무런 가치도 없고 아무런 힘도 없음을 알면서도 나는 운다. 양심의 가책이 아니라 단지 고통이라고 말하고 싶은 그 무엇을 느낄 뿐이다. 나는 전쟁 전에도 술을 마셨는데 이런 사실을 사람들은 잊어버린 것 같다. 사람들은 어느 정도 일종의 자비를 가지고 나의 깊은 도덕적 입장을 이해해 준다. 왜냐하면 사람들은 나에 대해 이야기할 수 있기 때문이다. 그는 전쟁에 참가했었노라고.

나는 어느 카페의 진열장 거울 앞에서 조심스럽게 단장을 했다. 거울은 나의 섬세하고 조그만 모습을 상상의 볼링 레인을 비추듯 수없이 뒤로 비춰 주었다. 여기서는 생크림 케이크와 초콜릿을 바른 플로렌스 케이크가 내 옆으로 다가오는 듯했다. 그때 나는 여기에서도 조그마한 남자의 모습을 보았다.

그 남자는 엉성한 동작으로 헝클어진 머리를 쓰다듬으며 바지를 추켜올리고 상심하여 과자 사이로 굴러 들어가는 것 같았다. 나는 담배와 꽃, 섬유 제품을 파는 가게를 지나 어슬렁어슬렁 걸음을 옮겼다. 섬유 가게의 창가에 위선적인 낙천주의자처럼 생긴 인형들이 나를 노려보고 있었다. 거의 나무로 지은 노점들만 늘어서 있는 골목길은 오른쪽으로 갈라져 있었다.

43

길모퉁이에는 다음과 같은 글귀가 적힌 하얀 현수막이 걸려 있었다.

'약종상들을 환영합니다.'

노점들은 폐허 속에서 겨우 서 있었고, 다 타버리고 무너진 전경 사이로 내려앉아 있었다. 그러나 이 노점들도 담배가게와 섬유가게, 신문 판매대였다. 내가 겨우 찾아낸 간이음식점은 그나마 문이 닫혀 있었다. 손잡이를 돌려 보고 나서 몸을 돌리자 불빛이 보였다. 거리를 지나 불빛이 비치는 곳으로 가 보니 그것은 성당에서 새어 나오는 빛이었다. 높은 고딕식 창문은 임시변통으로 거친 돌로 메워져 있었고 보기 흉한 한복판에는 노란 색깔이 칠해진 조그만 창문짝이 끼워져 있었다. 네 개의 조그만 유리창에서는 희미한 노란 불빛이 흘러나오고 있었다. 나는 순간 멈춰 서서 이런 생각을 해 보았다.

'사실일 것 같지는 않아. 그러나 아마도 저 안은 따뜻하겠지.'

나는 허물어진 층계를 올라가 보았다. 가죽 손잡이가 씌워져 있는 문은 고장난 것 같지 않았다.

성당 안은 따뜻하지 않았다. 나는 모자를 벗어 들고

의자 사이를 지나 천천히 앞쪽으로 갔다. 마침내 잘 보수된 성당 측면의 복도에서 촛불이 타고 있는 것을 보았다. 바깥보다 안이 더 춥다는 것을 확인했음에도 불구하고 나는 계속해서 걸어갔다. 외풍이 있었다. 구석마다 외풍이 심했다. 벽 일부는 돌로 메우지 않고 플라스틱 판을 엉성하게 이어 세워 놓았다. 접착제가 흘러나와 더러워진 자리에 습기가 차 있었다. 나는 기웃거리며 기둥 앞에 섰다.

돌 제단의 창 사이로 촛불 두 개를 양편에 놓고 흰 옷을 입은 신부가 서 있었다. 그는 손을 들고 기도하고 있었다. 나는 신부의 등만 보고도 그가 떨고 있다는 것을 알 수 있었다. 잠시 동안 신부는 미사 대본을 펼쳐 놓고 파리한 손을 든 채 등을 떨며 홀로 서 있는 것 같았다. 그때 흔들거리는 촛불 아래로 어둠침침한 곳에서 한 소녀의 금발머리가 보였다. 소녀는 머리를 앞으로 아주 깊이 숙이고 있었기 때문에 흐트러진 긴 머리카락이 두 가닥으로 갈라져서 등 위로 늘어져 있었다.

그녀 곁에는 끊임없이 이리저리 몸을 움직이는 남자아이가 무릎을 꿇고 있었다. 불빛이 희미했음에도 불구하고 그 옆모습에서 빨갛게 곪아 부어오른 눈꺼풀과 두터운 볼, 희한하게도 위로 젖혀진 채 바보같이 벌어진 입을 알아볼 수가 있었다. 눈을 감고 있는 그

짧은 순간에도 놀라울 만큼 자극적인 경멸의 표정이
이 바보 아이의 얼굴에 나타나 있었다.

　무뚝뚝하고 창백한 농부의 얼굴을 한 신부는 몸을
돌렸다. 그는 일어서서 두 손을 모아 무엇인가를 말하
려다 말고 내가 서 있는 기둥 쪽으로 눈을 돌렸다. 그
리고는 반대쪽을 향해 돌 제단 위로 몸을 구부리고 갑
작스레 몸을 돌리더니 거의 우스꽝스러울 만큼 위엄을
갖추며 소녀와 바보 아이를 축도해 주었다. 성당 안에
있었음에도 불구하고 나는 이상하리만치 이 광경에 끌
려들어가지 못했다. 신부는 다시 제단으로 돌아가 모
자를 쓰고는 성배를 들고 오른쪽 촛불을 불어 껐다.
　그는 천천히 본 제단으로 내려가 무릎을 굽히고 성
당의 칠흑 같은 어둠 속으로 사라져 버렸다. 나는 더
이상 그를 보지 못했고, 단지 문 주축이 삐걱거리는
소리만 들었다. 그리고 불빛 속에서 소녀의 모습을 얼
핏 보았다. 소녀가 자리에서 일어나 왼쪽 촛불을 끄기
위해 층계를 올라갈 때 그녀의 부드러운 옆모습과 소
박한 표정을 보았다. 소녀는 아름다웠다. 맑은 얼굴을
지닌 날씬하고 키가 큰 여자였다. 소녀가 입술을 뾰족
하게 모아 촛불을 끄자 모든 것이 매혹적으로 보였다.
이제 소녀와 그 아이에게도 어둠이 덮였다. 벽으로 둘

러싸인 조그만 창문에서 흘러나오는 회색 불빛으로 소녀가 걸어나오자 나는 다시 소녀의 모습을 보았다. 그녀가 내 옆을 지나가며 흘깃 나를 쳐다보았다. 다시 찬찬히 바라보며 문을 나서는 그녀의 머리 동작과 목덜미의 움직임이 다시 내 마음을 사로잡았다.

소녀는 아름다웠고, 나는 그녀를 뒤따라갔다. 문 옆에서 그녀는 다시 한 번 무릎을 굽힌 뒤 소리 내어 문을 밀치고는 바보 아이를 잡아당겼다. 그녀는 노점과 쓰레기로 가득 찬 기차역 맞은편의 황량한 길로 걸어갔다. 그녀는 몇 차례 주위를 둘러보았다. 그녀의 몸매는 가냘프고 야윈 편이었다. 아마 열여덟 살이나 열아홉 살이 넘어 보이지는 않았다. 그녀는 참을성 있게 바보 아이를 데리고 갔다. 마침내 집들과 노점이 나타났다. 거리에는 수많은 전차 선로가 서로 나란히 놓여 있었다. 이곳은 내가 별로 가 본 적이 없는 구역이다. 여기쯤에 전차 정거장이 있을 것이다. 잘못 보수한 빨간 담벼락 뒤로 삐걱거리는 전차 소리가 들렸다. 어스름 속에서 용접기가 날카롭게 번쩍이는 것이 보였으며 산소 불꽃에 철판이 녹으며 쉿, 쉿, 하는 소리가 들렸다.

나는 너무 오랫동안 벽을 뚫어지게 바라보느라 그

소녀가 아주 가까이 서 있는 것을 깨닫지 못했다. 그녀는 한 노점 앞에서 열쇠 꾸러미를 이리저리 찾고 있었다. 바보 아이는 규칙적으로 희끄무레하게 변하는 하늘을 쳐다보고 있었다. 소녀가 다시 나를 바라보았다. 그녀가 문을 연 가게는 간이음식점이었다.

음식점 안의 회색빛 어둠 속에서 의자와 식탁, 윤기를 잃은 은색 커피머신을 보았다. 식은 케이크에서는 시큼한 냄새가 났고, 기름으로 더럽혀진 유리창 뒤 어스름 속에는 접시 두 개 위에 고기 경단이 쌓여 있었다. 차가운 커틀릿 고기와 큰 초록색 유리병이 보였는데 이 유리병에는 식초 속에 오이가 떠 있었다.

내가 걸음을 멈춰 서자 양철로 만든 덧문을 떼 내던 소녀가 나를 쳐다보았다. 나도 그녀의 얼굴을 쳐다보며 물었다.

"실례합니다. 지금 가게 문을 여나요?"

"네."

그녀는 나를 지나 마지막 덧문을 안쪽으로 밀었다. 그리고 덧문을 내려놓는 소리가 들렸다. 덧문을 다 열고는 다시 되돌아와 나를 쳐다보는 그녀에게 내가 다시 물었다.

"들어가도 되나요?"

"물론이지요. 하지만 아직 추워요."

"아, 그건 상관없어요."

나는 곧장 안으로 들어갔다. 가게 안에서는 역겨운 냄새가 풍겼다. 나는 주머니에서 담배를 꺼내 불을 붙였다. 그녀가 스위치를 돌려 불을 켜자 실내가 밝아졌고, 놀랍게도 모든 것이 깨끗했다.

그녀가 말했다.

"이상한 날씨예요. 9월 날씨치곤 말예요. 낮에는 더워지겠지만 지금은 몸이 얼어붙는 것 같아요."

"네, 정말 이상합니다. 아침이라 춥네요."

"곧 불을 피울게요."

그녀의 목소리는 맑고 약간 쉰 듯했으며, 나는 그녀가 당황하고 있음을 알았다. 나는 가볍게 고개를 끄덕이고 식탁 옆에서 주위를 둘러보았다. 벽은 알록달록한 담배 광고지를 바른 나무판자로 되어 있었다. 이 광고지에는 가슴이 깊게 패인 옷을 입은 부인들에게 담배 상자를 내밀면서 유혹하듯 웃고 있는 백발이 섞인 회색머리의 세련된 신사들이 그려져 있었다. 부인들은 한 손으로 샴페인 병의 목 부분을 움켜쥐고 있었다. 한 손에는 올가미를, 또 다른 손에는 담배를 쥐고 얼굴에는 악마 같은 미소를 띤 채 말을 타고 있는 카우보이들, 그들은 거짓말처럼 크고 푸른 담배 연기를 구름처럼 휘날리고 있었는데, 이 연기구름은 비단 깃발처럼 넓은 초원의 지평선 끝까지 닿아 있었다.

바보 아이는 말없이 난롯가에 웅크리고 앉아서 추위에 몸을 떨고 있었다. 그는 나무 막대기에 달린 사탕을 입에 물고 있었는데 야한 빨간색으로 물든 사탕 조각을 끊임없이 이리저리 빨고 있었다. 두 줄기의 사탕즙이 입 양쪽으로 천천히 흘러내렸다.

"베른하르트야."

소녀는 부드럽게 말하면서 고개를 숙여 손수건으로 조심스럽게 아이의 입가를 닦아 주었다. 그녀는 난로 뚜껑을 열어 신문을 구겨 넣고는 나무와 조개탄 덩어리를 얹고 성냥개비에 불을 붙여서 녹슨 난로 주둥이에 집어넣었다.

"좀 앉으세요."

그녀가 말했다.

"아, 고마워요."

대답을 했지만 나는 자리에 앉지는 않았다.

나는 몸이 추워서 난로 가까이에 그대로 서 있었다. 바보 아이 때문에 속이 좀 메슥거렸고, 값싼 음식의 식은 냄새도 났지만 나는 커피와 버터를 바른 빵을 먹을 수 있다는 생각에 벌써부터 유쾌했다. 그리고 소녀의 눈처럼 흰 목덜미와 가까스로 기운 구멍난 스타킹을 보았다. 또한 불이 잘 붙었는지 살펴보려고 허리를 아

50

래 깊숙이 굽힐 때, 유연한 머리 동작을 바라보았다.

마침내 불이 붙기 시작하자 짙은 연기가 조금 나왔다. 불꽃이 낮은 소리를 냈고 연기는 사라졌다. 소녀는 오랫동안 내 발치에 쭈그리고 앉아서 때 묻은 손가락으로 난로 주둥이를 흔들며 입김을 불기 위해 가끔 밑으로 더 깊숙이 허리를 굽혔다. 그럴 때면 어깨 밑 깊숙이 희고 어린애 같은 등이 보였다.

그녀는 벌떡 일어나서 나에게 미소를 짓고는 식탁 쪽으로 가서 수도꼭지를 틀어 손을 씻고 커피머신의 스위치를 켰다. 나는 난로로 가서 고리가 달린 난로 뚜껑을 쳐들었다. 불꽃은 나무로 번져 타고 있었고 이미 조개탄에도 불이 붙기 시작했다. 정말 따뜻해지기 시작했다. 커피머신이 작동하는 것을 보자 식욕이 나는 것을 느꼈다. 내가 술을 마셨을 때마다 커피와 아침 식사에 대한 왕성한 식욕을 느낀다. 그러나 지금은 가벼운 구토를 느끼며 껍질이 쭈글쭈글하고 식은 소시지 조각과 샐러드 접시를 바라보고 있었다. 소녀는 빈병이 가득 담긴 양철 상자를 들고 밖으로 나갔다. 바보 아이와 단둘이 남아 있다는 사실은 이상하게 나를 자극했다. 그 아이는 나에게 전혀 관심이 없었다. 저쪽에서 쭈그리고 앉아 스스로 만족스러워하며 역

겹게 막대사탕을 이리저리 빨아먹는 모습이 불쾌감
을 주기까지 했다.

　나는 탁자 위에 담배를 던졌다. 문이 열리고 소녀
대신 조금 전 성당에서 미사를 올리던 신부가 나타났
을 때 나는 소스라칠 듯 놀랐다. 신부의 둥글고 창백
한 농부 같은 얼굴은 이제 검고 깨끗한 모자를 쓰고
있었다. 아침 인사를 한 그는 식탁 뒤의 자리가 비어
있는 것을 보고는 실망의 빛을 감추지 못했다.

　나는 그의 인사에 답하면서 그를 가련한 사람이라
고 생각했다. 내가 갔던 성당이 지벤슈메르첸마리에
교구의 성당이라는 생각이 이제야 떠올랐다. 나는 이
신부의 신상에 관해 잘 알고 있었다.

　성적은 중간이었고, 그의 설교는 마음에 들지 않았
으며 거의 정열이 없었다. 그리고 목소리는 너무 쉬어
있었다. 전쟁터에서 용감했던 적도 별로 없었고 영웅
이나 투사인 적도 없었다. 마찬가지로 훈장 하나 달지
못했고 순교자의 보이지 않는 관도 써 보지 못했다.
오히려 소등신호 위반이라는 아주 평범한 군기 위반
기록이 그의 서류를 더럽혔다. 그러나 이 모든 사실은
어떤 이상한 여인과의 스캔들에 비하면 아무것도 아
니었다. 물론 이것은 정신적인 사랑이었고 정신적인
부드러움의 단계에 도달한 것이라고 판명되긴 했지

만, 교구 당국의 비위를 건드렸다.

지벤슈메르첸마리에 성당의 이 신부는, 신부 감독이 사 플러스(4+)의 가능성이 있는 삼 마이너스(3-)의 신부라고 규정한 사람들 중의 하나였다. 이 신부가 너무도 뚜렷하게 당황한 실망의 표정을 지었기 때문에 역겨운 감정을 일으켰다. 나는 두 번째 담배에 불을 붙이고 다시 한 번 아침 인사를 하고는 이 평범한 사람을 지나쳐 버리려고 노력했다.

내가 검은 제복과 함께 신부들의 얼굴에서 순수하지 못한 확신감과 불신감을 동시에 보게 될 때마다 나는 아이들에게서 느끼는 분노와 동정이 뒤섞인 그 기이한 감정을 느끼곤 했다. 신부는 테이블 위에 깔린 유리판에 2마르크짜리 동전을 신경질적으로 이리저리 굴렸다. 문이 열리고 소녀가 들어오자 그의 목에서부터 얼굴로 짙은 홍조가 번져갔다.

"아, 그저 담배를 사려고 합니다."

신부는 조급하게 말하며 짧고 하얀 손가락으로 조심스럽게 담배를 받아 빨간 포장을 벗기고는 식탁 위에 동전을 던지듯 내려놓았다. 그리고는 거의 알아들을 수조차 없는 목소리로 인사를 하고 황급히 가게를 나갔다.

소녀는 그가 떠나는 것을 유심히 바라보면서 팔에

들고 있던 바구니를 내려놓았다. 신선한 갈색 빵을 보자 목구멍으로 침이 넘어갔다. 미지근한 침을 삼켜 버리고는 담배를 비벼 끄고 앉을 자리를 찾았다. 양철 난로는 이제 강한 열기를 내뿜었고 약간의 조개탄 연기로 둘러싸여 있었다. 위에서 신물이 올라오며 나는 가벼운 구토를 느꼈다.

밖에서는 차고를 출발하는 전차들의 삐걱거리는 소리, 커브 도는 소리가 들렸다. 먼지로 허옇게 뒤덮인 거리를 지나, 멀어져 가는 차량의 긴 행렬에서는 소음이 실뭉치 풀리듯 사방으로 퍼져나가고 있었다.

커피머신에서는 물이 부글부글 끓어오르고, 바보 아이는 얇고 투명한 빨간 사탕이 아직 조금 남아 있는 나무 막대를 이리저리 빨고 있었다. 그때 소녀가 내게 물었다.

"커피 드시겠어요?"

"네."

나는 얼른 대답했다. 내 목소리가 그녀를 움직였는지 침침하고 아름다운 그녀 얼굴이 나를 향해 빙긋이 웃으면서 고개를 끄덕였다. 그러면서 그녀는 찻잔을 접시에 받쳐서 커피머신의 꼭지 아래로 밀어 넣었다. 조심스럽게 커피 가루가 담긴 양철 깡통을 열고 숟가락을 집었다. 멋진 커피 냄새가 나에게까지 밀려왔다.

그녀는 잠시 머뭇거리다가 물었다.

"몇 잔 드릴까요?"

나는 성급히 주머니에서 돈을 꺼내 지폐와 동전을 세어 보았다. 다시 한 번 주머니를 뒤진 다음 잔돈까지 다 세고 나서 말했다.

"석 잔, 꼭 석 잔 주시오."

"세 잔요?"

그녀는 내 말을 그대로 되풀이하고 미소를 지으며 덧붙였다.

"그렇다면 작은 주전자로 드릴게요. 그게 더 저렴합니다."

나는 그녀가 커피 가루를 네 숟가락 가득 쏟아 넣고 뚜껑을 닫은 다음 커피머신에서 찻잔을 빼내고 찻주전자 하나를 그 밑에 놓는 것을 보았다. 그녀가 조용히 꼭지를 틀자 물 끓는 소리가 났다. 수증기가 쉿~, 쉿~, 소리를 내며 그녀의 얼굴을 스쳤고 흑갈색의 커피가 주전자 안으로 떨어지는 것을 보았다. 내 심장이 조용히 두근거리기 시작했다.

나는 가끔 죽음이라는 것과 이 세상에서 저 세상으로 생이 변화되는 순간을 생각해 보곤 한다. 그리고 이 순간 나에게 남게 될 것들을 한번 상상해 본다. 아내의 창백한 얼굴, 고해실에 있는 신부의 밝은 귀, 의식의 화음으로 가득 찬 어두컴컴한 성당에서 갖는 몇 차례의 조용한 미사, 빨갛고 따스한 아이들의 피부, 내 혈관을 흐르는 술, 몇 번의 아침 식사, 그리고 커피 머신의 꼭지를 작동하고 있는 소녀를 보는 순간 그녀도 함께 있게 될 거라고 생각했다. 나는 외투 단추를 열고 모자를 의자 위에 내려놓았다.

"빵도 좀 주시겠어요? 신선한가요?"

"물론이지요. 몇 개나 드릴까요? 방금 구워 낸 아주 신선한 것들이지요."

그녀가 대답했다.

"4개만. 버터도 주시구요."

"네? 얼마나요?"

"아, 50그램만 주셔요."

그녀는 바구니에서 빵을 꺼내 접시 위에 놓고 500그램짜리 버터를 칼로 자르기 시작했다.

"저울이 없어서 더 될지도 모르겠는데요. 1/8로 할까요? 그렇다면 칼로 자를 수 있어요."

그러나 그녀가 빵 옆에 놓은 버터는 1/8이 더 되는 게 확실해 보였다. 그녀가 포장에서 잘라낸 것은 네 개로 된 1/4짜리 중 가장 큰 것이었다. 그녀는 조심스럽게 버터에서 종이를 떼어 내 쟁반에 담아 들고 왔다. 다른 빈손으로 냅킨을 펼치느라 내 얼굴 가까이에서 쟁반이 움직였다. 나는 그녀를 도와 냅킨을 펼쳤다. 순간 그녀의 손에서 무슨 냄새가 풍겼다. 좋은 냄새였다.

"자, 드세요."

"고마워요."

나는 커피를 따르고 설탕을 넣어 저은 다음 마셨다. 커피는 뜨거웠고 맛이 아주 좋았다. 오직 내 아내만이 이런 맛이 나는 커피를 끓일 줄 안다. 그러나 나는 집에서 커피를 마시는 일이 좀처럼 드물었다. 얼마나 오랫동안 이런 맛있는 커피를 마셔 보지 못했는가를 곰곰이 생각해 보았다. 몇 모금 마시고 나자 마음이 상쾌해졌다.

"훌륭하군요. 커피가 정말 맛있는데요."

소녀를 향해 큰소리로 말하자 그녀는 나를 향해 미소를 지으며 고개를 끄덕였다. 그녀와 함께 있다는 사실이 문득 나를 무척이나 유쾌하고 편안함으로 가득 채워 주었다.

"제 커피가 맛있다고 말한 사람은 아직까지 아무도 없었는데요."

"그렇지 않아요. 맛있습니다."

잠시 후, 문 밖에서 양철통에 빈 병이 부딪치는 소

리가 들렸고, 우유 장수가 우유가 가득 든 병들을 가지고 들어왔다. 그리고는 하얀 손가락으로 침착하게 우유, 코코아, 요구르트, 생크림의 숫자를 세었다. 가게 안은 따뜻했다. 바보 아이는 아직도 그 자리에 앉아서 다 빨아먹은 나무 막대를 입에 물고 모두 <체트(z)>로 시작하는 쭈쭈-짜짜-쪼쪼 같은 멜로디를 내뱉고 있었다. 토막토막 끊어지는 음을 계속해서 말이다. 거칠고 이상한 리듬이 곡조를 채우고 있었다. 소녀가 그를 향해 몸을 돌리자 바보 아이는 히죽히죽 웃어댔다.

전차 수리공들이 들어와 보안용 안경을 벗고 자리에 앉아서 병에 빨대를 꽂아 우유를 마셨다. 그들 작업복에는 도시의 문장이 붙어 있었다. 바깥은 붐비기 시작했고, 긴 전차 행렬은 그 자리에서 멈추고서 먼지로 뒤덮인 기차들이 지나가기를 기다렸다.

나는 저녁에 아내 케테와 함께 있게 될 것을 생각해보았다. 그러나 그 전에 방을 빌릴 돈을 마련해야 한다. 그런데 돈을 구한다는 것은 너무 어려운 일이어서 곧 돈을 빌려줄 수 있는 사람이 있기를 바랄 뿐이다. 그러나 30만의 인구가 사는 이 도시에서 부탁하는 즉시 돈을 내주는 사람을 찾기란 결코 쉬운 일이 아니다. 돈을 부탁할 만한 사람이 몇 명 더 있어서 그들에게 가 보려고 한다. 방을 구할 수 있는지 알아보기 위해 호텔에 들를 수도 있을 것이다.

나는 커피를 다 마셨다. 저녁 일곱 시쯤 되었을 것 같다. 담배 연기가 가게 안에 자욱했다. 지치고 수염이 덥수룩한 어떤 상이군인이 웃음을 띠고 다리를 절룩거리며 들어와서는 난로 앞에 앉아 커피를 마시며 신문지로 싼 치즈빵을 꺼내 바보 아이에게 먹으라고 주었다.

소녀는 한 손에 걸레를 들고 침착하게 돈을 받고 내주면서 미소 띤 얼굴로 손님들에게 인사를 했다. 커피 머신의 꼭지를 조절하고, 더운 물에서 병을 꺼내 수건으로 닦아 냈다. 한 무리의 성급한 사람들이 잠시 식탁 주위로 모여들었음에도 불구하고 그녀에게는 모든 일이 힘들어 보이지 않았다. 주문에 따라 더운 우유와 찬 코코아, 뜨거운 코코아를 갖다 주었고 커피머신의 김을 얼굴에 쐬며 뿌연 유리병에서 나무집게로 오이를 건져 내었다. 갑자기 가게 안이 텅 비었다. 얼굴색이 누렇고 뚱뚱한 젊은이가 아직 식탁 앞에 서서 한 손에는 오이를 그리고 다른 한 손에는 식은 고기를 들고 있었다. 그는 두 가지를 재빨리 다 먹어 치우고는 담뱃불을 붙이고 주머니에 멋대로 쑤셔 넣은 돈을 천천히 꺼냈다. 약간 구겨진 그의 새 옷과 넥타이를 보고서 나는 오늘이 축제일이며, 또한 일요일이 시작되었다는 것을 문득 깨달았다. 그리고는 일요일에 돈을 구하는 것이 얼마나 어려운 일인가를 생각했다.

젊은이는 자리를 떴고, 바보 아이의 입에서 끊임없이 나는 소리를 조용히 따라하던 텁수룩한 상이군인만 남았다. 그러나 그가 따라하는 소리는 거칠고 매혹적인 리듬이 없었다. 나는 천천히 빵 조각을 씹어 삼키며 바보 아이를 바라보았다. 소녀는 벽에 기대선 채 두 사람을 바라보았다. 그녀도 뜨거운 우유를 마시며 천천히 마른 빵을 뜯어먹었다. 이제 가게 안은 조용하고 평온해졌다. 나는 갑자기 무언가 자극적인 것이 강하게 올라오는 것을 느꼈다.

"계산이요."

나는 재빨리 소리치고는 자리에서 일어났다.

그 상이군인이 차가운 눈초리로 나를 바라보았을 때 나는 어떤 모욕감을 느꼈다. 그 바보 아이도 나에게 얼굴을 돌렸지만 희미한 연푸른색의 눈동자는 나를 기분 나쁘게 하였다. 소녀는 침묵을 깨뜨리고 나지막하게 말했다.

"아빠, 그만해요. 베른하르트는 그 정도면 충분히

먹은 것 같아요.”

그녀는 내 손에서 지폐를 받아 식탁 아래 담배 상자에 넣고는 천천히 동전을 세어 유리판 위에 놓았다. 내가 거스름돈을 유리판 위로 도로 밀어 놓자 그녀는 “감사합니다.”라고 조용히 말하고 다시 우윳병을 입에 가져갔다. 환한 햇빛 속에서도 그녀는 아름답게 보였고, 밖으로 나오기 전에 나는 잠시 망설였다. 이곳에서 몇 시간이고 앉아서 기다릴 수도 있는데. 나는 그 세 사람에게 등을 돌린 채로 자리에 서 있다가 몸을 홱 돌려 나지막하게 인사를 하고서 황급히 밖으로 나왔다.

문 앞에서 흰 셔츠를 입은 젊은이 두 명이 현수막을 둘둘 말아 올려 막대 두 개로 고정시키고 있었다. 길가에는 꽃이 흐드러지게 피어 있었다. 나는 이 투명한 현수막이 완전히 움직이지 않을 때까지 잠시 기다렸다가 흰 바탕 위에 써진 붉은 글씨를 읽었다.

‘우리 신부의 완쾌를’

나는 담배에 불을 붙여 물고는 저녁을 보낼 방을 마련하기 위해 돈을 빌리러 천천히 시내 쪽으로 향했다.

4장

양동이에 물을 가득 채우려고 수돗가에 가게 되면 내가 원하든 원하지 않든 간에 거울에 비치는 내 얼굴을 보게 된다. 이제 인생의 괴로움을 겪은 마른 여자일 뿐이다. 내 머리는 아직 숱이 많고 금발에 은빛을 더해 주는 관자놀이에 난 회색 머리칼, 이것만이 두 아이들에 대한 나의 괴로움을 나타내는 가장 작은 표시이다.

나의 고해 신부는 내가 그 아이들을 위해 기도해야 한다고 말한다. 그들은 지금의 프란츠만큼이나 나이를 먹었고 침대에서 막 일어나 나에게 말을 걸려고 했다. 그 아이들은 꽃이 핀 풀밭 위에서 놀아본 적이 없지만, 나에게는 가끔 그들이 꽃이 만발한 풀밭 위에서 뛰어노는 것이 보인다. 내가 느끼는 그 고통은 그 어떤 보상감과 뒤섞여 있다. 그 두 아이가 인생으로부터 보호받았다는 그 보상감이다.

그럼에도 불구하고 나는 두 명의 또 다른 상상 속의

아이들이 해마다, 거의 달마다 변하며 자라나는 것을 본다. 그들은 어린아이들이 성장하는 것과 똑같은 모습으로 나타난다. 내 얼굴 뒤의 거울 속에서 나에게 손짓하려고 서 있는 이 두 아이들의 눈동자에는 어떤 지혜가 깃들어 있다. 물론 내가 잡을 수 없는 지혜다. 왜냐하면 거울 가장 깊은 곳, 은빛의 희미함 속에서 괴롭게 웃는 두 아이의 눈동자, 그 눈동자에서 나는 인내를 보았기 때문이다. 무한한 인내를 말이다. 그러나 나는 참지 않는다. 그들이 만류하는 그 투쟁을 나는 포기하지 않겠다.

아주 천천히 내 양동이가 채워졌다. 물 떨어지는 소리가 점점 더 맑고 작아지면서 매일같이 씨름해야 하는 양철통이 가득 차게 되면 내 눈은 거울의 뒷부분에서 돌아온다. 그리고 잠시 동안 내 얼굴 위에 머문다. 몸이 야위어져서일까? 광대뼈가 약간 튀어나오고 핼쑥해진 얼굴은 누런빛을 띠었다. 오늘 저녁에 내 립스틱을 다른 색으로 바꿔 보면 어떨까, 빨간 색은 어떨까 등을 곰곰이 생각해 본다. 이 물통 손잡이를 수천 번은 잡았으리라. 이제 또 다시 그 짓을 해야 하다니. 그쪽을 바라보지 않아도 양동이에 물이 찬 것을 알 수 있다. 수도꼭지를 잠근다. 내 손은 갑자기 오므라들고 팔 근육이 뻣뻣해짐을 느낀다. 나는 무거운 물통을 털썩 바닥에 내려놓는다. 프란츠가 자고 있는지 확인해 보기 위해 합판으로 막아 놓은 조그만 옆방 문에 귀를 기울인다.

그런 다음 나는 먼지와 투쟁을 시작한다. 언젠가는 내가 먼지를 이길 수 있다는 희망이 어디에서 나오는지 모르겠다. 나는 조금 늦게 일을 시작하기로 한다. 거울 없이 머리를 빗고 아침 먹은 그릇을 치우고, 옷장 안의 성경과 커피 상자 사이에 놓아 둔 반쯤 남은 담배에 불을 붙인다.

옆방 사람들이 일어난 것 같다. 얇은 벽을 통해서 가스 불꽃이 타오르는 소리, 아침마다 연달아 낄낄거리는 웃음소리가 아주 잘 들린다. 이 증오스러운 소리로 그들은 대화를 시작한다. 남자는 아직 잠자리에 누워 있는 모양이다. 그가 중얼거리는 소리는 알아들을 수가 없다. 여자가 하는 말은 다른 쪽을 향하지 않을 때에만 알아들을 수 있다.

"…… 지난 일요일에는 여덟 개의 진짜…… 새 고무를…… 가져오는데…… 언제 돈이 생길지……."

남편이 그녀에게 영화 프로그램을 읽어준 모양이다. '우리도 가요'라고 갑자기 그녀가 외치는 소리를 들었기 때문이다. 그러니까 그들은 외출을 하겠지. 영화관에 가고 술집에도 가겠지. 프레드와 약속한 것이 약간 후회되기 시작한다. 오늘 저녁은 조용할 텐데. 적어도 우리 옆방은 말이다. 그러나 프레드는 벌써 떠났고 아마 지금쯤은 방이나 돈을 구하고 있을 것이다. 우리의 데이트 약속은 되물릴 수가 없다. 그리고 내 담배도 떨어졌다.

지난주부터 장롱을 약간만 움직여도 그동안 벽에서 떨어진 석회덩어리가 굴러 나온다. 그것들은 장롱 다리 사이로 쏟아져 나오고 마른 석회가루는 방바닥 위로 빨리 퍼진다. 때로는 큰 덩어리들이 굴러 떨어진다. 장롱을 움직이면 마치 가벼운 벼락같은 소리를 내며 그것들이 떨어진다. 석회덩어리들이 나타나면 그 날은 심한 노동을 해야 한다. 먼지는 온 방 안에 깔려 있고 미세한 석회가루는 모든 것을 걸레로 두 번씩 닦아내게 만든다. 발밑에서는 푸석거리는 소리가 났고 옆방의 얇은 벽을 통해서 이 구역질나는 먼지를 삼킨 꼬마의 기침 소리를 듣는다.

나는 육체적 고통과 같은 절망감과 커다란 공포를 느낀다. 이 공포를 삼켜 버리려고 노력하자 격렬하게 숨이 막혀온다. 먼지와 눈물과 절망으로 뒤섞인 액체가 위 속으로 미끄러져 흐른다. 정말 투쟁을 감수해야 한다. 창문을 열고, 조각들을 쓸어 모은 다음 걸레로 조심스레 닦아내고 마지막으로 걸레를 물에 담근다. 조금만 닦아도 곧 걸레를 빨아야 한다.

깨끗한 물은 금방 우윳빛으로 변한다. 3평방미터를 닦고 나면 물빛은 더욱 짙어진다. 양동이물을 쏟아 비우면 보기에도 불쾌한 석회 침전물이 남는다. 이 앙금을 손으로 긁어내고 씻어낸 뒤 다시 양동이에 물을 가득 채워야 한다.

내 시선은 나의 얼굴을 지나 거울 속으로 떨어진다. 쌍둥이인 내 아이들 레기나와 로버트를 본다. 그들은 죽었다. 내가 아파서 소리치고 있는 동안 탯줄을 자르고 기구를 끓여서 소독하고 내 이마를 짚어 주던 손은 프레드의 손이었다. 그는 난로에 불을 때며 우리 둘을 위해 담배를 말았고, 결국 탈영했다. 나는 그가 얼마나 끔찍이도 법을 경멸하는지를 안 다음부터 그를 진정으로 사랑하게 되었다는 생각이 든다. 그는 나를 팔에 안고 지하실로 데려갔었다. 곰팡내 나고 냉랭한 지하실에서 희미한 촛불을 받으며 처음 쌍둥이 아이들을 가슴에 안았을 때 프레드는 곁에 있었다. 클레멘스는 작은 의자에 앉아서 그림책을 보고 있었고 우리집 너머 저쪽으로 수류탄이 날아갔다.

그러나 물 떨어지는 소리가 위협적으로 들리면서 나를 다시 먼지와의 투쟁으로 불러들인다. 늘 그렇듯이 단숨에 물통을 털썩 내려놓고서 방금 닦아낸 곳이 말라붙어 심하게 얼룩져 있음을 본다. 이 흉측한 얼룩은 지워지지 않는다. 아무것도 아닌 이 흰 얼룩이 나의 훌륭한 의지를 말살시키고 힘을 빼앗아 간다. 양동이 속의 맑은 물을 쳐다봐도 기운이 솟지 않았다.

나는 계속해서 천천히 흐르는 수돗물 밑에 빈 양철통을 갖다 놓는다. 내 시선은 뒤에 있는 거울 속에서 희미하게 사라져 가는 눈동자 속으로 깊이 빨려들어 간다. 빈대에 물려 부풀어오른 두 아이의 몸을 본다. 이에 물려 상처난 몸도 본다. 전쟁 때문에 생겨난 수많은 해충들을 생각하면 구역질이 난다. 전쟁이 발발하면 수십 억 마리의 이와 빈대, 모기와 벼룩이 이동한다. 그들은 무슨 일이 일어날 것을 알리는 무언의 명령을 따르는 것이다.

아, 나는 안다. 이 때문에 내 아이들이 죽었다는 사실을 나는 결코 잊을 수가 없다. 보건부 장관의 사촌이 경영하는 공장에서 잘 듣는 약을 빼돌리는 동안에 순전히 효력이 없는 약을 우리에게 판다는 사실을 알고 있다. 아, 나는 결코 그걸 잊을 수가 없다. 왜냐하면 거울 속 뒤에서 내 두 아이가 이에 물려 흉해지고 고열로 울고 있는 것이 보이기 때문이다. 그들의 조그만

몸뚱이는 효과도 없는 주사로 인해 부풀어올라 있다. 나는 수도꼭지를 잠갔지만 양동이를 들지 않았다. 오늘은 일요일이기 때문이다. 나는 전쟁이 일으킨 먼지와의 투쟁에 휴식을 선포하려고 한다.

그리고 프레드의 얼굴이 보였다. 형편없이 쭈글쭈글해지고 나의 사랑이 없이는 아무 소용이 없고 또 소용이 없었을 삶에 의해 공허하게 시달린 얼굴이다. 이 얼굴은 다른 사람들은 진지하게 생각하는 모든 것에 대해 일찍부터 무관심해진 남편의 얼굴이다. 나는 그가 우리 곁에 더 이상 있지 않은 후에도 그를 자주, 매우 자주, 더욱 자주 본다.

거울 속에서 내 얼굴은 미소 짓고 있다. 나는 놀라서 나도 이해하지 못하는 내 자신의 미소를 바라본다. 점점 더 맑아지는 수돗물 떨어지는 소리를 듣는다. 나는 시선을 돌려 거울에서 내 얼굴을 바라볼 수가 없다. 내가 알고 있는 원래의 내 얼굴은 웃지 않고 있다.

거울 뒤에서 여인들을 본다. 천천히 흘러가는 냇가에서 빨래하는 누렇게 뜬 여인들이 있다. 그들의 노랫소리를 듣는다. 거친 땅을 파고 있는 흑인 여자들을 본다. 그 뒤에서 빈둥거리는 남자들이 치는 북소리를 듣는다. 무의미하면서도 매혹적인 북소리다. 갈색 피부의 여자들을 본다. 등에 아기를 업고 돌로 만든 절구에다 곡식을 빻고 있다. 남자들은 파이프를 입에 물고 멍청하게 불가에서 쪼그리고 앉아 있다. 그리고 런던, 뉴욕, 베를린의 임대 아파트와 파리의 어두운 뒷골목에 사는 백인 자매들. 어떤 술주정뱅이의 고함소리를 듣고 깜짝 놀라는 괴로운 얼굴들, 그리고 거울을 지나면 그 지겨운 무리들과 우리 아이들에게 죽음을 가져다 줄 낯선 벌레들이 다가오는 것이 보인다.

물통은 이미 오래 전에 채워졌고, 일요일이지만 나는 청소를 해야 한다. 먼지와 싸워야 한다.

몇 년 전부터 나는 단칸방의 먼지와 싸우고 있다. 물통을 채우고 걸레를 헹궈 씻어 내고 더러운 물을 하수구에 버린다. 그렇게도 많은 석회 덩이를 긁어내고 닦아내면 싸움은 끝나리라고 생각할 수 있었다. 마치 60년 전 힘센 미장이 청년들이 이 방에서 일할 때와 같다.

내가 물통을 가득 채워야 할 때면 그렇게 종종 시선이 거울 속을 향할 때가 있다. 그리고 저 뒤로부터 내 시선이 되돌아오면, 그 시선은 앞에 있는 자신의 얼굴에 멈춘다. 다 죽어 아무런 관여도 하지 않는, 보이지 않는 유희를 쳐다보는 얼굴이다. 그러면 종종 아이들의 얼굴에서 미소를 본다. 나와 내 얼굴 위에 머무는 미소다. 어떤 때는 사나운 결심과 증오와 냉혹함의 표정을 본다. 나를 무섭게 하는 것이 아니라 자랑스럽게 하는 표정들이고, 결코 잊혀지지 않을 냉정한 얼굴이다.

그러나 오늘은 일요일이다. 나는 프레드와 함께 있을 것이다. 막내는 아직 자고 있다. 클레멘스는 카를라와 같이 축제 행렬에 갔다. 뜰에서 진행되는 세 종류의 예배 의식과 두 종류의 오락 음악회와 한 종류의 강연을 듣는다. 그러나 이 모든 소리를 꿰뚫고 유일하게 내 가슴을 감동시키는 흑인 가수의 목쉰 노래를 듣는다.

'……and he never said a mumbling word…….'
'……그리고 그는 아무 말도 하지 않았다…….'

혹시 프레드가 돈을 구한다면 우리는 함께 춤을 추러 가게 될지도 모른다. 나는 아래층 주인할머니한테서 새 립스틱을 외상으로 살 것이다. 프레드가 나와 함께 춤을 추러 가면 정말 좋을 텐데. 계속 그 흑인 가수의 부드러운 목쉰 영가를 듣는다. 두 군데서 들리는 맥빠진 설교 소리를 듣는다. 나는 이런 설교 소리만 들으면 그에 대한 증오가 솟구쳐 오른다. 그 수다스런 소음들이 부패처럼 내게 밀려온다.

'⋯⋯they nailed him to the cross, nailed him to the cross.'

'⋯⋯그들은 그를 십자가에 못박았네. 십자가에 못박았네⋯⋯.'

그래 오늘은 일요일이다. 그리고 우리 방은 고기 굽는 냄새로 가득 차 있다. 이 냄새는 나를 울리기에 충분하다. 거의 고기를 맛볼 수 없는 아이들이 기뻐하는 것을 보고서 말이다.

'⋯⋯그리고 그는 아무 말도 하지 않았다.'

흑인 가수의 노랫소리가 들린다.

5장

  나는 역으로 되돌아가 소시지 가게에서 돈을 바꾸고, 일요일이기 때문에 일을 쉽게 하려고 마음먹었다. 돈을 빌려줄 수 있는 사람들을 전부 다 찾아가기에는 너무 지쳐 있었고 절망적이었다. 그래서 전화가 있는 사람들에게는 전화를 걸기로 했다. 전화 목소리에 신뢰감을 돋우어 주는 음향 효과를 곁들이는 일은 불가능한 일이었다. 왜냐하면 사람들이 목소리에서 진짜 곤궁스런 느낌을 듣게 되거나 얼굴 표정에서 읽었을 때 지갑을 닫아 버리는 이해할 수 없는 일이 있기 때문이다.

  기차역의 공중전화 부스가 하나 비어 있었다. 나는 그 안으로 들어가 몇 개의 호텔 전화번호를 쪽지에 적고 돈을 빌려줄 수 있는 사람들의 전화번호를 찾기 위해 주머니에 있는 수첩을 뒤졌다. 주머니에는 동전이 많이 있었다. 한참을 망설이다가 전화 부스 벽에 붙어 있는 아주 오래되어 지저분한 요금표와 완전히 색이 바랜 설명서를 들여다보았다. 주저하다가 우선 동전 두 개를 작은 구멍 속으로 집어넣었다.

　내가 힘들게 느껴지고, 자꾸 돈을 꿔 달라고 부탁하는 일이 나를 괴롭히고 그것이 점점 악몽으로 변해갈수록 술에 취해 있다는 사실을 후회할 수밖에 없다. 나는 돈을 좀 꾸어 줄 것이라고 생각되는 사람들 중에서 가장 기대되는 사람의 전화번호를 돌렸다. 그러나 만일 그가 거절한다면 모든 것은 더욱 나빠질 것이다. 왜냐하면 다른 사람에게는 별로 부탁하고 싶은 마음이 없기 때문이다. 나는 전화기 속의 동전 두 개를 그냥 놓아두고 신호기를 약간 밑으로 누르고서 좀 기다려 보았다. 이마에 땀이 솟고 셔츠가 등에 달라붙었다. 나는 돈을 구하는 일이 얼마나 중요한 일인가를 새삼 느꼈다.

　밖에는 내가 나오기를 기다리는 것처럼 보이는 어떤 남자의 그림자가 어른거렸다. 동전을 다시 나오게 하려고 나는 이미 다른 단추를 누르려고 했다. 그때 옆의 전화 부스가 비고 그 그림자는 내가 있는 전화 부스의 문 앞에서 사라졌다. 나는 여전히 망설여졌다. 위쪽에서는 기차들이 둔탁한 소리를 내며 들락거렸고 아주 멀리서 안내 방송이 들렸다. 땀을 닦아내면서 이렇게 짧은 시간 내에 케테와 함께 있기 위해서 필요한 돈을 장만하기란 결코 쉬운 일이 아니라는 생각이 들었다.

내 전화를 받는 사람이 즉시 나에게 돈을 꾸어 주게 해 달라고 기도하는 것도 부끄러운 일이었으나 나는 굳게 결심을 하고 다시 전화번호를 돌렸다. 마지막 번호를 돌리자 잠시 후에 신호가 갔다. 전화 벨 소리가 울리는 제르게 씨의 서재가 눈에 그려졌다. 많은 책과 벽에 걸려 있는 고상한 그림과 성 카시우스의 그림이 있는 찬란한 유리창이 보였다.

조금 전 본 '우리 신부님 만세'라는 투명 현수막이 떠올랐다. 오늘 축제날이니 제르게 씨는 분명히 집에 없을 거라는 생각이 들었다. 땀이 비 오듯 했다. 아마 제르게 씨의 목소리를 처음에는 못 들은 것 같다. 그가 아주 성급하게 묻는 소리가 들렸다.

"여보세요, 누구신가요?"

그의 어조는 나에게서 모든 용기를 앗아갔다. 짧은 순간에 많은 생각이 내 머리를 스쳐갔다. 내가 돈을 빌려달라고 하면 그는 아마도 자기 고용인인 나, 빚쟁이를 해고시킬지도 모른다. 나는 낼 수 있는 가장 큰 목소리로 말했다.

"보그너입니다."

그리고 왼손으로 식은땀을 닦아내면서 제르게 씨의 목소리에 바싹 귀를 기울였다. 그러나 그의 목소리가 생각보다 친절하게 울려오자 내가 얼마나 마음을 놓았는지 결코 잊을 수가 없다.

"아, 당신이군요. 왜 진작 성함을 말하지 않으셨습니까?"

"두려웠습니다."

그는 아무 말도 하지 않았고, 위쪽에서 기차 구르는 소리, 안내원이 외치는 소리가 들렸다. 눈앞에 어떤 부인의 그림자가 비쳤다. 손수건을 눈여겨보았다. 더럽고 축축했다.

"도대체 얼마나 필요하십니까?"

제르게 씨의 목소리가 들려 왔을 때 그것은 정말 큰 충격이었다. 수화기를 통해서 동방박사 성당의 어둡고 아름다운 종소리가 들려왔다. 이 종소리는 수화기에 거친 잡음을 일으켰다.

"50마르크입니다."

나는 조그만 소리로 대답했다.

"얼마요?"

"50마르크요."

나는 그가 전혀 상상하지도 못할 충격 속에서 떨고 있었다. 누구라도 지금 내 목소리를 듣고 내 얼굴을 본다면 내가 그에게 돈을 원하고 있다는 사실을 즉시 알게 될 것이다.

"지금 몇 시나 되었지요?"

그가 물었다.

나는 전화 부스 문을 열었다. 우선 머리를 설레설레 흔들며 문 앞에 서 있는 중년 부인의 뚱뚱한 얼굴을 보았고 다음에는 약사연맹의 간판 위에 있는 대합실 시계를 보았다. 나는 수화기에 대고 대답했다.

"7시 30분입니다."

다시 대화가 끊겼다. 수화기에는 음울하고 유혹적인 교회 종소리가 들려왔다.

"10시에 만납시다."

제르게 씨는 말했다.

그가 재빨리 수화기를 내려놓을까 봐 겁이 나서 나는 성급하게 말을 이었다.

"여보세요, 여보세요, 저……."

"네, 왜 그러십니까?"

"기대해도 괜찮을까요?"

"네, 조금 뒤에 봅시다."

그가 수화기를 내려놓는 소리를 듣고서야 나도 전화 부스의 문을 열 수 있었다.

나는 전화 요금이 아까워서 시내로 천천히 걸어갔다. 방을 구하기란 정말 어려운 일이었다. 축제 행렬 때문에 외부 사람들이 시내로 들어왔고 일반 관광객의 왕래도 줄지 않았으며 최근에는 각종 회의 때문에 각계각층의 국내 저명인사들이 시내로 모여들었다. 외과의사, 우표 수집가, 자선가들이 해마다 성당의 지붕 밑으로 몰려드는 것은 즐거운 습성 중 하나가 되어 버렸다. 그들은 호텔을 가득 채우고 물가를 올리고 출장비를 낭비했다. 이번엔 정말 많은 약사들이 온 것 같았다.

단추 구멍에 협회의 마크인 조그마한 붉은 깃대를 꽂고 그들이 나타나는 것을 보았다. 초가을의 쌀쌀한 날씨는 그들의 멋진 분위기를 조금도 위축시키는 것 같지 않았고 버스와 전차에서 즐겁게 전문적인 이야기를 나눴다. 분과위원회나 회장 선거를 위해 쉬고 있고 적어도 일주일 동안은 2류 호텔을 모두 점령하려고 결심한 사람들 같았다.

참으로 많은 약사들이 몰려들었고 그들 중의 대다수는 주말을 이용하여 부인들까지 오게 했으므로 더블 침대를 가진 방을 구하는 것은 굉장히 어려웠다. 협회의 전시회도 있어 많은 투시화들이 대표적인 위생 제품의 쇼에 진열되었다. 도시 여기저기에 많은 무리의 신도들이 사라지고 있는데 그들은 행렬의 집합 장소인 중심가로 가고 있었다. 금빛 칠을 한 거대한 바로크식 램프와 빨간 복장을 한 소년 합창단 한가운데에 신부가 서 있었고 많은 사람들이 성일(聖日)의 복장을 하고 있었다.

어떤 치약 회사는 비행선을 임대해서 도시 위로 작고 흰 낙하산들을 떨어뜨리고 있었고 한 상자 안에서는 치약이 서서히 아래로 떨어져 내려오고 있었다. 부두에는 경쟁 회사의 이름이 써진 고무풍선들을 하늘로 쏘아 올리는 거대한 대포가 장치되어 있었다. 더욱더 재미있는 일들이 있을 거라 방송되었고 어떤 거대한 고무회사의 익살스러운 광고는 교회 측으로부터 거절당했다는 소문이 떠돌았다.

10시에 제르게 씨 집에 갔을 때까지도 나는 아직 방을 구하지 못했다. 내 머릿속에는 창백한 주인 아낙네들의 대답과 밤새 한잠도 못 잔 문지기가 불친절하게 투덜거리는 소리가 맴돌고 있었다. 비행선도 갑자기 사라져 버렸고 아래쪽 부둣가의 대포 소리도 더 이상 들을 수 없었다. 도시 남쪽으로부터 찬송가가 들려왔을 때 나는 이제 축제 행렬이 시작되었음을 알았다.

제르게 씨의 가정부는 나를 서재로 안내했고 내가 자리에 앉기도 전에 제르게 씨가 침실 문을 열고 나왔다. 나는 그가 손에 돈을 쥐고 있음을 바로 알아보았다. 한쪽 손에는 초록색 지폐와 푸른색 지폐가 한 장씩 있었고, 약간 오므리고 있는 다른 손에는 동전을 가지고 있는 것을 보았다. 나는 그의 그림자가 나를 덮을 때까지 아래를 내려다보고 있었다.

　"다행히도 그리 어렵지 않았어요."

　나는 그의 말에 대꾸하지 않았다.

　"이리 오십시오."

　내가 손을 내밀자 그는 나의 오른손에 지폐 두 장을 놓고 그 위에 니켈 동전을 올려놓으면서 말했다.

　"35마르크입니다. 그 이상은 정말 드릴 수가 없습니다."

　"아, 감사합니다."

　나는 그를 쳐다보며 애써 웃으려고 해 보았으나 거친 딸꾹질만 마치 무슨 트림처럼 올라왔다. 사실 모든 것이 그에게는 귀찮은 일이었을 것이다. 깨끗하게 손질한 성직자의 평복, 세련된 손, 섬세하게 면도한 볼, 이런 것들이 나에게 초라한 우리집을 의식하게 했다. 맛도 없고 느끼지도 못하는 흰 먼지처럼 10년 동안 우리가 들이마시는 이 가난. 보이지 않고 설명할 수 없는, 그러나 정말로 존재하는 빈곤의 먼지가 내 폐와 심장과 뇌에 쌓여 있고 내 육체의 혈액순환을 지배하고 있으며 나에게 호흡 장애를 일으키게 한다. 나는 심한 기침을 해야 했고 힘들게 숨을 내쉬었다.

"그럼, 가보겠습니다. 대단히 고맙습니다."

나는 가까스로 입을 열었다.

"부인께 안부 전해주세요."

"감사합니다."

우리는 서로 악수를 하고 나는 문으로 갔다. 내가 뒤돌아보았을 때 그는 내 뒤에서 성호를 긋고 있었다. 문을 열기 전에 얼굴에 홍조를 띤 그가 힘없이 팔을 내려뜨리고 그 자리에 서 있는 것을 보았다. 나는 외투깃을 올린 뒤 서서히 시내 쪽으로 발걸음을 옮겼다. 바깥 날씨는 쌀쌀했고, 벌써부터 멀리서 찬송가 소리, 길게 퍼지는 나팔 소리, 여자들의 노랫소리, 또 갑자기 힘차게 이 노랫소리를 뒤덮는 남성합창단의 음성이 들려왔다.

이 혼합된 소리가 바람에 흩날린 먼지와 뒤섞여 돌풍에 밀려왔다. 먼지가 내 얼굴을 때릴 때마다 열정적인 노랫소리가 나를 감쌌다. 그러나 이 소리는 갑자기 멈췄고, 스무 걸음 정도 옮기자 나는 행렬이 지나가는 길 위에 서 있었다. 길가 가장자리에는 사람들이 별로 없어서 나는 그 자리에 서서 기다렸다.

붉은 순교자의 복장을 한 주교가 성가대와 찬송가 협회의 합창단 사이를 혼자 걸어가고 있었다. 열기 띤 합창단원의 얼굴들은 자기들이 방금 끝낸 부드러운 고함 소리에 귀를 기울이기라도 하듯 멍하니, 거의 바보같이 앞만 쳐다보고 있었다.

주교는 대단히 크고 늘씬했으며 그의 무성한 백발은 꼭 맞는 모자 아래로 밀려나와 있었다. 주교는 똑바로 걸어가며 손을 합장하고 있었는데, 비록 그가 합장을 하고 눈으로는 앞을 응시하고 있었지만 기도하고 있는 것이 아님을 알 수 있었다. 가슴 위의 금빛 십자가가 걸을 때마다 이리저리 가볍게 흔들거렸다. 주교는 붉은 가죽신을 신은 그의 발을 약간씩 올리며 걸었고, 이것은 군대식 행진 걸음을 약간 변화시킨 것처럼 위엄 있게 보였다. 주교는 장교 출신이었다. 그의 고행자 같은 얼굴은 사진을 잘 받는 형이었다. 그런 형의 얼굴은 종교 삽화지의 표지에 실리기에 꼭 알맞다.

조금 뒤를 이어 성당의 참사회원들이 따르고 있었다. 그들 중에는 두 사람만이 고행자의 얼굴을 갖는 행운을 지녔고 다른 모든 사람들은 창백하거나 대단히 붉은 얼굴을 하고 있었다. 그들의 얼굴은 원인을 알 수 없는 분노의 표정을 하고 있었다. 연미복을 입은 네 명의 남자가 값비싸 보이는 바로크식 천개(종교적 행렬에서 성체나 주교 머리 위에 떠받쳐지는 것)를 들고 갔다. 천개 아래에는 성체 현시대를 든 보좌주교가 걸어가고 있었다. 성체는 대단히 컸음에도 불구하고 나는 잘 볼 수가 없었다. 나는 무릎을 꿇고 성호를 그었다.

잠시 동안 내가 위선자인 것 같은 기분이 들었으나 곧 하느님은 순결하며 그의 앞에 무릎을 꿇는 일은 위선이 아니라는 생각이 들었다. 길가에 있는 거의 모든 사람들이 무릎을 꿇었으나 초록색 맨체스터 점퍼를 입고 빵모자를 쓴 젊은 청년 한 사람만은 모자도 벗지 않고 주머니에서 손도 꺼내지 않은 채 그대로 서 있었다. 나는 최소한 그가 담배를 피우지 않는 것이 기뻤다. 한 백발노인이 뒤에서 그에게 다가가 그의 귀에 대고 뭐라고 속삭였다. 그러자 그 청년은 어깨를 흔들더니 모자를 벗어서 배 앞에다 들고 서 있었으나 무릎을 꿇지는 않았다.

나는 다시 매우 서글퍼졌다. 성가대가 큰길로 접어드는 것이 보였는데 이 길에서는 무릎을 꿇고 다시 일어나 바지에서 먼지를 터는 일이 마치 물결이 움직이는 것처럼 계속되고 있었다.

성가대 뒤로는 약 스무 명 가량의 남자들이 연미복을 입고 따라왔다. 옷들은 모두 깨끗하고, 잘 어울렸는데, 잘 어울리지 않는 사람이 둘 있었다. 그들은 노동자 같았다. 자기 옷을 입고 있기 때문에 잘 어울려보이는 다른 사람들과 함께 걸어간다는 사실이 그들에게는 지겨운 일이었을 것이다. 그들은 그 검은 예복을 빌려 입은 것이 틀림없었다. 주교가 아주 강한 사회의식을 갖고 있다는 것은 잘 알려진 사실이었고, 그가 틀림없이 노동자들도 천개를 들어야 한다고 주장했을 것이다.

한 무리의 수도사들이 지나갔다. 그들은 아주 훌륭해 보였다. 미색 수도복 위로 걸친 은색 가운과 깨끗하게 깎아 말쑥하게 된 머리 한가운데는 대단히 멋있어 보였다. 수도사들은 손을 합장할 필요가 없었으므로 넓은 소매 안으로 감출 수가 있었다. 그들은 고개를 아래로 숙이고 아주 조용히, 너무 빠르지도 느리지도 않게, 매우 규칙적인 속도로 걸어갔다. 그 넓은 칼라와 길게 끌리는 예복과 흑백의 아름다운 조화는 동시에 그들에게 젊음과 지성적인 멋을 풍겨주고 있었다. 이런 광경들은 나에게 이 교단의 회원이 되었으면하는 마음을 갖게 했다. 그러나 나는 그들 중의 몇 사

람을 알고 있는데, 그들이 입는 보통 때의 신부 복장
으로는 이 예복을 입는 것보다 더 멋지지 못했다.

학자들은 거의 100명 정도 되었는데, 아주 지성적으
로 보이는 부분도 있었으나 대부분의 얼굴에는 약간
의 괴로운 지적인 표정이 나타나 있었다. 그들은 연미
복 차림이었으나 아주 일상적인 진회색 양복을 입고
있는 사람들도 많았다.

그 뒤를 이어 거대한 바로크식 이동 등불의 엄호를
받으며 도시의 신부들이 걸어 나왔다. 바로크식 신부
복장으로 맵시를 낸다는 것이 얼마나 어려운 일인가
하는 것을 알 수 있었다. 대부분의 신부들은 고행자
의 얼굴을 보여줄 수 있는 행운을 갖지 못했고, 너무
뚱뚱하거나 너무 건강해 보이는 사람들이 많았다. 반
면 길가에 서 있는 대부분의 사람들은 혈색이 좋지 않
았고 지쳐 있었으며, 어느 정도 거리감을 느끼고 있는
것 같았다.

여러 가지 색깔의 옷을 입은 학생들은 모두 아주 다
채로운 모자와 각양각색의 견장을 달고 있었는데, 중
앙에서 걸어가고 있는 학생들은 제각기 아래로 축 처
진 매우 화려한 비단 깃발을 들고 있었다. 그들은 세
명씩 7, 8열로 줄을 서 있었고 내가 본 대열은 가장 화
려한 대열이었다. 학생들의 얼굴은 진지했고 눈썹 하

나 까딱하지 않은 채 모두 앞을 똑바로 쳐다보고 있었다. 그들 중 누구도 이런 모습이 우스꽝스럽다는 것을 깨닫는 사람은 없는 것 같았다. 그 학생들 중 한 사람은 푸른색, 빨간색, 초록색이 섞인 모자를 쓰고 있었는데, 그리 더운 날씨가 아님에도 불구하고 얼굴 위로 땀을 비 오듯 흘리고 있었다. 그는 땀을 닦기 위해서 몸을 움직이지도 않았다. 이것은 우스꽝스럽다기보다는 아주 불행하게 보였다. 나는 생각했다. 아마도 어떤 징계위원회 같은 것이 있어서 행진하는 중에 순종치 않는 땀 때문에 그가 딴짓을 한다면 그를 고발할 것이고 그렇게 되면 그의 경력은 끝날 것이라고. 그는 정말로 이제는 더 이상 아무런 기회도 없는 사람의 표정을 하고 있었고 땀을 흘리지 않는 다른 사람들은 마치 그에게 아무런 기회도 주지 않으려는 것처럼 보였다.

초등학생들 한 무리가 지나갔다. 그들은 너무 빨리 딱딱 끊으며 노래하여 마치 미사 집전자와 예배자들이 번갈아가며 부르는 찬송가처럼 들렸다. 왜냐하면 처음에 그들이 부른 가사가 정확히 3초 후에 뒤에서 점점 더 크고 분명하게 들려왔기 때문이다. 새 연미복을 입은 젊은 교사 몇 명과 가운을 걸친 젊은 성직자 두 명이 이리저리 뛰면서 손동작으로 속도를 조정하고 뒷줄을 향해 화음 규칙을 신호하며 노래의 균형을 잡으려고 했지만 아무 소용이 없었다.

　나는 갑자기 현기증이 났고, 행진하는 모든 사람들과 구경하고 있던 사람들을 더 이상 보지 못했다. 내 시야는 오므라들 듯 좁아졌고 희미한 회색빛 가운데 내 두 아이, 클레멘스와 카를라만이 보였다. 창백해 보이는 남자아이는 약간 긴 푸른 옷을 입고 단추 구멍에 첫 번째 성찬 참여자로서 초록빛 나뭇가지를 꽂은 채 손에 초를 들고 있었다. 그 진지하고도 사랑스러운 아이의 얼굴은 창백하면서 무표정했다. 나와 같은 검은 머리에 앳된 얼굴, 그리고 가냘픈 몸매를 가진 여자아이는 겨우 미소를 짓고 있었다.

　나는 이 아이들과 너무 멀리 떨어져 있는 것 같았는데도 정확하게 그들을 보았다. 내 생명의 한 부분인 그들을, 나에게 짐 지워져 있는 낯선 생명처럼 들여다보았다. 그리고 양초를 손에 쥐고서 천천히, 엄숙하게 나의 아주 좁은 시야를 지나가고 있는 이 아이들, 그들에게서 나는 항상 느끼고 있었지만 이제야 비로소 명확하게 깨달은 어떤 사실을 발견했다. 그것은 우리가 가난하다는 사실이었다.

　나는 주교좌성당의 마지막 미사에 참여하기 위해 마구 밀려가는 사람들의 무리에 휩쓸렸다. 나는 한동안 좌우로 벗어나려고 애써 보았으나 헛수고였다. 그런 공간을 만들기에는 너무 지쳐 있었다. 나는 움직여지는 대로 몸을 맡기며 서서히 바깥쪽으로 밀려 나가고 있었다. 구역질나는 인간들. 나는 그들을 증오하기 시작했다. 내가 기억하기로는 나는 사람들을 때리는 것에 대해 항상 혐오감을 갖고 있었다.

어떤 사람이 내 앞에서 얻어맞으면 그것은 내게도 고통을 안겨주어서 그 일을 막으려고 노력했다. 이것은 포로들에게 있어서도 마찬가지였다. 포로들이 매를 맞는 것을 그냥 보고 있을 수 없었다는 사실은 지금도 나에게 많은 성가신 일과 위험을 가져다준다. 하지만 아무리 노력해도 폭력에 대한 내 반감은 어쩔 수가 없었다. 나는 어떤 사람이 얻어맞거나 학대당하는 것을 볼 수가 없었다. 그것은 내가 동정심이나 사랑을 느껴서가 아니라 단지 그런 것을 참을 수가 없기 때문이다.

그러나 몇 달 전부터 나는 그 누군가의 얼굴을 때리고 싶은 충동을 느낀다. 근무에 지쳐서 돌아올 때 아이들이 떠드는 것을 보면, 자극을 받아 아이들을 때릴 때도 있었다. 나는 이것이 부당한 일이라는 사실을 알면서도 아이들을 심하게, 매우 심하게 때렸다. 자제력을 잃었다는 사실이 나를 놀라게 했다. 갑자기 누군가의 얼굴을 때리고 싶은 거친 욕망이 자주 나를 사로잡는다. 어떤 마른 여인이 내게 너무 바싹 붙어서 가고 있었기 때문에 그녀의 시큼한 체취가 가까이에서 풍겨왔다. 그녀는 찡그린 표정으로 녹색 펠트 모자를 쓰고 내 앞에서 침착하게 가고 있는 남편에게 소리를 지르고 있었다.

"앞으로 가요. 자, 가요. 좀 더 빨리요. 미사를 놓치겠어요."

나는 오른쪽으로 뚫고 나가는 데 성공했다. 겨우 군중의 물결 밖으로 빠져나와 어떤 구두 가게 앞에 멈춰서서 그들이 모두 지나가기를 기다렸다. 나는 주머니 속의 지폐와 동전을 세어 보았다. 돈은 그대로 있었다. 커피를 마시고 싶었지만, 돈을 아껴 써야만 된다.

갑자기 거리가 텅 비었다. 쓰레기와 짓밟힌 꽃송이들, 잘게 부서진 모르타르 부스러기와 오래된 전차 전주 사이에 비스듬히 걸려 있는 간판만을 볼 뿐이었다. 이 간판에는 흰색 바탕에 검은 글씨로 찬송가의 첫 구절이 씌어 있었다.

'즐거이 주를 찬미하세.
마리아여, 우리를 축복하소서.'

그리고 다른 간판들에도 양떼와 성배, 종려나무 가

지, 심장과 닻 등이 그려져 있었다.

　나는 담배를 피워 물고 서서히 도시 북부 지역으로 걸었다. 멀리 떨어진 곳에서 아직도 행렬의 노랫소리가 들려왔으나 잠시 후 조용해졌다. 행렬이 성당에 도착한 것이다. 나는 어떤 극장에서 막 끝난 조조 영화에 대해 토론을 벌이기 시작한 한 무리의 젊은 지식인들 사이에 끼어들었다. 프렌치 코트를 입고 빵모자를 쓴 그들은 녹색 스웨터와 딱 달라붙은 미제 블루진을 입고 있는 아주 귀여운 소녀 주위로 모여들었다.

　"……굉장히 진부하군……."

　"……그렇지만 방법은……."

　"……카프카……."

　나는 아이들을 잊을 수가 없었다. 눈을 감아도 그들의 모습이 보이는 것 같았다. 내 아이들, 벌써 열세 살이 된 아들, 열한 살의 딸, 판에 박은 일들을 해야 할 창백한 모습의 두 아이들. 그들은 노래하는 걸 좋아했지만 내가 집에 있을 때는 노래하는 것을 금한다. 그들의 쾌활함과 소음이 나를 자극하여 아이들을 때리게 했다. 사람 때리는 것을 결코 참지 못하던 내가 아이들의 얼굴을, 엉덩이를 때린 것이다. 조용히 있고 싶었기 때문에, 근무에 지쳐서 돌아온 저녁에 조용히 있고 싶었기 때문이다.

성당에서는 노랫소리가 흘러나왔다. 바람은 찬송가의 물결을 실어 왔다. 나는 역 왼쪽으로 갔다. 흰 옷을 입은 남자들을 보았다. 성당의 간판을 깃대에서 떼어내고 다른 간판을 달고 있었다. 간판에는 다음과 같이 씌어 있었다.

'독일약사협회, 약품전시회를 방문하십시오. 많은 샘플을 무료로 증정하고 있습니다.'
'약사 없이 어떻게 살 수 있을까?'

나는 천천히 지벤슈메르첸마리에 성당이 있는 쪽으로 어슬렁어슬렁 거닐었다. 성당 정문은 쳐다보지도 않고 지나쳐 아침을 먹었던 간이음식점까지 갔다. 내 다리 근육의 신비한 리듬은 나에게 그 자리에 서서 위를 쳐다보도록 만들었다. 오른쪽 커튼의 틈 사이로 커틀릿 고기 접시와 크고 화려한 담배 광고지를 보았다. 나는 문을 열고 안으로 들어갔다. 안은 조용했고 소녀는 없었다. 바보 아이도 거기엔 없었다. 구석에는 전차 차장이 앉아서 수프를 먹고 있었고 그 옆의 식탁에는 부부 한 쌍이 버터빵과 커피를 먹고 있었다. 카운터 뒤에서 상이군인이 나를 알아보기라도 한 듯이 쳐다보면서 일어났다. 그의 입가는 떨리고 있었다. 전차 차장과 한 쌍의 부부도 나를 향했다.

"무엇을 원하십니까?"

상이군인이 물었다.

"담배 다섯 개비요. 빨간 것으로 주세요."

나는 주머니에서 맥없이 동전을 꺼내 유리판 위에 조용히 놓고 상이군인이 내민 담배를 찔러 넣은 채 고맙다고 말했다. 나는 천천히 주위를 둘러보았다. 그들은 여전히 나를 응시하고 있었다. 숟가락을 들고 있는 전차 차장과 부부, 이 부부는 빵을 씹다 말고 나를 쳐다보고 있었다. 나는 상이군인을 쳐다보았다. 그는 미소를 짓고 있었는데도 면도를 하지 않아 거친 얼굴에서 소녀의 모습을 찾아볼 수 있었다.

상이군인이 침묵을 깨뜨리고 물었다.

"누구를 찾고 계신가요?"

나는 머리를 흔들고 문으로 향했다. 잠깐 걸음을 멈추자 등 뒤로 다른 사람들의 시선을 느낄 수 있었다. 거리는 여전히 한적했다.

역 뒤로 통하는 어두운 지하도에서 한 주정뱅이가 비틀거리며 나왔다. 지그재그로 걷는 그의 굼뜬 발걸음은 정확히 나를 향해 오고 있었다. 그가 나에게로 가까이 오자 그의 단추 구멍에 있는 약사 깃대가 보였다. 그는 내 앞에 서서 외투 단추를 붙들더니 얼굴에 다 대고 트림을 했다. 시큼한 맥주 냄새가 났다.

"약사 없이 어떻게 살 수 있을까?"

그는 중얼거렸다.

"못살아. 약사 없이는 못살아."

나는 나직한 목소리로 대답했다.

"알고 있었군."

그는 경멸조로 말하더니 계속 비틀거리며 내게서 멀어져 갔다. 나는 서서히 어두운 지하도 안으로 걸어 들어갔다. 기차역 뒤쪽은 아주 조용했다. 이 전체 지역에는 캐러멜 향기와 뒤섞인 코코아 가루의 달고도 쓴 냄새가 잔뜩 배어 있었다. 세 군데의 주택가에 걸쳐 거대한 초콜릿 공장의 건물과 통로가 있었는데, 맛있는 초콜릿 제품에 어울리지 않는 어두운 분위기를 풍기고 있었다. 이곳은 가난한 사람들이 살고 있으며 몇 개 안 되는 여관은 값이 싸다. 관광협회는 관광객들이 거절할까 봐 그들을 이곳으로 안내하기를 꺼린다.

좁은 길은 음식 냄새, 찐 양배추 냄새, 고기 굽는 요란한 냄새들로 꽉 차 있었다. 입에 막대사탕을 물고 있는 아이들이 여기저기 있었고 창문이 열린 집 안으로 셔츠 소매를 걷어 붙인 남자들이 카드놀이를 하고 있는 것이 보였다. 타고 부서진 어떤 집의 담벼락에는 검은 손이 그려져 있는 크고 더러운 간판이 보였다. 그 아래에는 다음과 같이 씌어 있었다.

'네덜란드 집, 여관. 간소한 식사, 일요일에는 춤을 출 수 있음.'

나는 검은 손이 가리키는 쪽으로 가 길모퉁이에서 또 다른 검은 손 표시를 발견했다.

'네덜란드 집, 바로 건너편에 있음'이라고 씌어 있었다. 위를 쳐다보니 초콜릿 공장의 연기로 검게 그을린 붉은 벽돌집이 보였는데, 약사들이 여기까지는 밀려 오지 않은 것 같았다.

6장

프레드의 목소리를 전화로 들을 때마다 나를 사로 잡는 흥분에 대해 나는 언제나 스스로 놀란다. 그의 쉰 목소리는 약간 지쳐 있었다. 관청에서 통용되는 특유의 말투는 그를 낯설어 보이게 하고, 내 흥분을 증가시킨다. 이러한 목소리는 그가 오데사나 세바스토폴에서, 또는 그가 취해 있는 술집에서 들을 수 있었다. 수화기를 들고 번호를 눌러 떨어지는 동전이 통화를 연결시킬 때 내 가슴은 얼마나 떨렸던가! 그가 말을 시작하기 전의 직업적인 침묵들, 그의 기침 소리, 전화기를 통해 들려오는 부드러운 그의 목소리.

내가 내려왔을 때 주인할머니는 낡은 가구들에 둘러싸인 소파 구석에 앉아 있었다. 책상은 비누 상자와 예방약으로 가득 찬 상자, 그리고 특별히 비싼 화장품을 보관하고 있는 조그만 나무 상자로 뒤덮여 있었다. 방안은 온통 머리카락 냄새로 가득하다. 다른 방에 사는 여자들이 치장하느라 머리카락을 지지는 냄새가 흘러들어온 것이다. 토요일 내내 배어든 야하고 지독한 냄새였다. 발룬 부인은 너덜너덜한 차림새로 머리를 매만지지도 않고 책방에서 빌린 소설을 펼쳐 놓은 채 내가 귀에다 수화기를 대고 있는 동안 나를 살펴보느라 한 줄도 읽지 않았다. 그리고 지친 눈동자로 계속 나를 쳐다보며 소파 뒤 구석으로 손을 뻗쳐 술잔을 꺼내 술을 가득 따랐다.

"여보세요, 프레드예요?"

내가 묻자 그는 대뜸 '케테, 방도 구했고 돈도 있어!'라고 말했다.

"아, 잘 됐군요."

"언제 오겠어?"

"5시에요. 아이들에게 케이크를 구워 주려고 해요. 춤추러 가요?"

"당신이 원한다면 물론이지. 여기에서도 춤을 출 수 있어."

"당신 어디에 있어요?"

"네덜란드집이야."

"거기가 어디쯤이에요?"

"역 북쪽에 있어. 반호프 거리를 길게 따라가면 모퉁이의 간판에 검은 손 표지판이 보일 거야. 둘째손가락이 가리키는 곳으로 오면 돼. 아이들은 잘 있어?"

"네, 잘 있어요."

"아이들을 위해 초콜릿을 사 놓았어. 고무풍선도 사 놓고. 아이스크림도 사 주고 싶어. 아이들에게 돈을 줄 거야. 내가, 내가 때린 것, 미안하다고 말해줘. 내가 잘못했어."

"그렇게 말할 수는 없어요, 프레드."

나는 말했다.

"왜?"

"아이들이 울기 때문이에요."

"울면 어때. 아이들은 내가 미안해한다는 걸 알아야 해. 이건 나에게 대단히 중요한 일이야. 제발 이 점을 잊지 말아줘."

나는 프레드에게 뭐라고 대답해야 할지 몰랐다. 주인할머니를 쳐다보았다. 그녀는 능숙한 솜씨로 두 번째 잔을 가득 채우고는 잔에다 입을 갖다 댄 채 입속에서 술을 굴리며 마셨다. 술이 그녀의 목으로 넘어갈 때 그녀의 얼굴에서 가벼운 역겨움의 표정이 보였다.

"케테."

프레드가 다시 말했다.

"왜요?"

"아이들에게 다 말해줘. 잊어버리지 마. 그리고 초콜릿과 풍선, 아이스크림에 대해서도 꼭 말해줘. 약속해 줘.”

“약속할 수 없어요. 아이들은 행진 구경을 할 수 있어서 오늘은 아주 즐거워하고 있어요. 당신이 때린 일을 상기시키고 싶지 않아요. 언제 당신 얘기가 나오면 얘기할게요.”

“내 얘기를 해?”

“네. 그들은 당신이 어디 있느냐고 물어봐요. 난 당신이 아프다고 했어요.”

“내가 아프다고?”

“네, 당신이 아프다구요.”

그는 아무 말도 하지 않았다. 수화기를 통해 그의 숨소리가 들렸다. 주인할머니는 내게 눈을 껌뻑거리며 열심히 고개를 끄덕였다.

“당신 말이 맞을지도 몰라. 나는 정말로 병들어 있을 거야. 자, 그럼 5시에 봐요. 반호프 거리 모퉁이에 검은 손이 있는 간판이 있어. 돈은 충분해. 우리는 춤추러 가게 될 거야. 안녕, 여보.”

“안녕.”

나는 천천히 수화기를 내려놓았다. 그리고는 주인할머니가 잔을 식탁 위에 놓는 것을 보았다.

“이리 와요. 한 잔 해요.”

전에도 가끔 반항심이 엄습해 오면 나는 이 할머니

에게 내려온다. 우리가 살고 있는 방이 너무 형편없다고 불평을 늘어놓기 위해서 말이다. 그러나 그녀는 그때마다 지독히 냉정하게 나를 제어하고는, 술잔을 권하며 피로한 눈동자의 지혜로 요령 있게 나를 대했다. 그녀는 방을 수리하는 데 드는 비용이 3년 동안의 집세보다도 많을 것이라고 설명했다. 나는 이 할머니에게서 술 마시는 법을 배웠다. 처음엔 코냑이 너무 독해서 리쾨르를 청했다. 그때, 그녀는 '리쾨르? 누가 리쾨르 따위를 마셔?'라고 했다. 그러다가 어느새 나는 코냑이 좋은 술이라는 할머니의 말이 맞다는 걸 확신하게 되었다.

"자, 이리 와서 한 잔해요."

나는 그녀와 마주 앉았다. 그녀는 취한 듯 멍한 얼굴로 나를 쳐다보았다. 내 시선은 그녀의 얼굴을 지나 알록달록한 상자들이 쌓인 곳을 향했다. 이 상자들에는 '그리스표 고무, 우량품, 황새 표시가 있는 것만이 진짜임'이라는 상표가 붙어 있었다.

할머니가 '건배'라고 했기 때문에 나 역시 잔을 들며 '건배'라고 말하며 향긋하고 타는 듯한 코냑을 마셨다. 이 순간, 나는 주정꾼 남자들과 프레드와 술 취한 모든 사람들을 이해했다.

"자, 아주머니!"

할머니는 이렇게 말하면서 놀라우리만치 빠른 속도로 내 잔에 술을 따랐다.

"다시는 불평하러 오지 말아요. 가난을 치료해 줄 약은 없어요. 오늘 오후에 아이들을 이리로 보내요. 여기서 놀아도 되니까. 당신 외출해요?"

"네, 저는 외출하지만 아이들을 돌봐줄 젊은 남자를 부탁했어요."

"내일까지?"

"네, 내일까지요."

순간 흐릿한 미소가 노란 해면처럼 그녀의 얼굴에서 부풀다가 다시 그쳤다.

"아, 그래요? 그러면 아이들에게는 빈 상자들을 갖다 줘요."

"그래도 되겠어요? 고맙습니다."

내가 대답했다.

그녀의 남편은 토지 소개업자였는데, 집 세 채와 미장원과 수집한 상자들을 유산으로 남겨주었다.

"또 한 잔 할래요?"

"아뇨, 괜찮아요. 감사합니다."

그녀의 손이 술병을 만지는 동안에 떨리지 않았다. 나를 놀라게 하는 그 동작은 어떤 부드러움을 지니고 있었다. 그녀는 내 잔에도 다시 술을 가득 채웠다.

"제게는 더 이상 주지 마세요."

"그러면 내가 마실게."

그녀는 날카롭게 나를 바라보더니 갑자기 눈을 가늘게 뜨고 물었다.

"임신했어요? 사랑하는 애를?"

나는 깜짝 놀랐다. 임신을 하지 않았나, 하는 생각이 들 때가 종종 있었으나 확실치 않다. 나는 머리를 저었다.

"불쌍한 자식, 또 꼬마를 가지게 되면 힘들 텐데요."

"모르겠어요."

나는 애매하게 대답했다.

"부인! 립스틱 색깔을 바꿔야겠군요."

그녀는 나를 다시 날카롭게 쳐다보더니 일어났다. 무늬가 요란한 블라우스를 입은 그녀의 뚱뚱한 몸이 의자와 소파와 책상 사이로 구르듯 빠져나왔다.

"이리 오세요."

나는 그녀를 따라 가게로 갔다. 머리카락 타는 냄새와 향수 냄새가 구름처럼 자욱했고, 커튼을 쳐 둔 어두운 방에는 토요일 오후의 음울한 광선을 받고 있는 퍼머 기구와 희미하게 빛나는 니켈 조각들이 보였다.

"자, 와 보세요."

그녀는 서랍 속에 아무렇게나 놓여 있는 컬 페이퍼

(머리지지는 데 쓰이는 종이)와 느슨한 립스틱, 그리고 여러 가지 색깔의 콤팩트를 뒤적거렸다. 그녀가 립스틱 하나를 집어 나에게 내밀었다.

"이걸 봐요."

나는 놋쇠 뚜껑을 열고, 진홍색 립스틱이 마비된 벌레처럼 빠져나오는 걸 보았다.

"이렇게 진한 것을요?"

"그래요, 좀 진한 색을 한번 발라 봐요."

이 아래 있는 거울들은 완전히 다르다. 이 거울들은 시선이 뒤로 향하지 못하도록 하고, 사람의 얼굴을 평평하고 아주 가깝게 나오도록 하므로 실물보다 잘 보이게 한다. 나는 입술을 오므리고 몸을 숙인 채 조심스레 진홍색 립스틱을 발랐다. 그러나 내 눈은 이런 거울에 익숙하지 못했다. 이 거울들은 내 얼굴을 지나 피하려고 하는 다른 시선에 의해 확대되는 것같이 보인다. 그리고 이 시선은 거울 속에서 자꾸만 미끄러져 내 자신의 얼굴로 되돌아왔다. 나는 어지러워졌다. 주인할머니의 손이 내 어깨 위에 놓이고 그녀의 헝클어진 머리와 취한 얼굴을 내 뒤의 거울에서 보았을 때 나는 약간 소름이 끼쳤다.

"부인 잘 발라요, 사랑을 위해서 잘 발라요. 그러나 항상 아이처럼 보이게 하지는 말아요. 이 립스틱은 잘 맞지요?"

나는 뒤로 돌아 립스틱을 돌려서 뚜껑을 닫고 이렇게 말했다.

"네, 잘 맞아요. 하지만 돈이 없어요."

"괜찮아요. 나중에."

"네, 그럼 나중에 드릴게요."

나는 다시 거울 안을 들여다보며, 빙판에서처럼 그 속을 헤매다가 손으로 눈을 가리고는 마침내 물러섰다. 주인할머니는 쭉 뻗은 내 팔 위에 텅 빈 비누갑을 얹고서 앞치마 주머니에 립스틱을 넣어주며 문을 열었다.

"대단히 감사합니다. 안녕히 계세요."

"잘 가요."

나는 아이들이 떠든다고 프레드가 왜 그처럼 화를 낼 수 있는지 이해할 수가 없다. 그들은 너무나도 조용하다. 내가 난롯가나 식탁 곁에 서 있을 때면 아이들이 너무나도 조용해서 아이들이 있는지 확인해 보기 위해 갑자기 뒤돌아볼 때가 있다. 그들은 상자로 집짓기 놀이를 하며 이따금 속삭일 뿐이다. 내가 돌아보면 아이들은 내 눈에 나타난 공포를 보고 놀라 일어나, '엄마, 웬 일이에요, 뭐예요?'라고 물어본다.

그러면 나는, '아무것도 아니야, 아무것도 아니야.'라고 말하고는 반죽을 밀기 위해 돌아선다. 나는 아이들만 놔두는 것이 두렵다. 프레드와 함께 집을 비우는 것은 언제나 오후 한때였고 밤새도록 외출한 것은 처음 한 번뿐이었다. 꼬마는 자고 있고 나는 그 아이가 잠을 깨기 전에 나가려고 했다. 옆방에서는 그 끔찍스러운 신음 소리가 멈췄다. 포옹하는 동작과 더불어 나는 저 씩씩거리는 소리와 흐느낌 말이다.

그들은 영화관으로 가기 전에 잠을 잔 것이다. 나는 이 신음 소리가 들리지 않게 하기 위해서 라디오를 사야겠다고 생각한다. 왜냐하면 경멸보다는 공포심만을 일으키는 그 끔찍한 소리 때문에 나는 일부러 크게 말하게 되는데, 이 인위적인 대화는 너무 빨리 중단되었고 나는 아이들이 무슨 소리인지 알아듣는 게 아닐까 반문하게 된다. 어쨌든 아이들은 내 말에 귀를 기울이지만 그들의 표정은 시체 냄새를 맡으면서 떠는 짐승과도 같다. 가능하다면 나는 아이들을 거리로 내보내려고 한다. 그러나 이 이른 일요일 오후는 어린아이들마다 놀라게 하는 우울함으로 가득 차 있다.

내 몸을 마비시키는 저 건넌방의 이상한 침묵이 갑자기 시작되면 내 얼굴은 불타는 듯 붉어진다. 그래서 투쟁이 시작되었음을 알리는 최초의 신음 소리들이 나면, 나는 노래를 부르려고 노력한다. 둔하고 불규칙으로 덜커덩거리는 침대 소리와, 곡예사들이 서커스 천막 꼭대기에서 빙빙 날다가 공중에서 사다리 그네를 바꿀 때 서로 지르는 소리와도 비슷한 그 음성들 말이다.

그러나 내 목소리는 째지고 불안정하다. 그래서 나는 흉내 낼 수 없는 멜로디를 흥얼거리는 것이 쓸데없는 일이라는 것을 안다. 지금은 우울한 분위기가 꽉 찬 일요일 오후의 무한히 지루한 순간이다. 녹초가 된 후 숨소리와 담뱃불 붙이는 소리가 들린다. 그 후의 침묵은 증오로 가득 차 있다. 나는 가능한 한 요란한 소리를 내며 식탁 위의 반죽을 이리저리 굴리고 다시 두들긴다. 나는 사랑의 행위를 할 수 있는 공간을 갖지 못하고 사는 수백만의 가난한 남녀들을 생각해 본다. 반죽을 굴려 펴 가며 가장자리를 높이고 케이크 반죽 속으로 과일과 열매들을 눌러 넣는다.

7장

 긴 복도 끝에 있는 방은 컴컴했다. 창 밖을 내다보니, 전에는 붉은색이었을 회색 벽돌담이 보였다. 벽돌담은 규칙적인 물결무늬의 선들로 이어진, 전에는 노란 빛깔이었으나 이제는 갈색인 기와 모양으로 장식되어 있었다.

 그리고 내 눈길은 비스듬히 놓여 있는 담을 지나 지금은 아무도 없는 두 개의 플랫폼으로 향했다. 한 여인이 아이를 데리고 벤치 위에 앉아 있을 뿐이었고, 레몬에이드 가게 아가씨는 계속 문 앞에 서서 불안한 몸짓으로 흰 앞치마를 무릎 위아래로 올렸다 내렸다 하고 있었다. 역 뒤에는 깃대가 달린 성당이 있었다. 텅 빈 역 뒤로 사람들이 제단 주위에 빈틈없이 몰려 있는 것을 보니 숨이 막혔다.

 성당 옆 군중들의 침묵이 답답함을 불러일으킨 것이다. 그 제단 가까이에 주교가 붉은 옷을 입고 서 있었다. 그를 쳐다보는 순간, 확성기를 통해 텅 빈 역을 지나 울려오는 크고 명확한 그 목소리를 들었다. 나는 전에 이 주교의 설교를 여러 번 들어 보았지만 그때마다 지루했다. 그런데 나는 권태를 가장 참기 어려워한다. 확성기에서 주교의 목소리를 듣는 지금, 이제까지 생각나지 않던 형용사가 떠올랐다. 그것은 아주 간단한 형용사였는데, 혀에서 맴돌다가 이내 사라져 버리곤 했다.

주교는 항상 사투리를 써서 인기를 높이려고 하지만 별로 효과가 없었다. 그가 설교에 사용하는 어휘는 신학용어사전에서 뽑아낸 것 같은데, 유감스럽게도 이러한 어휘들은 지난 40년 동안 계속 사용되어 이제는 그 설득력을 상실한 것들이다. 이미 관용어가 되어 버린 이러한 술어들은 별로 진리를 담지 못한 것들이다. 진리 자체가 지루한 게 아니고 이 주교가 진리를 지루하게 만드는 능력을 지닌 것이 분명했다.

"……천주님을 우리의 일상생활에 받아들입시다. 우리의 마음에 천주의 탑을 세웁시다……."

몇 분 동안 나는 황량한 플랫폼 너머 저쪽으로 사라지는 이 주교의 목소리를 들으며 동시에 붉은 옷을 입고 확성기 뒤에 서 있는 그의 모습을 바라보았다. 그는 거의 알아들을 수 없을 만큼 심한 사투리로 이야기하고 있었다. 몇 년 동안이나 찾았으나 너무 쉬워서 생각나지 않던 그 단어가 무엇인지 갑자기 떠올랐다. 주교는 바보였다. 내 시선은 역을 지나 여전히 불안하게 흰 앞치마를 만지작거리는 아가씨를 향한 뒤, 벤치에서 아이에게 우유를 먹이는 부인에게 돌아왔다. 그리고 다시 벽돌담의 갈색 소용돌이 무늬를 넘어 더러운 창가의 의자를 지나 방 안으로 돌아왔다. 나는 창문을 닫고 침대에 누워 담배를 피웠다.

이제 방 안은 아무것도 들리지 않고 조용했다. 벽은 분홍색 벽지로 발라져 있었고 하트 모양으로 된 초록색 무늬는 닳아서 연필 자국처럼 흐릿하긴 해도 규칙적으로 벽지 위에 남아 있었다. 15촉짜리의 전구에 푸른 대리석 무늬의 둥근 유리 갓이 씌워져 있는 램프는 다른 모든 것과 마찬가지로 보기 흉했다. 진갈색 칠을 한 좁은 옷장은 사용하지도 않고, 사용하기 위해 만든 것 같지도 않았다. 이 방을 이용한 사람들은 짐이 있더라도 그것을 푸는 사람들이 아니다.

그들은 대개 옷걸이에 걸 웃옷도, 접어 포개 놓아야 할 셔츠도 없는 사람들이다. 열려진 장에 걸려 있는 옷걸이 두 개는 너무 약해서 내 웃옷의 무게로 그것을 망가뜨릴 것만 같다. 그래서 사람들이 옷을 벗을 때면 옷이 구겨지든 말든 바지는 의자 위에 던져두고 웃옷은 걸쳐 둔다. 그리고 가끔 창백하거나 볼이 붉은 여자들을 데려왔을 때 그들의 옷을 걸어 둘 여분의 의자가 또 하나 있다. 옷장은 아직 아무도 사용해 본 적이 없는 옷걸이들처럼 형식적으로 거기 있었다. 세면대는 물이 흐를 수 있는 세면기를 만들어 놓은 단순한 조리대 같은 것에 불과했다.

그러나 에나멜로 칠한 세면기의 물은 흐르지 않았다. 그저 갖다 붙인 것이었다. 비누갑은 해면 공장의 선전물인 사기로 되어 있다. 양치질용 유리잔은 깨진 대로 그냥 두었다. 벽은 장식을 좀 해야 한다고 생각했는지 어떤 유행 예술 잡지의 부록에 실렸던, 모나리자 복제 그림이 걸려 있다. 침대는 아직 새 것이어서, 새큼한 나무 냄새가 나며 낮고 어두운 색이었다. 침대 시트에는 별로 관심이 없었다.

나는 옷을 입은 채로 침대 위에 누워서 시트를 가져올 아내를 기다린다. 털로 된 초록색 이불은 약간 해졌다. 그 안에 짜 넣은 무늬는 곰들이 공놀이하는 것이었으나 이제는 공놀이하는 사람들 같았다. 알아볼 수 없게 되어 버린 곰 얼굴은 비누방울을 서로 던지는 힘센 역사의 풍자화와 닮았기 때문이다. 종은 12시를 울렸다.

나는 식탁에서 비누갑을 집어 오기 위해 일어났다.

그리고는 담배를 피우기 시작했다. 이건 누구에게도 이야기할 수 없고, 누구와 함께 그것에 대해 말하지 못할 끔찍한 일이다. 사실 나는 돈이 필요하고 내 아내와 동침하기 위한 방이 필요하다. 우리는 같은 도시에 살고 있음에도 불구하고 전부터 단지 여관방에서만 결혼생활을 영위해 왔다. 날씨가 따스할 때면 가끔 야외의 공원이나 허물어진 집의 복도나 안전하다고 생각되는 그밖의 장소를 찾았다. 우리집의 방은 너무 작고 하나뿐이다. 게다가 우리 방과 우리 옆방을 분리하고 있는 벽은 너무 얇다. 보다 큰 집을 위해서 돈과 돈을 벌 능력이 필요한데, 우리는 돈도 없고 능력도 없다. 내 아내도 그런 능력이 없다.

　지난번에는 교외에 있는 한 공원을 찾았다. 저녁때였는데, 밭에서는 잘라낸 파 냄새가 풍겨왔고 지평선에는 불그스름한 하늘로 굴뚝에서 검은 연기가 올라가고 있었다. 곧 어둠이 깔리고 빨간 하늘은 보라색과 검은색으로 변하여 뭉게뭉게 일어나는 굴뚝 연기의 힘차고 넓은 무늬를 더 이상 볼 수 없었다. 파 냄새는 양파의 쓴 냄새와 뒤섞여 더욱 지독하게 풍겼다. 멀리 모래분지 뒤로 불빛이 깜박거렸고, 앞쪽으로 뻗어 있는 길에는 한 남자가 자전거를 타고 지나갔다. 자전거의 불빛은 울퉁불퉁한 길을 비틀거리며 지나가면서, 한쪽 면이 뚫린 하늘에 조그마하고 어두운 삼각형을 만들었다. 떨어져 나간 나사 때문에 덜커덩거리는 소리가 천천히 멀어져 갔다. 좀 더 멀리 바라보면 저 위쪽 길로 밤보다도 더 컴컴한 담이 보였다. 담 뒤로는 거위들이 우는 소리와 모이를 먹이려고 가축을 부르는 어떤 부인의 중얼거리는 소리가 들렸다.

어두운 대지 위에 있는 케테의 흰 얼굴과, 그녀가 눈을 뜨면 나타나는 이상하게도 푸른 눈빛만을 본다. 그녀의 팔은 하얗게 드러나 있었고, 그녀는 심하게 흐느껴 울고 있었다. 그녀 입술에 키스를 하면 눈물 맛이 난다. 나는 어지러웠고, 하늘의 둥근 지붕은 말없이 이리저리 흔들거렸다. 케테는 더욱 심하게 흐느꼈다. 우리는 옷에 먼지를 털고 천천히 9번 전차 종점으로 갔다. 멀리서 전차가 원탑 주위로 커브를 도는 소리와 고압선의 불꽃이 튀는 것이 보였다.

"추워지는데요."

케테가 말했다.

"응, 그래."

"오늘 밤 어디서 주무세요?"

"블록 씨 집에서."

우리는 전차 길로 향하는 가로수 길을 내려갔다. 우

리는 9번 전차 종점 근처에 있는 술집으로 들어갔다. 나는 코냑을 주문하고 오락기에 동전 하나를 집어넣은 다음 나무 통로로 니켈 구슬이 하나씩 튀어오르게 했다. 니켈 구슬들은 쇠로 된 태엽에서 돌다가 접촉 부분을 때리며 부드러운 소리를 냈다. 유리로 된 눈금판에 빨간색, 녹색, 푸른색 숫자들이 나타났다. 주인 여자와 케테는 나를 쳐다보았고, 나는 계속 놀이를 하면서 케테의 머리 위에 손을 얹었다. 팔짱을 끼고 있는 여주인의 큰 얼굴은 미소로 가득 차 있었다. 나는 게임을 계속했고, 케테는 그저 나를 바라보았다. 한 남자가 술집 안으로 들어와 다리가 긴 의자에 걸터앉아 탁자 위에 가방을 놓고 술을 주문했다. 그 사람의 얼굴은 더럽고, 손은 갈색이었으며, 그의 연푸른 눈동자는 실제보다 더 맑게 보였다. 그는 한참동안 케테의 머리 위에 놓여 있는 내 손을 쳐다보더니만 술 한 잔을 더 주문했다.

그러고 나서 그는 바로 내 옆에 서서 금고처럼 흐릿하게 보이는 다른 오락기를 조작하기 시작했다. 여기에는 동전 구멍이 있는 핸들과 세 개의 크고 검은 숫자가 나란히 있는 빨간 눈금판이 있었다. 그는 동전을 넣고 핸들을 돌렸다. 번호판의 숫자가 돌아가고 사라지더니만 세 번 딱, 하는 소리가 났다. 곧이어 146이라는 숫자가 나타났다.

"안 되는군."

그 남자는 다시 동전 하나를 집어넣었다. 오락기는 소리를 내며 숫자와 함께 돌아갔다. 세 번 똑, 치는 소리가 나더니 잠시 조용하다가 갑자기 쇠로 된 주둥이에서 동전들이 굴러 떨어졌다.

그 남자는 내게 웃어 보이며 말했다.

"네 개군. 내가 좀 나은데요."

케테는 내 손을 그녀 머리에서 내리며 말했다.

"저는 가야 돼요."

바깥에서는 전차가 커브를 틀며 둥그렇게 꼬리를 끌었다. 나는 코냑 두 잔 값을 지불하고, 케테를 정류장까지 데려다 주었다. 그녀가 차에 오를 때 나는 그녀에게 키스했고, 그녀는 손으로 내 볼을 어루만지고는 내가 그녀를 볼 수 있을 때까지 손을 흔들었다.

내가 술집으로 돌아왔을 때도 검은 얼굴의 그 남자는 여전히 핸들을 잡고 서 있었다. 나는 코냑을 청한 뒤 담뱃불을 붙이고 그를 쳐다보았다. 나는 번호판이 돌기 시작하는 리듬을 알 것 같았다. 똑똑거리는 중지 신호가 생각한 것보다 일찍 들리면 무서움을 느꼈다.

"안 돼. 안 돼. 둘이야. 안 돼, 안 돼, 안 돼."

그 남자가 투덜거리며 주점을 떠났을 때에, 핸들을

돌리기 위해 내가 돈을 바꾸자 주인아주머니의 창백한 얼굴은 굳어져 버렸다. 내가 처음으로 손잡이를 눌렀을 때, 원판이 무지하게 빠른 속도로 강하게 굴러가던 순간을 잊을 수가 없다. 그리고는 다른 간격을 두고 나던 딱딱딱 소리도 잊을 수 없다. 나는 '쨍그랑' 하고 떨어지는 동전 소리가 들릴까 하고 귀를 기울여 보았으나 아무것도 나오지 않았다. 나는 거의 30분 동안이나 그곳에 남아서 술을 마시며 핸들을 움직였고 거칠게 돌아가는 숫자판 소리와 무뚝뚝한 동전 소리에 귀를 기울였다. 주점을 나왔을 때 나는 빈털터리가 되어 블록 씨가 살고 있는 에셔 거리까지 거의 45분을 걸어가야만 했다.

그 후부터 나는 오락기가 있는 술집에만 간다. 번호판이 돌아가는 매혹적인 리듬에 귀를 기울이고, 딱 소리를 기다리다가 번호판이 정지하고 아무것도 나오지 않을 때마다 놀란다.

우리 만남은 우리가 아직 해명하지 못한 어떤 리듬을 따르고 있다. 갑작스럽게 리듬이 지배하고, 그것이 나타나면 나는 다른 곳으로 가기 전에 먼저 우리집에 들러 내가 가까이 있다는 것을 아이들이 눈치채지 못하도록 우리가 약속한 초인종 신호를 통해 케테를 불러낸다.

놀라운 것은 내가 아이들과 함께 있었던 지난 몇 주 동안 그들을 때렸음에도 불구하고, 아이들은 나를 좋아하는 것 같고, 나를 그리워하고 있고, 나에 대해 이야기한다는 사실이다. 어느 날은 아이들을 때린 후 거울을 보고 깜짝 놀랐다. 노래를 부른다는 이유로 심하게 맞은 아이가 우는 소리를 듣지 않으려고 귀를 막은 내 얼굴이 창백해진 채 땀을 흘리고 있었고, 머리는 헝클어져 있는 걸 보았기 때문이다. 한번은 어느 토요일 오후에 내가 문에서 케테를 기다리고 있을 때 클레멘스와 카를라가 나를 잽싸게 붙들었다. 나를 본 그들의 얼굴 위로 돌연 기쁜 표정이 나타나는 것을 보고서 놀랐다. 아이들은 나에게 달려들더니 껴안고는 내가 건강해졌느냐고 물었다.

나는 아이들과 함께 층계를 올라갔다. 그러나 방 안에 들어서자 다시 공포가 나를 엄습했다. 나를 알아보는 것 같은 막내아이의 미소와 아내의 반가움도 그 끔찍한 가난의 숨결을 떨쳐내기엔 충분하지 않았다. 아이들이 춤을 추고 노래를 부르기 시작하자 갑자기 내 마음속에 솟구쳐 오르는 저주스러운 격분의 감정을 가라앉히기에는 그 무엇도 충분치 않았다. 감정이 폭발하기 전에 나는 그들 곁을 떠나 버리고 말았다.

그러나 술집에 쭈그리고 앉아 있을 때면, 종종 내 앞에 있는 술잔과 술병들 사이로 아이들의 얼굴이 불쑥 떠오른다. 그리고 오늘 아침 아이들의 모습을 보았을 때 느꼈던 그 두려움도 잊을 수가 없다.

성당의 마지막 성가가 시작되자 나는 침대에서 펄쩍 뛰어 일어나 창문을 열고 군중 속으로 걸어가는 주교의 모습을 보았다.

아래쪽 창가에서 옷에 비듬이 잔뜩 묻은 주인여자의 검은 머리를 보았다. 그녀의 머리는 창가 의자 위에 놓여 있는 것 같았다. 그녀가 갑자기 나에게로 몸을 돌렸다. 가늘고 기름이 번들거리는 얼굴이었다.

"식사하시려면 지금 하세요."

"네, 가겠어요."

층계를 내려오자 저 아래 강가에는 치약회사에서 내는 포성이 다시 울렸다.

8장

케이크는 잘 구워졌다. 내가 오븐에서 케이크를 꺼
내자 따스하고 달콤한 빵 냄새가 방 안에 퍼졌다. 아
이들은 기뻐서 환한 표정을 지었다. 나는 클레멘스에
게 생크림을 가져오게 하고 아이들에게 파란 자두색
바탕 위에 덩굴 모양이나 원이나 작은 프로필 같은 것
을 그려 넣게 했다. 아이들이 남은 생크림을 핥아 먹
으려고 할 때 클레멘스가 골고루 잘 나누어 주는 것을
보고 기뻤다. 마지막으로 생크림이 작은 숟가락으로
하나 가득할 정도로 남자 클레멘스는 그것을 막내에
게 주었다. 꼬마는 내가 손을 씻고 새 립스틱을 바르
는 동안 조그만 의자에 앉아서 내게 미소를 지었다.

"엄마는 오랫동안 나가 있을 거야?"

"응, 내일 아침 일찍까지."

"아빠는 곧 돌아와?"

"그럼."

블라우스와 치마는 부엌 찬장에 걸려 있었다. 옆방

에서 옷을 갈아입고 있을 때 아이들을 돌봐줄 젊은 남자가 들어왔다. 그는 시간당 1마르크를 받는다. 오후 4시부터 다음날 아침 7시까지 열다섯 시간, 15마르크를 받게 된다. 여기다 식사가 제공되고, 밤을 새우게 되면 라디오 옆에 있는 담배를 피워도 된다. 라디오는 호프 씨가 빌려 준 것이다.

벨러만은 아이들을 좋아하는 것 같다. 어쨌든 아이들도 그를 좋아한다. 내가 나갔다 돌아오면, 아이들은 그와 함께 했던 놀이와 그가 들려준 이야기를 나에게 전한다. 성당 전속 신부가 그를 소개했는데, 아마도 내가 아이들을 놔두고 나가는 이유를 잘 알고 있는 모양이다. 그래서인지 립스틱 바른 내 입술을 볼 때마다 이마를 약간 찡그렸다.

나는 블라우스를 걸치고 머리를 매만지며 방으로 갔다. 벨러만은 소녀 하나를 데리고 왔다. 이 부드러운 금발의 소녀는 벌써 꼬마를 팔에 안고 딸랑이 장난감을 둘째손가락에 끼워 돌리고 있었다. 꼬마는 그것을 보고 재미있어하는 것 같았다. 벨러만은 나에게 그 소녀를 소개했는데, 나는 이름을 알아듣지 못했다. 그녀의 미소와 특별히 세련된 동작은 나이에 비하면 직업적으로 보였는데, 그 눈초리는 나에게 무자비한 어머니라고 말하는 것 같았다.

벨러만은 아주 검은 곱슬머리와 기름이 번들거리는 피부에 콧잔등은 항상 주름이 잡혀 있다.

"아이들과 같이 나가도 괜찮을까요?"

소녀가 내게 물었다.

나는 클레멘스의 간청하는 듯한 시선과 카를라의 끄덕거리는 모습을 보고 찬성했다. 그리고 서랍에서 초콜릿 사 줄 돈을 찾았으나 소녀는 거절했다.

"괜찮으시다면 내가 초콜릿을 사 주고 싶어요."

"그러시지요."

나는 돈을 다시 집어넣으며 이렇게 환하게 피어오르는 젊은 소녀 앞에서 스스로 비참해짐을 느꼈다.

"굴리를 그냥 내버려두세요. 그 애는 어린이들을 참 좋아해요."

나는 아이들을 차례로 쳐다보았다. 클레멘스, 카를라, 막내.

눈물이 왈칵 쏟아질 것만 같았다. 클레멘스는 나에게 고개를 끄덕이며 말했다.

"엄마 가 보세요. 아무 일 없을 거야. 물가엔 가지 않을게."

"정말 물가엔 데려가지 말아줘요."

내가 소녀에게 말했다.

"절대로 가지 않아요."

벨러만이 대신 대답하고 두 사람은 크게 웃었다. 벨러만은 내가 외투 입는 것을 도와주었다. 나는 핸드백을 든 채 아이들에게 입을 맞춰주며 그들에게 축복의 성호를 그어 주었다. 내가 너무 지나쳤다는 것을 느꼈다. 나는 잠깐 동안 바깥 문 앞에 서서 안에서 그들이 웃는 소리를 들으며, 서서히 계단을 내려왔다.

겨우 3시 30분이었고, 거리는 아직 한산했다. 몇몇 아이들이 뜀뛰기 놀이를 하고 있었다. 내가 다가가자 그들은 나를 쳐다봤다. 수백 명이 살고 있는 이 거리에서 내 발소리 이외에는 아무것도 들리지 않았다. 거리의 안쪽에서는 서투르게 치는 피아노 소리가 들려왔고, 빼꼼이 열린 커튼 뒤로 살찐 개를 안고 있는 누런 얼굴의 노파가 보였다. 이곳에 살게 된 지가 8년이나 되었음에도 불구하고 내가 바라볼 때면 모두가 여전히 나를 어지럽게 만든다. 추하게 수리한 회색 담벼락은 곧 쓰러질 것처럼 보였고 가느다란 회색 길 아래로 피아노 소리가 작게 들려왔다. 피아노의 음은 무엇에 붙잡힌 듯했고, 멜로디는 깨진 것 같아 그녀의 파리한 손가락은 제 멜로디를 찾아내려 하나 실패했다. 나는 걸음을 재촉해 아이들 앞을 빠르게 지나갔다. 그들의 눈초리가 위협의 빛을 띠고 있는 것만 같았다.

프레드는 나를 혼자 내버려두어서는 안 된다. 그를

만나는 것이 즐거움에도 불구하고 그와 함께 있기 위해 아이들을 내버려둬야 한다는 사실이 나를 놀라게 한다. 어디에 사는지 물어볼 때마다 그는 대답을 회피한다. 그리고 그가 소위 한 달 전부터 살고 있다고 말하는 그 블록 씨 집이 어디에 있는지도 나는 모른다. 그는 나에게 주소도 알려주지 않는다. 주인할머니가 아이들을 봐 주는 동안에 우리는 저녁 카페에서 한 30분 가량 만날 때가 있다. 그럴 때면 우리는 전차 정거장에서 잽싸게 서로 껴안는다. 내가 전차에 오르면 프레드는 그곳에 서서 손짓한다. 밤이 되어 주위의 고요함이 나를 지배하는 동안 나는 소파에 누워서 울 때도 있다. 아이들의 숨소리와 이가 나기 때문에 잠을 설치는 꼬마가 몸을 뒤척이는 소리를 듣는다. 내 주위에서 시간이 둔중한 맷돌을 가지고 지나가는 것을 듣는 동안에 나는 울며 기도한다.

결혼 당시 나는 스물세 살이었다. 그 후 15년이 흘렀다. 의식하지 못하는 사이에 시간은 지나가 버렸다. 그러나 아이들의 얼굴만 쳐다보면 나이를 알 수 있다. 그들이 나이를 더해 가는 한 해 한 해가 내 인생에서 없어져 간다.

나는 투크호프 광장에서 버스를 탔다. 조용한 거리를 바라보았다. 여기저기 담배가게에 몇 사람씩 모여

웅성거리고 있었다. 베네캄 거리에서 버스를 내려 저녁 미사 시간을 알아보기 위해 지벤슈메르첸마리에 성당의 정문으로 들어갔다.

정문이 캄캄했다. 핸드백에서 구부러진 담배와 립스틱, 손수건, 세면도구 등을 뒤적거리다가 마침내 성냥을 발견했다. 불을 켠 순간 나는 깜짝 놀랐다. 움푹팬 어두운 벽 오른쪽에 어떤 사람이 서 있었던 것이다. 그는 꼼짝하지 않고 있었다. 나는 소리를 지르려고 했으나 목소리는 겁에 질려 작았다. 가슴이 심하게 두근거려 말을 가로막았던 것이다. 어둠 속의 모습은 움직이지 않았고, 지팡이처럼 보이는 것을 손에 들고 있었다. 나는 타 버린 성냥개비를 던져 버리고 다시 성냥불을 붙여보았다. 그리고 그것이 석상임을 알았을 때도 심장의 두근거리는 소리는 멈추지 않았다. 한 발짝 가까이 가보니 손에 백합꽃을 들고 물결치는 곱슬머리를 한 돌로 만든 천사였다. 나는 턱이 거의 그 조각의 가슴에 닿을 때까지 허리를 굽히고 한참 동안 천사의 얼굴을 들여다보았다.

얼굴과 머리 부분은 먼지로 덮여 있었고, 눈동자에도 검은 부스러기들이 달려 있었다. 이 검불을 조심스럽게 털어내고, 온화한 타원형의 얼굴에 붙은 먼지도 모두 없앴다. 천사의 미소는 석고로 조각되어 있었고 그 매혹적인 모습도 먼지와 함께 사라졌다. 그러나 나는 계속 불어 보았다. 멋진 곱슬머리와 가슴, 펄럭이는 옷 부분을 조심스럽게 닦아내자 백합꽃이 드러났다. 번득이는 색채, 성스러운 공업회사의 끔찍한 페인트 색깔이 점점 분명하게 드러날수록 내 기쁨은 사라져 갔다.

나는 천천히 몸을 돌려서 안내판을 찾기 위해 현관 안으로 깊숙이 들어갔다. 다시 성냥불을 켜 들고 검은 게시판 앞에 왔을 때 나는 깜짝 놀랐다. 이번에는 정말로 어떤 사람이 뒤쪽에서 내게 오고 있었다. 몸을 돌려 자세히 바라보고서 안도의 한숨을 내쉬었다. 그 사람은 창백하고 앳된 농부의 얼굴을 한 신부였다. 그는 우울해 보이는 눈빛으로 내 앞에 걸음을 멈추었다. 내 성냥불이 꺼졌다. 그가 어둠 속에서 나에게 물었다.

"무엇을 찾으세요?"

"미사 때문에요, 저녁에도 미사가 있습니까?"

"미사 말씀이시군요. 성당에서 5시에 있습니다."

그가 대답했다. 금발과 희미하게 빛나는 눈동자를 어둠 속에서도 보았다. 밖에서는 전차가 커브를 도는 소리, 자동차 경적 소리가 들렸다. 갑자기 나는 어둠을 향해 말했다.

"고해를 하고 싶은데요."

나는 매우 놀랐으나 또한 마음이 가라앉음을 느꼈다. 신부는 기다렸던 것처럼 말했다.

"따라오시지요."

"아니, 여기서 좀 해 주세요."

"그건 안 되는데요. 15분 내에 예배가 시작되면 사람들이 올지도 몰라요. 고해실은 저 안에 있습니다."

신부는 부드럽게 말했다. 이 어둡고 위풍당당한 현관에서, 석고 천사 가까이에서, 먼 영생의 불빛을 받으며 어둠 속에서 신부에게 모든 것을 조용히 고백하고 사죄를 받고 싶은 충동이 일어났다.

그러나 나는 그를 따라 순순히 뜰로 갔다. 교회 담벼락에서 떨어져 나와 여기저기 널려 있는 돌과 블록 조각들을 지나 작은 회색 집으로 갔다. 이 집은 전차 정거장의 벽 부근에 있었다. 그러는 사이 순간적으로 나를 사로잡았던 벅찬 감격은 사라져 버렸다. 거기에서는 금속성의 망치 소리만이 일요일 오후를 울리고 있었다. 문을 열어 준 가정부는 의심스러운 표정으로 나를 유심히 살폈다. 복도는 어두웠다. 신부가 내게 말했다.

"잠시만 기다려 주십시오."

어디선가 내가 볼 수 없는 바로 근처에서 달그락거리는 그릇 소리가 들려왔다. 그러자 갑자기 달콤하나 역겨운 냄새가 풍겼다. 분명히 벽에 바른 축축한 천에 꽉 배어 있는 냄새 같았다. 부엌인 듯한 앞쪽 구석에서 무엇인가를 끓이는 따스한 김이 새어 나왔다. 마침내 복도에 있는 어떤 방문에서 불빛이 비쳐 나왔고, 이 흰 불빛에서 신부의 그림자가 나타났다.

"이리 오세요."

그가 불렀다.

나는 머뭇거리며 가까이 다가갔다. 방은 섬뜩하게 보였다. 구석의 빨간 커튼 뒤로 침대가 있었고 무슨 냄새가 나는 것 같았다. 여러 가지 크기의 책장이 벽에 세워져 있었고 몇몇은 비뚤게 놓여 있었다. 큰 테이블 주위에는 검은 벨벳 등받이가 있는, 보기 좋으나 오래된 의자 몇 개가 아무렇게나 모여 있었다. 테이블 위에는 책과 담배 한 상자, 담배말이 종이, 당근 한 봉지와 여러 종류의 신문이 놓여 있었다. 신부는 테이블 뒤에 서서 가까이 오라고 손짓하며 동시에 나무 격자 등받이가 있는 의자 하나를 테이블 반대편으로 밀어 놓았다. 밝은 곳에서 그의 얼굴을 자세히 보니 다행히 마음에 드는 얼굴이었다.

"용서하십시오."

신부는 문을 바라보면서 고개를 약간 숙이고는 말했다.

"우리는 시골 태생이고 나는 그 여자가 순무 삶는 것을 그만두게 할 수가 없습니다. 석탄, 냄새, 노동 그리고 벽지가 그을려져 더러워지는 순무를 계산해 본다면, 만들어 놓은 것을 사는 것보다 훨씬 비싼 편이지요. 그래도 나는 그 여자를 말릴 수가 없습니다. 자, 이리 오세요."

그는 격자 의자를 테이블 쪽으로 잡아당기며 그 위에 앉도록 내게 손짓했다. 나는 테이블 주위를 돌아서 그의 옆에 앉았다.

신부는 목도리(주교나 사제가 미사 때 걸치는 영대)를 감고 테이블 위에 팔을 얹었다. 그가 받쳐진 손으로 옆모습을 가리는 모습은 어딘가 직업적이고 익숙한 데가 있었다.

'성부, 성자, 성령의 이름으로……'라고 내가 속삭이기 시작하자 그는 팔목에 찬 시계를 보았다. 나도 그의 시선을 따라 시계를 보았다. 4시 3분이었다. 나의 모든 공포와 괴로움, 전 생애, 쾌락에 대한 공포, 성찬식에 대한 공포, 우리의 결혼생활의 불안 등을 그의 귀에 속삭였다. 남편이 집을 나갔기 때문에 그와 함께 있기 위해서 가끔 만난다고 말했다. 내가 잠시 말을 중단할 때면 그는 재빨리 시계를 보았고, 그때마다 나도 그의 시선을 따라 시계를 보면 시계 바늘은 천천히

125

앞으로 나갔다. 그리고서 그는 눈꺼풀을 위로 올렸고 나는 그의 눈동자와 손가락의 노란 니코틴도 보았다. 그는 다시 아래를 쳐다보며 말했다.

"계속하세요."

그는 다정하게 말했으나, 그것은 마치 숙련된 손으로 상처에서 고름을 짤 때의 아픔처럼 그렇게 내 마음을 아프게 했다.

그럼에도 나는 계속 그에게 속삭였다. 프레드와 나, 두 사람이 술을 마시던 2년 전 당시의 모든 것을 이야기했다. 그리고 아이의 죽음, 살아 있는 아이들, 옆방의 호프 씨로부터 들어야 하는 소리들, 그리고 호프 씨가 우리한테서 듣게 되는 모든 것을 다 말했다. 그리고서 다시 중단했다. 그러자 그는 다시 시계를 보았고, 나도 따라서 시계를 보았다. 이제 겨우 4시 6분밖에 되지 않았다. 그는 다시 눈꺼풀을 들고 부드럽게 말했다.

"계속하십시오."

나는 보다 빨리 속삭였다. 나의 증오심을 이야기했다. 큰 집에 살며 피부용 크림의 광고 사진에 나오는 것 같은 얼굴을 한 신부들에 대해서. 프랑케 부인과 우리의 무력함, 우리 방의 더러움에 관해 이야기하고 마지막으로 내가 다시 임신한 것 같다는 얘기도 했다.

내가 말을 멈추자 그는 이번에 시계를 보지 않고 순간 눈꺼풀을 움직이더니 물었다.

"이제 다 이야기하셨습니까?"

"네."

나는 그의 시계를 보았다. 그가 얼굴에서 손을 떼어 테이블 가에 모아 놓았기 때문이다. 나는 그의 축 늘어진 옷소매 안을 무의식적으로 바라보았다. 근육이 튀어나오고 털이 많은 농부 같은 팔과, 위로 돌돌 걸어올린 셔츠를 보고서 생각했다. 저 사람은 왜 소매를 걷어붙이고 있는 것일까?

그는 한숨을 내쉬고 다시 얼굴 앞에다 손을 세우고는 나직이 물었다.

"기도를 하십니까?"

밤마다 초라한 소파 위에 누워서 생각나는 기도는 모두 다 한다고 그에게 대답했다. 또 아이들이 깨지 않도록 조심하며 종종 촛불을 켜고 성경에서 내가 외우지 못하는 기도문을 읽는다고 이야기했다.

그는 나에게 더 이상 아무것도 묻지 않았고 나도 입을 다문 채 그의 손목시계를 쳐다보았다. 4시 14분이었다. 전차 정거장의 망치 소리와 부엌에 있는 가정부가 흥얼거리는 노랫소리, 역에서 기차가 무겁게 굴러가는 소리가 들렸다.

마침내 그는 얼굴에서 손을 떼어 무릎 위에 모은 다음 나를 쳐다보지도 않고 말을 꺼냈다.

"이 세상 너희들은 두려움을 갖고 있으나, 그러나 염려하지 말라. 내가 이 세상을 극복하였노니."

이 말을 이해하시겠습니까?"

내 대답을 기다리지도 않고 그는 말을 계속했다.

"좁은 문으로 들어가라. 멸망으로 이르는 길은 넓고 문도 커서 들어가는 사람이 많으나 생명으로 인도하는 길과 문은 좁아서 그 길을 찾는 자가 드무니라."

그는 다시 침묵하다가 얼굴에 손을 대고 손가락 사이로 이렇게 중얼거렸다.

"좁은 길, 우리가 알고 있는 가장 좁은 길은 칼날 위에 있는 길입니다. 내가 보기에 당신은 그 길을 걸어가는……."

그러다가 갑자기 그는 손을 떼고 격자 틈으로 나를 쳐다보았다. 거의 1초도 되지 않는 순간이었으나 이제까지 아주 다정하게 나타났던 눈초리가 엄숙해지는 것을 보고 놀랐다.

"나는 당신에게 명합니다."

그는 말을 이었다.

"당신이 아주 증오하는 신부의 미사를 보고, 그 신부의 손으로부터 성찬식을 받기를 나는 당신에게 명합니다. 만일에……."

그는 다시 나를 쳐다보며 말했다.

"만일에 당신이 사죄를 받는다면 말입니다."

그는 다시 말을 멈추고 골똘히 생각하는 것 같았다. 내가 알고 있는 모든 기도와 한숨을 마음속에서 말하려고 노력하는 동안 바깥에서 창고 용접기의 쉬~, 쉬~ 하는 소리와 갑작스럽게 울리는 교회의 종소리가 들렸다. 4시 15분이었다.

"내가 당신을 면죄시킬 수 있는지 없는지 모르겠습니다. 기다려야 합니다."

더 힘 있게 말하는 그의 눈초리에는 이제 그 엄격함이 없어졌다.

"당신은 어떻게 그렇게 증오할 수 있습니까?"

그는 어쩔 수 없다는 몸짓으로 나를 향했다.

"나는 당신에게 축복의 말을 해줄 수는 있습니다. 그러나 당신은 용서를 구해야 합니다. 좀 생각해 보아야겠습니다. 다른 동료 신부와 상의해 보지요. 오늘 저녁, 아, 남편을 만나지요? 남편이 당신에게 돌아오셔야 할 텐데요."

그가 나를 면죄해 줄 의사가 없음을 알고 나는 매우 슬퍼졌다.

"부디 면죄해 주시길 바랍니다."

그는 웃으면서 손을 반쯤 들어올리며 말했다.

"당신이 그렇게 원하시니 면죄해 줄 수 있기를 저도 바랍니다. 그러나 정말 의심되는 점이 있습니다. 이제 더 이상 증오감을 갖고 있지 않으십니까?"

"네, 이제는 아닙니다."

나는 성급하게 대답했다.

"단지 서글퍼질 뿐입니다."

그는 망설이는 것 같았고, 나는 무엇을 해야 할지 몰랐다. 내가 좀 더 그에게 간청했더라면 아마 그는 나를 면죄해 주었을지도 모른다. 그러나 나는 진정으로 면죄 받고 싶었지만 애원해서 이루고 싶지는 않았다.

그는 말을 이으며 다시 웃었다.

"조건부로 당신을 면죄해 줄 수는 있습니다. 확실하지는 않지만, 나에게도 힘이 있다는 조건하에서."

그는 내 얼굴 앞에서 초조하게 손을 이리저리 흔들었다.

"당신은 당신의 증오심으로 심판하고 있습니다. 그러나 우리는 절대 심판하거나 증오할 수 없습니다. 네, 안 되는 일입니다."

그는 머리를 마구 흔들다가 테이블 가로 손을 펴서 머리를 받치고는 기도를 한 후 갑자기 일어서서 나를 사면해 주었다. 나는 성호를 긋고 자리에서 일어났다.

그는 테이블 옆에 서서 나를 쳐다보았다. 나는 갑자기 그에 대한 동정심이 들었다.

"나는 당신에게 단지……."

그는 손을 저으며 다시 말끝을 흐렸다.

"당신은 제가 이런 증오심을 느끼지 않는 줄 아십니까? 제가 신부라고 해서? 나는 여기에 증오심을 느끼고 있습니다."

그는 가슴 아래쪽의 검은 가운을 툭툭 쳤다.

"가끔 내 윗사람들에 대해 증오심을 느낄 때가 있습니다. 여기에서."

그는 이렇게 말을 하며 창문 쪽을 가리켰다.

"제 교회에서는 순회 신부들의 미사가 올려집니다. 이들은 이 근처의 호텔에서 온 사람들입니다. 각종 회의에 참석하려 하고, 또 참석한 세련된 분들인데, 교회가 더럽다고 욕하고 미사 심부름꾼이 없다고 투덜거립니다. 10분, 13분, 20분, 정규적인 25분짜리 미사가 이곳에서 올려집니다. 하루에 다섯 번, 열 번, 또는 열다섯 번씩이나 미사가 올려질 때도 있습니다. 얼마나 많은 신부들이 순회를 하는지 당신은 믿지 못할 겁니다. 그들은 온천장을 드나듭니다. 회의는 충분히 있구요. 다 합쳐야 다섯 명의 신도도 참석하지 않는 미사가 열다섯 번씩이나 있습니다. 이곳에서 말입니다."

그는 계속해서 말을 했다.

"진짜 기록입니다. 도박은 15대 5입니다. 아, 고급 호텔 목욕실의 냄새를 이곳 나의 다 낡은 성구실(聖具室)에 남겨 놓고 가는 그 불쌍한 신부들을 내가 왜 증오해야 합니까?"

그는 창가에서 몸을 돌려 다시 나에게 시선을 돌리고 테이블에 종이와 연필을 건네주었다. 나는 주소를 적고 미끄러져 내린 모자를 바로 썼다. 세차게 몇 번 문을 두들기는 소리가 들렸다.

"네, 네. 알고 있어요. 미사 시간이지요. 곧 갑니다."

그는 작별의 악수를 청하고 한숨을 쉬면서 나를 쳐다보고는 문까지 배웅했다.

나는 성당의 정문을 지나 천천히 지하도 쪽으로 갔다. 여자 둘과 남자 하나가 미사에 참석하기 위해 성당으로 가고 있었다. 성당 맞은편에는 붉은 글씨로 쓴 크고 흰 현수막이 걸려 있었다.

'약사 없이 어떻게 살 수 있을까?'

하늘에는 검은 구름 끝이 태양을 스쳐 지나가면서 태양을 다시 드러내 보여주었고, 태양은 '약사 DROCISTEN'이라는 글자의 대문자 오(O)에 걸려 노란 빛을 비춰주고 있었다. 나는 계속 걸었다. 팔에다 성경을 낀 꼬마가 내 앞을 지나갔고 거리는 다시 텅 비었다. 노점과 폐허가 거리를 가득 채웠고, 다 타버린 건물 뒤쪽의 창고에서 나는 시끄러운 소리를 들었다.

갓 구운 과자의 따스한 냄새가 풍겨와 나는 멈춰 서서 오른쪽을 쳐다보았다. 나무로 된 노점의 열려진 문으로부터 하얀 김이 무럭무럭 새어 나오고 있었다. 한 아이가 햇볕을 쬐며 문지방 위에 앉아 있었는데, 바보같은 그의 부드러운 얼굴 표정은 하늘을 향해 있었고, 빨간 눈꺼풀은 햇빛을 받아 투명하게 보였다. 나는 고통스러운 포근함 같은 걸 느꼈다. 그 아이는 갓 구운 베를린핫케이크를 손에 들고 입가에는 사탕물을 흘리고 있었다. 과자를 깨물자 갈색 잼이 흘러나와 스웨터 위로 떨어졌다. 가게 안에서는 소녀가 주전자 위로 허리를 굽히고 있었다. 그녀의 얼굴은 아름다웠고 피부는 양파처럼 보드라웠다. 머리에 수건을 쓰고 있음에도 불구하고 금발임을 금방 알 수 있었다.

그녀는 김이 나는 기름에서 새 과자를 건져 석쇠 위에 올려놓았다. 그녀가 갑자기 눈을 들자 나와 시선이 마주쳤고, 그녀는 내게 웃어 보였다. 나는 그녀의 미소로 인해 마술에 걸린 것처럼 따라 웃었다. 그래서 우리는 몇 초 동안 움직이지 않고 그 자리에 서 있었다. 내가 막상 그녀만을 바라보고 있는 동안 저 먼 곳으로부터 내 모습도 보였다. 우리 둘은 마치 자매처럼 서로 웃으면서 그곳에 서 있었다.

나는 과자를 살 돈이 없다는 생각이 들자 고개를 떨구었다. 과자 냄새는 내 빈 속을 자극했다. 나는 바보 아이의 흰 머리카락을 바라보면서 돈을 갖고 오지 않은 것을 후회했다. 나는 프레드와 만날 때면 돈을 가지고 나오지 않는다. 왜냐하면 그가 돈만 보면 참지 못하고 대개는 술을 마시자고 나를 유혹하기 때문이다. 나는 바보 아이의 살찐 목과 얼굴 위에 묻은 사탕 가루와 부드럽게 벌려진 입술을 바라보는 동안 어떤 질투심 같은 것을 느꼈다.

내가 다시 고개를 들었을 때 소녀는 벌써 주전자를 옆에 내려놓고 머리 수건을 풀어 벗어 놓았다. 그녀의 머리가 햇빛 속에 드러났다. 나는 다시금 그녀만을 본 것이 아니라 높은 곳에서 떨어지고 있는 나 자신을 보았다. 더럽고 쓰레기로 가득 찬 거리와 교회의 정문, 아크릴 간판, 그리고 야위고 우울하나 미소를 띤 채 노점 입구에 서 있는 내 모습을 보았다. 조심스럽게 바보 아이를 지나 노점 안으로 들어갔다. 식탁 옆

구석에는 두 아이가 앉아 있었고, 난로 곁에는 면도를 하지 않은 노인이 앉아 있었다. 그는 신문을 읽다가 내려놓고 나를 쳐다보았다.

소녀는 커피머신 옆에 서서 거울을 보며 머리를 매만지고 있었다. 그녀의 작고 흰 손과, 거울 속에서 나에게 미소를 짓고 있는 활기찬 얼굴 옆으로 내 자신의 얼굴을 보았다. 바싹 마르고 가느다랗게 타오르는 불길이 보였다. 그것은 내 얼굴의 미소였다. 이 미소는 나의 본뜻과는 다르게 속에서 나오는 것이었음에도 불구하고 거짓 미소 같았다. 이제 우리들의 머리는 재빨리 자리를 바꾸는 것 같았다. 내가 그녀의 머리를 갖고 그녀가 내 머리를 갖는 것이다. 나는 젊은 소녀로서 내 머리를 단정히 하고 거울 앞에 서 있다. 나로 변한 소녀는 자기가 사랑하고, 자신에게 인생을 건 한 남자를 위해 밤마다 자신을 열어 놓고 있다. 그 남자가 사랑이라고 부르는 것의 흔적을 내 얼굴과 같아질 때까지 자기 얼굴에 남겨 놓고 있는 것이다. 현세의 쓰디쓴 인생에 의해 야위고 누렇게 변한 내 얼굴 말이다.

그러나 그녀는 이제 몸을 돌려 거울 속에서 내 얼굴을 감춰 버렸다. 나는 그녀의 마술에 나를 맡겨 버렸다.

"안녕하세요? 과자 드시겠어요?"

그녀가 물었다.

"아뇨, 감사합니다."

"아, 왜 안 드세요? 냄새가 좋지 않아요?"

"아뇨, 좋은 냄새예요."

대답하면서 나는 그녀가 속해 있을 모르는 남자를 생각하면서 몸을 떨었다.

"정말 좋은 냄새예요. 그러나 지금은 돈이 없어요."

내가 돈이라고 말했을 때 난롯가에 있던 노인이 일어나 카운터 뒤로 가 소녀 옆에 멈춰 섰다.

"돈 말이지요. 그러나 나중에 계산하실 수 있지요? 과자를 들고 싶으시지요? 그렇지요?"

"네."

"아. 그러면 좀 앉으세요."

소녀가 말했다.

나는 몇 발짝 뒤에 물러나서 아이들 옆에 앉았다.

"커피도 드시겠어요?"

그녀가 소리쳤다.

"네, 좀 주세요."

노인은 접시에 과자 세 개를 담아 나에게 갖다 주었다. 그는 내 옆에 그냥 서 있었다.

"정말 고맙습니다. 하지만 저를 모르실 텐데요."

그는 내게 미소를 지어 보이며 뒤에서 손을 빼어 서

투르게 배 위에다 놓고 중얼거렸다.

"아, 걱정하지 마십시오."

나는 여전히 문지방에 앉아 있는 바보 아이에게 눈짓을 하며 물었다.

"저 애는 아들이세요?"

"내 아들이고, 저 여자애는 딸입니다."

그는 조용히 대답했다. 그리고는 커피머신의 스위치를 조작하고 있는 소녀를 힐끗 쳐다보았다.

"내 아들은 말을 알아듣지 못합니다."

노인이 말했다.

"짐승의 말도 물론 알아듣지 못하고, 말 한마디도 할 줄 모릅니다. 단지 쭈쭈~ 짜짜~ 쪼쪼~ 라는 말만 할 뿐이죠."

그는 이 발음을 하기 위해 내밀었던 혀를 다시 입속으로 평평하게 집어넣었다.

"우리는 무능하고 딱딱하게 이 발음을 따라합니다. 쭈쭈~ 짜짜~ 쪼쪼~ 라고 말예요. 우리는 무능합니다."

그는 말을 마치고 갑자기 무겁게 고개를 들었다가 다시 앞쪽으로 떨구었다. 그리고는 소리쳤다.

"베른하르트야."

그 아이는 몸을 돌렸는데 머리가 시계추처럼 다시

앞쪽으로 쿵 하고 떨어졌다. 노인은 일어나서 조심스럽게 아이의 손을 잡고 식탁으로 데리고 갔다. 그는 내 옆의 의자에 앉아서 아이를 무릎에 안고 조용히 내게 말했다.

"기분이 언짢으시면 말씀하세요."

"아뇨, 괜찮습니다. 싫지 않습니다."

딸이 커피를 가져와서 내 앞에 놓고 아버지 옆에 서 있었다.

"기분이 나쁘시면 말씀해 주세요. 우리는 괜찮습니다. 대부분 사람들은 기분이 나쁘다고 말합니다."

그 아이는 무척 살이 쪘는데, 얼굴에 사탕가루를 잔뜩 묻히고 멍하니 앞을 쳐다보며 쭈쭈~ 짜짜~ 쪼쪼~ 소리를 흥얼거리고 있었다. 나는 이 아이를 잘 관찰하다가 다시 고개를 들고 말했다.

"아니에요. 기분 나쁘지 않아요. 이 아이는 갓난아이 같아요."

나는 커피를 마시며 과자를 먹었다.

"아, 당신이 끓인 커피는 참 맛있군요."

"정말이에요?"

소녀가 크게 말했다.

"정말이에요? 오늘 아침에도 어떤 남자분이 그런 말씀을 하셨어요. 그리고는 아직까지 아무도 없어요."

"정말 맛있어요."

나는 그렇게 말하고 다시 커피를 마시고 과자를 먹었다.

소녀는 아버지의 의자 등받이에 기대어 나를 쳐다보다가 시선을 돌리며 말했다.

"나는 종종 저 아이가 무엇을 체험하고 어떻게 살까 상상해 보곤 합니다. 저 아이는 보통 때는 아주 평화롭고 행복해합니다. 아마 저 아이에게 있어서 공기란 물 같을지도 모릅니다. 초록빛 물 말이에요. 왜냐하면 저 아이는 공기 속에서 아주 어렵게 움직일 수 있으니까요. 가끔 갈색으로 변하는 초록색 물인데 낡은 필름처럼 검은 무늬에 의해서 투시되기도 하지요. 종종 전차 삐걱거리는 소리라든가 라디오의 고음이 들려오면 울 때가 있는데, 아주 끔찍합니다. 그런 소리들이 들려오면 울곤 하지요."

"아, 울기도 하는군요?"

내가 말했다.

"네, 그래요."

그녀는 대답하면서, 웃지도 않고 나를 쳐다보았다.

"그런 소리들이 들려오면 언제나 세차게 흐느껴 우는데, 눈물이 입가의 사탕즙과 뒤범벅이 되지요. 그가 먹고 싶어하는 것은 사탕, 우유, 빵뿐이에요. 우유나

빵 말고 달지 않은 것은 다시 다 뱉어 버립니다. 아, 미안해요. 구역질 나시지요?"

"아니에요. 아이에 대해 또 말해 주세요."

내가 얘기했다.

그녀는 다시 나에게서 시선을 돌리고 바보 아이의 머리에 손을 얹었다.

"이 아이는 얼굴이나 머리를 공기가 흐르는 대로 움직이는 것이 힘든 만큼 그런 소리를 듣는 것도 참기 어려운 모양이에요. 아마도 그의 귀에는 부드러운 오르간 소리나, 그만이 들을 수 있는 갈색 멜로디 같은 것만 있나 봐요. 아마도 보이지 않는 나무들을 부딪치게 하는 바람 소리 같은 것인가 봐요. 팔목처럼 두터운 현이 울리는 것 같은가 봐요. 그에게 들리자마자 사라지는 울림이지요."

노인은 팔로 바보 아이의 몸을 껴안고 정신 나간 사람처럼 그녀의 말을 듣고 있었는데 자기의 옷소매에 잼과 사탕이 떨어지는 것도 몰랐다. 나는 다시 커피를 한 모금 마시고, 두 번째로 과자를 먹으며 조용히 그녀에게 물어보았다.

"당신은 어떻게 그걸 아셨지요?"

그녀는 나를 쳐다보다가 미소를 지으며 말했다.

"아, 저도 모릅니다. 단지 그럴 것 같다는 것뿐이지

요. 우리가 알지 못하는 어떤 것이 그에게 있을 것 같다는 생각입니다. 나는 그렇게 상상해 봅니다. 갑자기, 아주 갑자기 고함을 지르고 나에게 달려올 때도 있어요. 그러면 내 앞치마로 그의 눈물을 닦아주지요. 문가에 앉아 있다간 불쑥 그러지요. 그럴 때면 그 아이가 갑자기 모든 것을 우리들이 본 것처럼 그대로 보고 있다는 생각을 하지요. 짧은 순간에 그는 심한 공포감을 느끼는 것 같아요. 우리가 보고 있는 사람, 자동차, 전차를 보고 모든 소리를 다 듣게 되는 것이지요. 그럴 때면 오랫동안 울어요."

구석에 앉아 있던 아이들이 일어나 접시를 밀어 놓고 우리 옆을 지나갔다. 녹색 모자를 쓴, 좀 뻔뻔하게 생긴 여자아이가 큰 소리로 말했다.

"외상이에요. 엄마가 그렇게 하라고 했어요."

"그래, 알았어."

노인이 대답하면서 아이들에게 웃어 보였다.

"당신의 부인, 저 아이의 엄마는 죽었습니까?"

나는 조용히 물어보았다.

"네."

노인이 대답했다.

"내 아내는 죽었어요. 거리에서 폭탄이 그녀를 갈기갈기 찢었어요. 그녀 팔에 안겨 있던 어린아이는 짚단 위로 떨어졌고, 울고 있는 것이 나중에 발견됐지요."

"갓난아기였어요?"

나는 더듬거리며 물었다.

"갓난아기였지요."

소녀가 대답했다.

"그에게는 항상 모든 것이 스쳐 지나가는 것만 같았어요. 다만 우리가 말하는 소리나 교회의 오르간 소리, 전차가 날카롭게 삐걱거리는 소리, 수도사들의 합창 기도 소리 같은 것만 그 아이에게 느껴지게 되는 거지요. 자, 이제 좀 드세요. 아, 구역질 나시지요?"

나는 마지막 과자를 먹고 고개를 저으며 물었다.

"수도사들의 말소리를 들을 수 있다고 하셨지요?"

"네."

그녀는 내 얼굴을 향해 부드럽게 말했다.

"틀림없어요. 빌도너 광장에서 합창 기도를 하는 수도사들에게 갈 때면 그의 표정은 변하고 얼굴 모습이 갸름해지며 아주 심각해 보여요. 그때마다 저는 놀라지요. 제가 보기에는 그는 귀 기울여 듣고 또 듣고 하는데 그럴 때면 아주 딴사람 같아요. 기도의 멜로디가 끝나면 웁니다. 어머, 놀라시는군요!"

그녀는 미소를 지으며 말했다.

나는 다시 손에 들고 있는 과자를 베어 먹었다. 그

리고는 내 입 속에서 따뜻한 잼이 녹는 것을 느꼈다.

"당신은 종종 아이를 데리고 빌도너 광장으로 가는 군요."

"네, 그래요. 많이 놀라면서도 그 아이를 데리고 자주 간답니다. 커피 좀 더 드시겠어요?"

"아니, 감사합니다. 이제 가 봐야 됩니다."

나는 그녀와 바보 아이를 주저하듯 바라보다가 나직하게 말했다.

"나도 한번 같이 가보고 싶군요."

"교회의 수도사들한테 말이에요?"

"네."

"아, 그렇다면 같이 가시지요. 이제 가셔야 한다니 유감이네요. 다시 또 오시겠어요? 그렇지요?"

"다시 올게요. 돈을 지불해야 하니까요."

"그 때문이 아니고 제발, 또 오세요."

노인은 그녀의 말에 고개를 끄덕였다.

나는 마지막 남은 커피를 한 모금 마시고 자리에서 일어나 외투에 떨어진 과자 가루를 털어냈다.

"또 올게요. 정말 재미있었어요."

"오늘요?"

소녀가 물었다.

"오늘은 안 돼요. 그러나 곧, 아마 내일 아침 일찍이나, 가끔 같이 수도사들에게 가고 싶어요."

"좋아요."

그녀는 대답하면서 내게 손을 내밀었다. 나는 그녀의 가볍고 흰 손을 잠깐 동안 꼭 잡고 그녀의 불그스레한 얼굴을 쳐다보다가 웃으며 노인에게 고개를 끄덕여 인사했다.

"베른하르트야."

손가락으로 과자를 부스러뜨리고 있는 바보 아이를 조용히 불렀으나 그는 내 말을 알아듣지 못했고, 나를 보려 하지도 않는 것 같았다. 그는 빨갛게 염증을 일으킨 눈꺼풀을 꼭 감고 있었다. 나는 몸을 돌려 반호프 거리로 통하는 어두운 지하도를 향했다.

9장

　아래로 내려왔을 때는 접시가 부딪치면서 식탁에서 치워지고 있었다. 식은 굴라쉬(감자를 넣고 끓이는 헝가리식 소고기 수프) 냄새와 샐러드, 인공 감미료를 넣은 푸딩 냄새가 났다. 나는 구석에 앉아서 오락기 게임을 하고 있는 청년 두 명을 바라보았다. 니켈 구슬들이 서로 부딪칠 때마다 나는 맑은 소리, 핸들 통의 숫자판이 돌아가는 소리, 그리고 두드리며 멈추는 소리가 나를 흥분시켰다. 종업원은 냅킨으로 식탁을 두드려 털어내고 있었고, 비쩍 마른 주인아주머니는 크고 노란 마분지 표시판을 카운터에 세우고 있었다.

　'오늘 저녁에 춤출 수 있음. 입장은 무료.'

　내 옆 식탁에는 모직 외투와 사냥 모자를 쓴 노인이 앉아 있었고 재떨이에 놓은 그의 파이프에서 연기가 나고 있었다. 녹색 모자를 쓰고 있는 그 남자는 빨간 굴라쉬를 이리저리 젓고 있었다.

"무엇을 원하십니까?"

종업원이 물었다. 내가 고개를 들고 쳐다보았더니 아는 얼굴이었다.

"무엇이 있습니까?"

"굴라쉬와 돼지고기 커틀릿, 감자, 샐러드, 후식, 원하신다면 수프를 먼저 드실 수도 있습니다."

"굴라쉬를 주시지요. 먼저 수프를 주고 화주도 한 잔 주십시오."

"알겠습니다."

그가 얼른 대답했다. 음식은 풍성하고 따끈따끈했다. 나는 시장기가 돌아서 빵을 청하고 매운 양념 소스를 발랐다.

그리고 술을 한 잔 더 가져오게 했다. 젊은이들은 아직도 게임을 하고 있었다. 나는 계산을 하고 2, 3분 기다려 보았지만 오락기는 비지 않았다. 나는 종업원의 얼굴을 다시 한 번 주의 깊게 쳐다보았다. 틀림없이 이 창백한 얼굴과 흰 머리를 이전에 한 번 본 적이 있다. 나는 카운터에 담배를 주문했다. 주인아주머니는 나를 보며 물었다.

"주무실 겁니까?"

"네."

"미안하지만, 미리 계산해 주시겠습니까?"

그녀는 이를 드러내고 웃어 보이며 말했다.

"왜냐하면 역 가까이에서는 그렇게 하는 것이 더 안전합니다. 당신은 짐도 없군요."

"물론이지요."

나는 대답하며 주머니에서 돈을 꺼냈다.

"8마르크입니다."

그녀는 나에게 영수증을 써 주기 위해 색연필에 침을 묻혔다.

"누구를 기다리십니까?"

그녀는 영수증 쪽지를 나에게 주면서 물었다.

"네, 아내를요."

"좋습니다."

그녀는 내게 담배를 내주었다.

나는 1마르크를 놓고 위층으로 올라와 버렸다.

오랫동안 침대에 누워서 이리저리 골똘히 생각을 하며 담배를 피웠다. 무슨 생각을 했는지 나도 몰랐으나 결국 그 종업원의 얼굴이 누구의 얼굴인지 찾고 있었다는 생각이 들었다. 나는 사람의 얼굴을 잊어버릴 수 없다. 사람들의 얼굴이 항상 나를 쫓아다니기 때문에 다시 머리에 떠오르기만 하면 그 얼굴을 기억해 낸다. 잠재의식 속에 떠다니는 그들의 얼굴 중 특별히 내가 한 번 슬쩍 본 얼굴들은 흐릿한 연못의 수초 사이를 떠다니는 회색 물고기들처럼 이리저리 배회한다. 가끔씩 물고기들은 그 머리를 거칠게 수면 위로 내미는데, 다시 만나기만 하면 결국 돌연 그 모습을 나타낸다.

나는 초조하게 이 연못에서 헤매 다니다가 낚싯대를 잡아챘다. 종업원의 얼굴이 나타났다. 그는 옛날 환자 수용소에서 1분 동안 내 옆에 누워 있던 군인이었다. 당시 이가 그의 머리 붕대에서 기어나와 이미 흘린 피와 흐르는 피 사이를 피범벅이 되어 돌아다니고 있었다.

그리고 그의 목덜미를 지나 조금밖에 없는 흰머리 속으로, 무력한 그의 얼굴 위로 기어다녔다. 귓바퀴 위로 기어올라간 이들은 미끄러져 다시 어깨 위로 떨어지고 더러운 옷깃 속으로 사라져 버렸다. 여기서 3,000킬로미터나 멀리 떨어진 곳에서 내가 보았던 갸름하고 고통에 가득 찬 얼굴은 이제 무심하게 나에게 굴라쉬를 팔고 있었다.

나는 이리저리 뒤척이다 일어나 돈을 꺼내 베개 위에 놓고 세어 보았다. 아직 16마르크 80페니히를 가지고 있었다.

그래서 나는 다시 아래층 주점으로 내려갔지만 젊

은 두 녀석들은 아직 오락기 앞에 서 있었다. 그들 중 한 명은 동전을 가득 넣어 축 처진 윗도리 주머니 속에서 손으로 돈을 주물럭거리고 있었다. 사냥 모자를 쓴 남자는 아직도 맥주를 마시며 신문을 읽고 있었다. 나는 술을 한 잔 마셨다. 그리고는 낮은 의자에 앉아서 그림 잡지를 뒤적거리고 있는 주인아주머니의 밋밋한 얼굴을 쳐다보았다.

다시 위층으로 올라와 침대에 누워 담배를 피워 물고 케테와 아이들, 전쟁, 그리고 두 아이를 생각했다. 신부는 우리들에게 두 아이가 하늘나라에 있다고 확신시켜 주었다. 나는 매일 이 아이들을 생각하지만 오늘은 매우 오랫동안 생각했다. 나를 알고 있는 그 누구도, 케테 자신까지도 내가 얼마나 자주 이 아이들을 생각하는지 알지 못할 것이다. 이 아이들은 나를 부정한 사람으로 안다. 아버지가 남긴 유산을 다 써 버린 이래로 3년마다 직장을 옮기며 변하기 쉬운 사람, 나이를 먹어도 안정하지 못하는 사람, 가족에 대해 무관심하고, 돈이 생길 때마다 술을 마셔 없애 버리는 사람이라고. 그러나 사실 나는 좀처럼 술을 마시지 않는다.

한 달에 한 번 정도도 마시지 않고 실제로 석 달 동안은 그럴싸하게 취해본 적도 거의 없다. 나는 가끔 스스로 물어본다.

'다른 사람들은 내가 술을 마시지 않는 날은 무엇을 한다고 믿을까?'

그런데 내가 술을 마시지 않는 날은 30일 중 29일이다. 나는 종종 산책을 하고, 또 옛날에 배운 지식을 과시하면서 5학년 학생들에게 그것을 팔아 과외비를 벌려고 노력한다. 시내도 돌아다니고 대개는 교외 멀리까지 나가서 문이 열린 묘지들을 방문한다. 나는 잘 단장된 잔디밭과 깨끗한 화단 사이를 지나다닌다. 명패와 이름도 읽고 묘지 냄새도 맡으며 나도 언젠가 이곳에 묻히리라는 확신으로 내 심장이 떨리고 있음을 느낀다.

이전에 우리에게 돈이 있을 때에는 여행도 많이 했다. 그러나 내가 머문 낯선 도시에서는 지금 이곳에서 하는 것과 똑같은 행동을 했다. 호텔 침대 위에 누워서 빈들거렸고 담배를 피우거나 계획 없이 산책을 했다. 가끔 교회에 발을 들여놓고 묘지가 있는 교외까지 멀리 나갔다. 허름한 술집에서 술을 마셨고 밤이면 다시 보지 않으리라고 생각되는 낯선 사람들과 사귀었다.

어렸을 적부터 나는 묘지에 가기를 좋아했고 그곳의 경치에 매혹 당하곤 했는데 보통 젊은 사람에게 흔히 있는 일은 아니었다. 그러나 묘지에 있는 사람의 이름들, 화단, 모든 글자, 냄새…… 이 모든 것은 나도 죽으리라는 것을 말해주었다. 이것은 내가 결코 의심할 수 없는 유일한 진리이다. 오랫동안 산책을 하며 지나가는 이 끝없는 무덤의 행렬에서 가끔 내가 아는 사람의 이름을 발견할 때가 있다.

어렸을 적, 이미 오래 전에 나는 죽음이 무엇인지를 체험했다. 내가 일곱 살 때 어머니는 돌아가셨고, 나는 다른 사람들이 우리 어머니에게 하는 일을 하나하나 주의 깊게 관찰했다. 신부님이 와서 어머니에게 성유를 발라주었고, 어머니를 축복해 주었다. 어머니는 누워서 꼼짝하지 않았다. 사람들은 꽃과 관을 가져왔고 친척들이 와서 울었으며 어머니의 침대에서 기도했다. 어머니는 그 자리에 누워서 꼼짝도 하지 않았다. 나는 호기심에서 모든 것을 따라 했다. 매를 맞으면서도 나는 장의사들이 하는 것을 구경했다. 그들은 어머니의 몸을 닦고 흰 옷을 입히고 관 주위에 꽃을 달고 뚜껑에 못을 박았다. 그리고는 자동차에 관을 실었다. 그러자 집은 어머니가 없어 텅 비었다. 나는 아버지 몰래 묘지에 갔는데 12번을 타고 투크호프 광장에서 10번으로 갈아타고 종점까지 갔다. 아, 나는 그것을 잊을 수가 없다.

나는 생전 처음 묘지에 갔다. 녹색 모자를 쓰고 입구를 지키는 남자에게 어머니의 무덤을 물었다. 얼굴이 빨갛게 부어오른 그는 술 냄새를 풍기며 내 손을 붙잡고 관리실 건물이 있는 쪽으로 갔다. 그는 나에게 무척 친절했다. 내 이름을 물어보고 나를 어떤 방으로 데리고 가서는 기다려야 한다고 말했다. 나는 기다렸다. 의자와 밝은 갈색 테이블 사이를 돌아다니고, 벽에 있는 그림을 살펴보며 기다렸다. 어떤 섬에 앉아서 기다리고 있는 검고 가냘픈 여인의 모습이 그려진 그림이 있었다. 나는 발끝으로 서서 그 밑에 있는 글자를 읽어보려고 했다.

거기에는 '나나'라고 씌어 있었다. 또 다른 그림에는 실쭉 웃으며 고급스럽게 장식된 뚜껑이 달린 맥주 조끼를 얼굴 앞에 들고 있는 덥수룩한 남자의 그림이 그려져 있었다. 나는 그 그림 밑에 있는 글자를 읽을 수가 없어서 문 쪽으로 갔다. 그러나 문은 닫혀 있었다. 나는 울기 시작했다. 밝은 갈색의 의자 위에 조용히 앉아서 복도에서 발소리가 날 때까지 울었다. 오고 있는 사람은 아버지였다. 나는 우리집 긴 복도를 통해 들리는 아버지의 발소리를 자주 들어 잘 알고 있었다. 아버지는 나에게 다정했고, 우리는 술 냄새가 나는 녹색 모자의 뚱뚱한 남자와 함께 시체들이 있는 곳으로 갔다. 어머니는 이곳에 있었다. 명패와 번호가 붙은 관들이 있는 이곳에. 그 남자는 우리를 어떤 관 앞으로 안내했다. 아버지는 손가락으로 명패를 가볍게 건드리며 읽어 주었다.

'엘리자베드 보그너, 4월 18일 오후 4시, 제7분양지.'

그리고 나서 아버지는 물었다.

"오늘이 며칠이지?"

나는 며칠인지 몰랐다. 아버지는 말씀하셨다.

"16일이구나. 모레나 돼야 어머니는 묻히겠구나."

나는 내가 보지 않는 동안은 어머니의 관을 건드리지 말아 달라고 졸랐다. 아버지는 우시면서 내게 약속했다. 나는 음침한 집으로 아버지를 따라갔다. 크고 낡은 창고를 치우는 아버지를 도와드리며 어머니가 여러 해 동안 행상들로부터 사들인 물건들을 끄집어냈다. 녹슨 면도날, 비누, 곤충약, 반쯤 녹아 버린 고무밴드, 그리고 안전핀이 가득 담긴 많은 상자들. 아버지는 울고 계셨다.

이틀 후 나는 어머니의 관이 그대로 있음을 보았다. 사람들은 마차에 관을 싣고 화환과 꽃을 둘렀다. 우리는 신부님과 복사들의 뒤를 따라 제7분양지의 커다란 점토질 매장 구덩이로 갔다. 관에 축복의 성호를 그어 내린 다음 성수를 뿌리고 흙으로 덮는 것을 보았다. 나는 신부님의 기도에 귀를 기울였다. 신부님은 먼지에 관해서 그리고 먼지와 부활에 관해서 말씀하셨다.

내가 좀 더 보자고 졸랐기 때문에 아버지와 나는 오랫동안 묘지에 남아 있었다. 무덤을 판 사람들은 그 위에다가 흙을 더 뿌리고 잘 다졌다. 그리고 삽으로 조그만 봉우리를 적당히 두들겨 만들고는 그 위에 화환을 얹었다. 그들 중 한 사람이 마지막으로 검은 글씨가 쓰여진 조그맣고 흰 십자가를 꽂았다. 거기에서 나는 엘리자베드 보그너를 읽을 수 있었다.

이미 어린 시절부터 나는 죽는다는 것이 무엇인지를 잘 알 것만 같았다. 인간이란 사라지면 땅속에 묻힌다는 것, 그리고 부활을 기다린다는 것을. 나는 다음과 같은 사실도 깨달았다. 즉, 모든 사람들은 죽어야 하고 또 사실 죽었던 것이다. 내가 아는 많은 사람들도 죽었는데 누구도 그들의 장례식에 참여하는 나를 말릴 수 없었다.

나는 너무 자주 죽음에 대해서 생각한다. 나를 주정뱅이라고 생각하는 사람들은 잘못 본 것이다. 내가 시작하려고 하는 모든 일이 나에게 있어서는 무관심하고 지루하며 무의미한 것으로 여겨진다. 나는 장례식

154

에 늦지 않으려고 노력한다. 모르는 사람들의 관을 따라가 조사를 듣고, 열린 무덤 위로 중얼거리는 신부의 예배의식에 답한 뒤 나는 구덩이 속에 흙을 던지고 관에 기도를 드린다. 돈이 있을 때면 미리 꽃을 사서 관 위에 수북이 쌓여 있는 흙 위에 하나씩 뿌린다.

울고 있는 가족들 옆을 지나갈 때 그들은 나에게 식사를 권한다. 나는 낯선 사람들과 함께 식탁에 앉아 맥주를 마시고 소시지가 든 감자샐러드를 먹는다. 울고 있는 부인들이 손대지 않은 커다란 소시지 조각들이 접시에 가득 쌓이기도 하고, 담배를 피우고 술을 마시며 그 관 이외에는 아무것도 모르는 죽은 이의 인생사에 귀를 기울인다. 그들은 또한 나에게 사진을 보여준다. 일주일 전에는 어떤 젊은 여자의 관을 따라갔다. 낡은 식당의 구석방에서 그녀의 아버지 곁에 앉았다.

그는 나를 자기 딸의 비밀스런 애인으로 생각했다. 그 아버지는 나에게 그녀의 사진을 보여주었다. 정말로 아름다운 피조물의 사진이다. 그녀는 어떤 가로수길 입구에서 머리를 나부끼며 스쿠터 위에 앉아 있었다.

"딸애는 아직도 사랑이라는 건 모르는 아이였습니다."

소녀의 아버지는 내게 말했다. 나는 그녀의 관 위에 꽃을 뿌릴 때 아버지의 눈에서 눈물을 보았다. 아버지

155

는 눈물을 닦기 위해 회색으로 만들어진 재떨이에 잠시 담배를 내려놓았다. 나는 내가 시도해 본 여러 가지 직업에 무관심했다. 올바른 직업을 갖기 위해서 꼭 필요한 진지함을 나 자신에게 불러일으킬 수 없었다. 전쟁 전에는 오랫동안 약방에서 지냈고 지루함이 나를 사로잡아 사진관으로 옮겼지만 이 일에도 곧 싫증이 났다.

그리고 나서 나는 독서에 취미가 없음에도 불구하고 사서가 되려고 했다. 그리하여 어떤 도서관에서 책을 좋아하는 케테를 알게 되었다. 케테가 거기에 있었기 때문에 나는 그곳에 머물렀다. 우리는 곧 결혼했는데 케테는 임신을 하자 직장을 그만두어야 했다. 그 후 전쟁이 일어났고 내가 소집당한 후 첫째아이 클레멘스가 태어났다.

나는 전쟁에 대해서는 별로 생각하고 싶지 않았다. 침대에서 일어나 다시 아래층 주점으로 가 보았다. 곧 4시가 된다. 나는 한 잔 마시고 비어 있는 오락기로 갔다. 그러나 동전을 한 번만 넣고 손잡이를 눌렀다. 피곤했기 때문이다.

방으로 다시 돌아와 침대에 누워서 담배를 피웠다. 지벤슈메르첸마리에 성당의 종소리를 들을 때까지 아내 케테를 생각했다.

10장

 나는 검은 손이 그려진 간판을 발견하자 곧바로 집게손가락이 가리키는 곳으로 갔다. 거리는 한산하고 어두웠으며 잠시 후 갑자기 많은 사람들이 초라한 집에서 쏟아져 나왔다. 영화가 끝난 것이다. 모퉁이에 다시 검은 손이 그려진 간판이 있었고 집게손가락은 구부러져 있었다. 네덜란드집 맞은편에 서 있었다. 집이 너무 더러웠기 때문에 나는 놀랐다. 천천히 거리를 가로질러 빨간 칠을 한 통풍기 앞에 멈춰 섰다. 그리고는 재빨리 문을 밀고 식당으로 들어갔다. 계산대 옆에는 세 남자가 서 있었다.

 내가 들어섰을 때 그들은 대화를 멈추고 나를 쳐다보았다. 그들이 주인아주머니에게 눈짓을 하자 주인아주머니는 그림 잡지에서 눈을 떼고 나를 바라보았다. 그녀 눈초리는 내 얼굴에서 모자로, 그리고 나서는 손에 든 핸드백으로 옮아갔고 내 구두와 다리를 쳐다보기 위해서 고개를 약간 숙였다. 그리고는 다시 내 얼굴을 보더니 립스틱의 상표를 알아맞히기라도 하려는 듯 한동안 내 입술을 바라보았다. 그녀는 다시 고개를 숙여 의심스럽게 내 다리를 쳐다보며 천천히 물었다.

"무슨 일이세요?"

그리고는 허리에 얹었던 손을 들어 니켈 계산대에 놓았다가 몸 위로 손을 모았다. 그녀의 희고 갸름한 얼굴은 어찌할 바를 모르고 있었다.

"남편을 만나러 왔어요."

세 남자들은 몸을 돌리고 다시 자기네들끼리 이야기를 하기 시작했다.

"11호실, 이층입니다."

주인아주머니는 내가 이름을 말하기도 전에 이렇게 말하고 계산대 옆에 있는 문을 가리켰다. 남자들 중에 한 명이 뛰어가 나에게 문을 열어주었다. 그는 창백했고 취한 것같이 보였다. 그의 입술은 떨렸고 눈 흰자위는 충혈되어 있었다. 내가 쳐다보자 그는 눈을 내리깔았다. '감사합니다.'라고 말하고 열린 문으로 들어갔다. 계단을 올라갈 때 좌우로 흔들리는 문을 통해 한 목소리가 들렸다.

"여기 여잔데."

건물 계단이 있는 공간은 녹색으로 칠해져 있었고

잿빛 유리창 뒤로는 검은 담의 그림자를 볼 수 있었다. 이층에 있는 조그만 복도에는 갓이 없는 전구가 켜져 있었다.

11호실 문을 두드렸다. 대답이 없어서 문을 열고 들어갔다. 프레드는 침대에 누워 자고 있었다. 그는 침대에 누워 있을 때는 어린아이처럼 매우 부드러워 보인다. 시달린 얼굴만 보이지 않는다면 열여덟 살 청년으로 보일 수도 있다. 잠잘 때 그는 입술을 약간 벌리고 검은 머리가 이마에 늘어져 마치 의식을 잃은 사람 같다. 그는 깊이 잠든 모양이다. 계단을 올라올 때만 해도 나는 그에게 화가 나 있었다. 사람들이 나를 마치 창녀처럼 쳐다봤기 때문이다. 그러나 나는 아주 조심스레 침대로 가서 의자를 끌어당기고 핸드백을 열어 담배를 꺼냈다.

담배를 피우며 침대 옆에 앉아 있다가 그가 뒤척거리는 것을 보았다. 녹색 하트 무늬가 있는 벽지와 보기 흉한 램프를 바라보며 열린 유리창 틈으로 담배 연기를 내뿜었다. 나는 지난날로 되돌아가 보며 우리가 결혼한 이래 변한 것이 별로 없음을 깨달았다. 그때 우리는 여기 이 방처럼 추하고 가구가 몇 개뿐인 방에서 결혼생활을 시작했다. 전쟁이 터졌을 때 우리는 꽤 쓸만한 집을 가질 수 있었다. 그러나 지금 나는 우리가 살아본 적이 없는 어떤 집을 생각하고 있었다. 방 네 개에다 목욕탕이 있는 깨끗한 집을.

클레멘스는 아직 어렸지만 그림을 배우기 위해서 막스 모리츠 그림의 벽지를 바른 방을 하나 차지하고 있었다. 클레멘스가 그림을 알아볼 수 있을 정도로 자랐을 때 막스 모리츠 그림의 벽지가 있는 집은 어울리지 않았다. 나는 아직도 당시의 프레드 모습이 눈에 선하다. 그는 회색 제복 바지주머니에 손을 넣고 연기가 무럭무럭 피어오르는 폐허더미를 바라보곤 했었다. 그는 우리가 내의도 가구도 이제는 아무것도 가진 것이 없다는 사실을 알지도 느끼지도 못하고 그런 것이 자기와는 아무 상관이 없는 것처럼 보였다. 그는 정말로 아무것도 가져본 일이 없는 빈털터리 남자의 눈초리로 나를 바라보았다. 그는 불이 붙어 있는 담배를 입에서 빼내 내 입에 물려주었고, 나는 담배를 한 모금 빨고 내뿜는 연기와 함께 커다란 웃음을 터뜨렸다.

나는 창문을 활짝 열고 담배꽁초를 아래 뜨락으로 던졌다. 쓰레기통 사이에 조개탄 자루로 물든 커다랗고 누런 웅덩이가 있다. 담배는 그 속에 떨어져 소리를 내며 꺼졌다. 기차가 역으로 굴러갔다. 알아들을 수 없는 안내 방송이 들렸다.

성당 종소리가 들리자 프레드는 잠에서 깨어났다. 종소리에 창문이 흔들리고 떨리기 시작했다. 이 떨림은 창가의 의자 위에 놓여 있는 납으로 만든 커튼 막대로 옮아가 덜그럭거리는 소음을 냈다.

프레드는 움직이지 않고 아무 말도 없이 나를 쳐다보았다. 그는 한숨을 내쉬었다. 그가 서서히 잠에서 깨어나는 것을 알 수 있었다.

"프레드."

내가 불렀다.

"응."

그는 대답하면서 나를 끌어내려 키스를 했다. 그는 나를 완전히 그에게로 끌어내렸고 우리는 서로 껴안은 다음 얼굴을 쳐다보았다. 그가 내 얼굴을 살피면서 거리를 두고 바라보자 나는 웃지 않을 수 없었다.

"미사에 가야죠. 혹시 벌써 다녀오셨어요?"

"아니. 단 2분 동안 축복의 성호를 받으러 갔었지."

그는 대답했다.

"그럼, 가요."

그는 신을 신은 채 침대에 누워 그냥 잠들어 있었고, 몸은 얼어 있었다. 그는 대야에 물을 부어 젖은 손으로 얼굴을 씻고는 의자에서 외투를 집었다.

우리는 팔을 잡고 층계를 내려갔다. 세 남자는 아직

도 계산대에 서서 우리를 보지도 않고 서로 얘기만 했다. 프레드는 주인아주머니에게 방 열쇠를 내주었고 그녀는 열쇠를 걸면서 물었다.

"오랫동안 밖에 있을 겁니까?"

"1시간 정도입니다."

프레드가 대답했다.

우리가 성당에 왔을 때 미사는 방금 끝났고 참사회 원들이 천천히 성구실로 들어가고 있는 것을 보았다. 그들은 맑은 회색 물에서 천천히 헤엄치고 있는 잉어 들처럼 보였다. 피곤한 보좌신부는 보조계단에서 빨리 복음서를 읽기 위해 왼쪽 제단 옆으로 갔다. 그러나 미사 전서를 가지고 있는 복사(服事)가 아직 거기 없는 것을 보고는 초조한지 어깨를 들썩였다. 본 제단에서는 향냄새가 구름처럼 연기 속으로 퍼져 올라왔고 많은 사람들이 미사를 듣는 무리 주위로 몰려왔다. 남자들은 대부분 단추 구멍에 빨간 작은 깃대를 꽂고 있었다. 소리가 나면 그들 중에 몇몇은 돌아다니다가 놀라서 그 자리에 멈추곤 했으나 대부분 사람들은 계속 걸으면서 모자이크 무늬나 창문을 보며 제단 근처로 갔다.

나는 위쪽의 오르간 옆에 걸려 있는 시계를 바라보았다. 이 시계는 15분마다 부드럽고 맑은 음을 내고 있었다. 축복의 성호를 긋고 축복이 끝난 후 출구로 나가기까지 미사는 정확히 19분 걸렸다. 프레드는 통풍기 옆에서 나를 기다리고 있었고 나는 성모제단으로 가서 마리아에게 기도했다. 나는 두려웠음에도 불구하고 임신이 아니기를 기도했다. 성모상 앞에는 많은 촛불이 켜져 있었고 왼쪽의 커다란 철제 촛대 옆에는 노란 양초 한 묶음이 놓여 있었다. 그 옆에는 종이 팻말이 붙어 있었다.

'독일약사협회 내 노동조합 가톨릭 약사 기증'

나는 프레드에게 되돌아왔고 우리는 함께 밖으로 나갔다. 밖에는 햇살이 빛났다. 5시 20분이었고 나는 배가 고팠다. 프레드의 팔을 잡고서 계단을 내려갈 때 그의 주머니에서 돈이 떨그렁거리는 소리를 들었다.

"식당에서 밥 먹을까?"

프레드가 물었다.

"아니, 노점에서 먹어요. 나는 노점에서 먹는 것이 좋아요."

"그래. 그럼 가지."

우리는 블뤼허 골목길로 방향을 바꾸었다. 쓰레기 더미는 세월이 지나면서 탄탄하게 둥근 언덕으로 굳어 있었고 거기에는 잡초와 시들어 버린 분홍바늘꽃 무리가 무성하게 자라고 있었다. 한동안 이곳의 하수 구에는 블뤼허 기념비가 놓여 있었다. 분노에 차서 하 늘을 뚫어지게 노려보고 있는, 청동으로 된 거대하고 도 정력적인 그것은 도난당할 때까지 거기에 있었다.

단철로 된 정문 뒤에는 쓰레기가 쌓여 있었다. 폐허 더미 사이로 가느다란 길이 아무렇게나 파헤쳐져 있 었다. 아직도 집이 몇 채 서 있는 몸젠 가에 왔을 때, 폐허더미 너머 저 멀리 룸멜 광장에서 음악 소리가 들 렸다. 나는 프레드를 멈춰 세웠다. 거칠게 울려 퍼지 는 오케스트리온(대형 아코디언의 일종—역주)의 소 리를 더욱 똑똑하게 들을 수 있었다.

"프레드, 시내가 혼잡할까요?"

"그래, 약사들 때문에. 가보고 싶어? 거기 가 볼까?" 프레드가 물었다.

"그래요."

우리는 조금 전보다 더 빨리 걸어 벨레다 거리를 지 나갔다. 우리가 다시 한 번 더 모퉁이를 돌았을 때 바 로 룸멜 광장의 소음과 냄새 속에 있게 되었다. 아코 디언 소리, 기름에 튀겨낸 음식의 달콤하고 기름진 냄 새와 뒤섞인 강한 양념의 굴라쉬 냄새, 그리고 회전목 마가 돌아가는 소리가 나를 흥분시켰다. 나는 가슴이 심하게 뛰는 것을 느꼈다. 이 냄새, 뒤섞여 혼잡하지만 신비스런 멜로디를 지닌 이 소음.

"프레드, 돈 좀 줘요."

내가 말했다.

그는 주머니에서 흐트러진 돈을 꺼내 동전 사이로 지폐를 빼서 함께 접었다. 그리고는 너덜너덜해진 수첩 속에 끼워 넣었다. 그는 내 손에 잔돈을 모두 수북이 올려 주었다. 프레드가 웃으면서 나를 쳐다보는 동안 나는 조심스레 돈을 셌다.

"6마르크 80페니히예요. 프레드, 너무 많아요."

"받아, 제발."

그의 갸름하고 지친 얼굴과 창백한 입술 사이에 물고 있는 눈처럼 흰 담배를 보았을 때 내가 그를 사랑한다는 것을 알았다. 왜 그를 사랑하는지를 스스로에게 종종 물어보곤 했다. 정확히 알 수 없는 많은 이유들 중 한 가지는 그와 함께 룸멜 광장에 가는 것이 좋기 때문이다.

"식사할 곳으로 안내할게요."

내가 말했다.

"좋을 대로."

나는 그의 팔을 붙잡고 춤추는 헝가리 여자들이 그려져 있는 굴라쉬 가게로 데려갔다. 이 그림에는 둥근 모자를 쓴 농촌 젊은이들이 허리에 손을 대고 소녀들 주위를 뛰며 놀고 있었다. 우리가 계산대에 팔을 괴고 기다리자 김이 나는 가마솥 옆에 앉아 있던 부인이 자리에서 일어나 웃으면서 가까이 왔다.

뚱뚱한 부인은 검은 머리를 하고 있었고, 예쁜 손에는 메달이 달린 검은 벨벳 리본을 달고 있었다.

"굴라쉬 2인분요."

나는 주문을 하고 2마르크를 그녀에게 내밀었다. 그 부인이 뒤쪽으로 가서 냄비 뚜껑을 여는 동안 프레드와 나는 서로 쳐다보며 웃었다.

"나는 벌써 굴라쉬를 먹었어."

프레드가 말했다.

"어머, 미안해요."

"상관없어. 나는 굴라쉬를 좋아하니까."

그는 내 팔에 손을 얹었다. 부인은 냄비 속을 휘휘 저어서 한 국자 가득 굴라쉬를 담아 올렸다. 솥에서 올라오는 김은 뒷벽에 있는 거울을 흐리게 했다. 그녀는 빵을 준 다음 수건으로 거울을 닦으며 내게 말했다.

"당신이 얼마나 예쁜지 보기 위해서."

나는 평평한 거울 속을 들여다보며 정말 내가 아름답게 보인다는 사실을 알았다. 내 얼굴 뒤 먼 곳에서 희미한 오락 사격장과 그 뒤에 있는 회전목마를 보았다. 내 시선이 거울 속에 있는 프레드에게로 향하자 나는 놀랐다. 프레드는 잇몸이 아파 뜨거운 음식을 먹을 수 없었다. 식을 때까지 음식을 입 속에서 이리저리 굴리는 모습, 가벼운 불만과 초조함이 깃든 표정, 이런 것들이 그를 늙은이처럼 보이게 하여 그때마다 나는 더욱 놀랐다. 거울은 다시 흐려졌다. 부인은 국자를 가지고 천천히 가마솥을 휘저었는데 내게는 그녀가 우리보다 옆 사람들에게 더 적게 퍼 주는 것 같았다.

우리는 빈 접시를 옆으로 치우고 밖으로 나왔다. 나는 다시 프레드의 팔을 잡고 노점들 사이의 골목길을 지나 천천히 걸었다. 꼼짝하지 않고 입을 삐죽이며 웃고 있는 인형을 향해 빈 깡통을 던졌다. 나는 인형 머리를 맞혔고, 숨겨져 있어 보이지 않는 기계가 다시 인형을 앞으로 내밀었을 때 나는 즐거워했다. 가두선전원의 노래하는 듯한 소리에 속아 복권을 사서는 행운의 바퀴가 돌아가는 것을 보면서 노랗고 커다란 테디 곰에게 연신 눈길을 보냈다. 어렸을 적부터 가지고 싶었던 곰이었다. 그러나 행운의 바퀴는 달그락거리며 천천히 돌다가 내 번호의 바로 앞에서 멈췄다. 나는 곰도, 아무것도 손에 넣을 수 없었다.

회전목마의 좁은 자리에 앉아서 돈 받는 사람의 때 낀 손에 동전 두 개를 쥐어 주었다. 그리고는 나무 상자 가운데에 숨어서 난폭한 멜로디를 뿜어 대는 오케스트리온 주위로 점점 높이 올라갔다. 성당 탑의 폐허를 넘어 나를 지나 날아가는 것이 보였고, 저 멀리로는 흐릿하고 무성한 푸른 잡초와 빗물이 고인 천막 지붕이 보였다.

동전 두 개의 대가로 나를 돌려주는 요란한 회전목마의 소용돌이 속에서 태양 한가운데로 내던져져, 그때마다 햇빛은 나를 때리는 것처럼 맞이했다. 쇠사슬이 부딪치는 소리, 여자들의 비명 소리가 들리고, 안개와 광장에서 소용돌이치는 먼지가 보이면서 나는 이 두툼하고 달콤한 냄새 속으로 돌진했다. 비틀거리며 나무 계단을 다시 내려왔을 때 나는 프레드의 팔에 안겼다.

"오, 프레드."

한번은 1마르크를 주고 나무로 된 무대 위에서 춤을 출 기회가 있었다. 격렬하게 허리를 흔들어 대는 청소년들 한가운데서 우리는 서로 바싹 달라붙었다. 나는 춤의 리듬 속에서 프레드와 칼라가 반쯤 악기로 가려진 트럼펫 연주자의 기름지고 음탕한 얼굴을 보았다. 그 사람은 머리를 들고 나에게 눈짓을 하며 들으라는 듯 트럼펫의 요란한 음을 내뿜었다.

나는 프레드가 동전 하나로 룰렛 게임을 하는 것을

구경했다. 도박장 주인이 번호판을 돌게 하고 공이 구르기 시작하자 주위에 서 있는 사람들이 말없이 흥분하는 것을 느꼈다. 사람들이 돈을 거는 속도와 프레드가 동전을 정확하게 제자리에 던지는 속도는 내가 전혀 예감하지 못한 어떤 양해를 전제로 하는 연습 행위처럼 보였다. 공이 구르는 동안 도박장 주인은 고개를 들고 차가운 시선은 경멸하듯 룸멜 광장 건너편을 향하고 있었다. 윙윙거리는 소리가 작아지자 그의 무뚝뚝하지만 조그맣고 귀여운 얼굴은 다시 제자리로 돌아와서 건 돈을 주워 주머니에 넣고 당첨된 사람에게는 동전을 내주면서 주머니의 동전을 만지작거리며 다시 돈을 걸라고 재촉했다. 그리고는 주위에 서 있는 사람들의 손가락을 쳐다보며 번호판을 경멸하듯 회전시키고 고개를 든 다음 입을 삐쭉 내밀고는 지루한 표정으로 주위를 둘러보았다.

프레드 앞에는 두 번이나 동전이 쌓였고, 그는 탁자에서 동전을 집어 들고는 사람들을 비집고 나에게로 왔다.

우리는 푸른색으로 포장을 한 어떤 가설 소극장의 지저분한 층계에 앉았다. 혼잡한 사람들의 무리를 바라보면서 먼지를 들이마시고 오케스트리온의 잡다한 연주에 귀를 기울였다. 돈을 모으는 남자의 목쉰 소리를 들었다. 나는 먼지, 종이쪽지, 담배꽁초, 꽃송이, 찢어 버린 입장권들로 덮인 길바닥을 보았다.

천천히 시선을 돌렸을 때 아이들의 모습을 보았다. 벨러만은 클레멘스의 손을, 소녀는 카를라의 손을 잡고 있었고, 벨러만과 소녀는 아기바구니에 꼬마를 들고 있었다. 아이들은 크고 노란 막대사탕을 입에 물고서 깔깔거리며 주위를 둘러보고는 사격장에서 멈추었다. 벨러만이 가까이 다가가서 총을 들고 있는 동안 클레멘스는 아기바구니의 손잡이를 잡고 있었다.

클레멘스는 그의 어깨 너머로 총의 가늠자를 들여다보았다. 아이들은 즐거운 것 같았고 벨러만이 소녀의 머리에 빨간 종이꽃을 꽂아주었을 때 큰 소리로 웃었다. 그들은 오른쪽으로 돌아갔다. 벨러만이 클레멘스의 손에 돈을 세어 주었고 내 아들의 입술도 움직이며 따라 세었다. 그리고 말없이 웃으며 얼굴을 들어 벨러만에게 고마워했다.

"가요."

프레드에게 나직이 말하고 일어났다. 그리고는 그의 외투깃을 끌어당겼다.

"저기에 우리 아이들이 있어요."

"어디?"

170

우리는 서로를 한참 쳐다보았다. 우리의 눈과 눈 사이에는 우리가 서로 껴안았던 수천의 밤들이 놓여 있었다.

프레드는 입에서 담배를 떼고 조용히 물었다.

"그럼 이젠 무얼 할까?"

"저도 모르겠어요."

그는 가설극장과 영업이 끝나 운행이 멈춘 회전목마 사이의 골목길 쪽으로 나를 이끌었다. 회전목마의 둥근 지붕은 초록색 캔버스 천으로 덮여 있었다. 우리는 밧줄로 단단히 매여 있는 천막말뚝을 말없이 쳐다보았다.

"이리 들어와."

프레드가 두 개의 초록빛 텐트 줄 사이를 들치고 들어가서는 내가 들어가도록 도와주었다. 어둠 속에서 프레드는 커다란 나무 백조에, 나는 그의 곁에 있는 회전목마 위에 쪼그리고 앉았다. 프레드의 창백한 얼굴은 텐트 줄 사이로 떨어지는 흰 광선에 의해 잘렸다.

"결혼을 하지 않았다면."

"바보 같은 소리. 그런 말은 하지 말아요. 모든 남자들이 다 그런 말을 해요."

나는 그의 얼굴을 쳐다보며 덧붙였다.

"게다가 나를 위해서 매우 기분 좋게 하는 말 같지

만, 어떤 여자가 결혼을 참을 수 있는 것으로 만들 수 있을까요."

"당신은 대부분의 부인들보다는 성공한 편이야."

그는 이렇게 말하고 백조의 머리에서 얼굴을 들고 자기 손을 내 옆에 얹었다.

"우리가 결혼한 지 15년이나 됐어."

"훌륭한 결혼이었어요."

"멋있었지. 정말 멋있었어."

그는 내 팔에서 자기 손을 떼 내어 양손으로 얼굴을 받쳐 백조 머리에 기대고는 피로한 모습으로 나를 올려다보았다.

"당신과 애들은 내가 없어야 더 행복한 게 확실해."

"그렇지 않아요. 당신이 안다면."

"내가 안다면?"

"프레드, 애들은 매일 열 번씩도 더 당신에 대해 물어봐요. 그리고 나는 거의 매일 밤 잠자리에 누워서 울어요."

"당신이 울어?"

그가 다시 얼굴을 들고 나를 쳐다보았다. 나는 그렇게 말한 것이 미안했다.

"내가 운다는 사실을 알리기 위해서 그런 말을 한 게 아니고 당신 자신이 얼마나 잘못 알고 있는가를 알아야 하기 때문에 그 말을 한 거예요.”

　햇빛이 갑자기 스며들어와 초록빛이 여과되었다. 그 황금빛 광선은 회전목마의 모양을 드러냈다. 입을 삐쭉이며 웃는 말, 초록색 용, 백조, 조랑말이 있었고 우리 뒤쪽에 있는 두 마리의 백마와 연결된 빨간 우단을 깐 결혼마차가 보였다.

　“이리 와요. 저기는 더 편하게 앉을 것 같아요.”

　내가 프레드에게 말했다. 그는 백조에서 기어 내려와 회전목마에서 내려오는 나를 도와주었다. 우리는 마차의 보드라운 우단에 나란히 앉았다. 다시 태양은 져 버렸고 동물들의 그림자가 회색빛으로 우리를 덮었다.

　“당신이 우는군.”

　프레드는 나를 쳐다보며 안으려고 하다가 다시 그만두었다.

　“내가 떠나 버렸기 때문에 우는 거야?”

　“그 이유도 있지만 그 때문만은 아니에요.”

　나는 조용히 대답했다.

　“당신이 같이 있어주는 걸 더 좋아한다는 건 당신도 아시잖아요. 그러나 당신이 우리와 함께 있는 걸 견뎌 내지 못한다는 것도 알아요. 그리고 당신이 없는 게 좋을 때도 있어요. 아이들을 때릴 때면 당신과 당신의 얼굴이 두려워요. 당신의 목소리도 두렵구요. 당신이 그런 상태로 집에 돌아와서 집을 나가기 전에 했던 것과 똑같은 행동을 계속하는 걸 전 원치 않아요. 단지 돈이 없다는 그 이유 하나 때문에 당신이 아이들을 때린다는 사실을 아는 것보다는 침대에 누워 우는 편이 더 나아요. 당신이 아이들을 때리는 건 우리가 가난하기 때문이지요. 그렇지요?"

"그래, 가난은 나를 병들게 했어."

"네, 그래요. 그러니까 당신과 떨어져 있는 게 더 좋아요. 사정이 달라지지 않는 한 말이에요. 내가 울도록 내버려두세요. 일 년 안에 나도 아이들을 때리게 될지 몰라요. 내가 젊은 시절에 쳐다보기만 해도 무서웠던 그 가련한 부인들처럼 목이 쉬고 가난한 삶의 난폭한 공포로 찢기우고, 더러운 임대 아파트의 틈바구니에서 아이들을 때리거나 아니면 사탕을 먹이면서, 밤에는 가련한 술주정뱅이의 포옹에 몸을 맡기는 그런 여자가 되겠지요. 이 주정뱅이는 소시지 가게의 냄새를 집까지 가져오고 웃옷주머니에는 짓눌린 담배 두 개비를 가지고 있지요. 그들은 포옹이 끝나면 담배를 피웠지요. 어둠 속에서 말예요. 아, 나는 이런 부인네들을 경멸했어요. 하느님이 아마 벌을 내리실 거예요. 프레드, 담배 한 개비만 더 줘요."

그는 재빨리 주머니에서 담배갑을 꺼내 내게 내밀면서 자신도 한 개를 집었다. 성냥불이 켜졌을 때 나는 회전목마의 초록빛 어스름 속에서 그의 불쌍한 얼굴을 보았다.

"얘기해요. 더 말해 줘."

"임신을 했기 때문에 아마 울 거예요."

"임신했어?"

"아마도. 내가 임신을 하면 어떻게 되는지 아시죠? 아직은 임신이라고 믿지는 않아요. 그렇지 않으면 목마 위에서 아주 힘들었을 거예요. 매일 임신이 아니기를 기도해요. 아니면 혹시 당신은 아이 갖기를 원하세요?"

"아니, 그렇지 않아."

그는 성급하게 말했다.

"그러나 아기를 낳게 된다면 당신 아기를 낳아요. 아, 프레드, 기분이 언짢으시군요."

나는 이렇게 말해 놓고 미안한 생각이 들었다. 그는 아무 말도 없이 나를 쳐다보더니만 담배를 피워 물고서는 마차에 등을 기대었다. 그리고는 이렇게 말을 할 뿐이었다.

"말해 줘, 제발 말해 줘. 다 얘기해 봐."

"아이들이 너무 조용하기 때문에 나는 울기도 해요.

아이들은 너무 조용해요, 프레드. 아이들이 아주 당연하게 학교에 잘 다니고 있는 게 두렵고 너무 조심스럽게 숙제를 잘 하는 것이 나를 놀라게 해요. 학생들이 자기 반 아이들의 성적에 대해 지껄이는 쓸데없는 수다도 떨고 내가 아이들만했을 때 사용했던 것과 거의 똑같은 말들도 쓰지요. 정말 너무 끔찍스러워요, 프레드.

냄비 속에서 뭉근하게 끓고 있는 고기 냄새를 맡으면 그들의 얼굴에 기쁜 표정이 떠오르고, 아침마다 침착한 동작으로 가방을 챙겨 어깨에 메고 가방에 빵을 넣어요. 그리고는 학교에 가지요. 프레드, 나는 종종 복도 창가에 몰래 숨어서 내가 아이들을 볼 수 있을 때까지 쳐다본답니다. 그들은 책의 무게로 약간 내려앉은 그 가냘픈 등으로 클레멘스와 방향을 바꾸는 모퉁이까지 나란히 걸어가지요. 회색의 모차르트 가로 접어드는 카를라의 모습을 좀 더 오래 보지요.

프레드, 카를라는 외투주머니에 손을 넣고 걸어가는 모습이 당신과 꼭 같아요. 아마도 뜨개질 모형이나 카를 대제가 죽은 해에 대해서 생각하는지도 모르지요. 우리 아이들의 성실성이 내가 학교 다닐 때 증오했던 아이들의 성실성을 기억나게 해 울음이 나와요. 우리 아이들은 성화에 나오는 성 요셉의 대패 옆에서 놀고 있는 아기예수의 모습 같아요. 부드러운 곱슬머

176

리의 11살이나 10살쯤 되어 보이는 아이들은, 지루한 듯 길게 구부러진 대패밥을 손가락 사이에 내보내고 있어요. 대패밥은 아이들의 곱슬머리와 꼭 닮았어요."

"우리 아이들이 성화의 아기예수와 닮았어?"

그가 나직이 말했다.

나는 그를 쳐다보았다.

"아니, 아니에요. 그러나 내가 아이들이 그렇게 어슬렁어슬렁 걸어가는 걸 볼 때면 어딘가 그런 절망스럽고 무의미한 겸손 같은 것을 지닌 것 같아 그런 것들이 저에게서 반발과 공포의 눈물을 자아내요."

그는 말했다.

"맙소사. 그런 바보 같은 생각을 하다니. 내가 생각하기엔 아이들이기 때문에 그저 부러워하고 있는 것 같아."

"아니, 아니에요, 프레드. 저는 아이들을 어떤 것에서도 보호할 수 없기 때문에 두려워요. 사람들의 냉정함, 프랑케 부인의 냉혹함에서 보호할 수가 없어요. 이 부인은 아침마다 예수의 성체를 받아들이지만 아이들 중에 누가 화장실을 사용하고 날 때면 언제나 자기 서재에서 달려나온 후 화장실이 청결한가를 조사해 보고 물 한 방울이라도 양탄자에 떨어져 있으면 복도에서 잔소리를 하기 시작해요. 저는 물방울에 대한 두려움을 갖고 있어요. 아이들이 화장실에서 물 내리는 소리를 들을 때면 진땀이 나요. 정확히 설명할 수는 없지만 무엇이 그렇게 나를 슬프게 하는지 당신은 아실 거예요."

"우리가 가난하다는 게 당신을 슬프게 하는 거야. 아주 간단한 사실이지. 나는 당신에게 아무런 위로도 해 줄 수가 없어. 가난에서 빠져나올 구멍이 없어. 우리가 언젠가는 더 많은 돈을 벌 거라고 약속할 수가 없어. 아, 깨끗한 집에 살며 도대체 돈 걱정이란 걸 하지 않는다는 것이 얼마나 행복한 일인지. 당신은 놀랄 거야⋯⋯."

"나는 아직도 생각나곤 해요. 우리집은 항상 깨끗하고 집세도 제대로 지불되었지요. 그리고 돈도. 프레드, 당신은 아시지요?"

"알지."

그는 재빨리 대답했다.

"그러나 나는 과거에 대한 많은 인상을 갖고 있지 않아. 내 기억이란 대단히 섬세한 그물과 같은 얇은 철사로 이루어진 커다란 구멍으로 가득 차 있어. 나도 물론 알고 있지. 우리도 전에 목욕탕까지 갖춘 집이 있었지. 모든 것을 지불할 돈도 있었고. 그때 나는 뭘 했지?"

"프레드, 그때 무엇을 했는지 생각나지 않으세요?"

내가 물었다.

"정말이야. 생각나지 않는걸."

그는 팔로 나를 껴안았다.

"벽지공장에 다녔어요."

"그랬었군. 내 옷에서 풀 냄새가 물씬 났고, 클레멘스에게 잘못 만들어진 카탈로그를 갖다 주면 그 아이는 제 침대에서 그걸 찢어 버렸지. 이제 알 것 같아. 그러나 그리 오래 전 얘기도 아니군."

"전쟁이 나기 2년 전이에요."

"그렇지."

그가 말했다.

"그 후 전쟁이 터졌지. 당신은 더 유능한 남자와 결혼하는 게 좋았을 거야. 교양도 좀 갖추고 아주 부지런한 젊은 남자와 말이야."

"그만두세요."

나는 말했다.

"당신과 아이들은 저녁마다 당신이 원하는 대로 좋은 책들을 같이 읽었을 테지. 아이들은 우아한 가구에서 잠을 잤을 것이고, 벽에는 노프레테테 왕비의 그림이 걸려 있고, 나무에 붙여진 이젠하임의 성찬대가 있고. 물론 복사판이지만, 세련된 반 고흐의 해바라기가 보이론의 마돈나 상 옆의 부부 침대 위에 있고, 빨갛고 투박하지만 대단히 품위 있는 케이스 속에는 플루트가 들어 있고, 아, 이 시시한 것들. 나는 언제나 지루했지. 품위 있는 집들은 나를 권태롭게 해. 왜 그런지 모르겠지만. 당신은 도대체 뭘 원해?"

그가 갑자기 물었다.

그를 쳐다보았는데 내가 그를 안 이래 처음으로 그가 화가 나 있다는 인상을 받았다.

"제가 뭘 우려하는지는 저도 모르겠어요."

나는 마차 옆에 있는 나무 바닥에 담배를 던져 버리고 발로 밟아 꺼 버렸다.

"제가 무엇을 원하는지 저도 모르겠어요. 그렇지만 저는 노프레테테나 이젠하임의 제단 같은 걸 말해본 적은 없어요. 물론 그런 걸 싫어하지는 않지만요. 저는 유능한 남자를 증오하기 때문에 그보다 더 권태로운 것을 생각할 수가 없어요. 그런 사람들은 목에서 대부분 유능한 냄새를 풍겨요. 도대체 당신이 심각하게 받아들이는 게 무엇인지 한번 알고 싶어요. 다른 사람들이 중요하다고 생각하는 것이 당신에게는 전혀 문제가 되지 않아요. 다른 사람들보다 당신이 더욱 중요하게 여기는 게 몇 가지 있어요. 당신은 직업을 제대로 가져본 일이 없어요. 약국에도 있었고 도서관에서도 일했지요. 당신이 도서관에 있는 것을 보는 건 서글픈 일이었어요. 당신은 책을 제대로 들 수가 없었기 때문이지요. 그 후 벽지공장에서 일하셨고 운송인 노릇도 하셨지요. 그렇지요? 교환수 일은 전쟁에 나가 배우셨고."

"아, 전쟁에 대한 이야기는 그만둬. 지루할 뿐이야."

그가 말했다.

"좋아요. 당신의 전 생애와 나를 포함한 우리의 전 생애는 소시지 가게와 굴라쉬 가게, 최하급 호텔, 더러운 술집, 떠들썩한 광장에서 그리고 8년 전부터 살고 있는 이 더러운 가게에서 보냈지요."

"그리고 성당에서."

그가 덧붙였다.

"성당에서, 좋아요."

내가 말했다.

"묘지를 잊지 마."

"묘지를 잊어버리지는 않아요. 하지만 우리가 여행을 했을 때도 당신은 문화라는 데에는 전혀 관심이 없었어요."

"문화라고?"

그가 말했다.

"그것이 무엇인지 내게 설명해 줄 수 있다면……. 아

니지, 난 그런 데에는 관심이 없어. 내가 관심이 있는 건 신, 묘지, 당신, 소시지 가게, 떠들썩한 광장, 그리고 최하급 호텔이야."

"술을 생략하지 마세요."

내가 빈정거렸다.

"그래, 술을 빼면 안 되지. 영화관도 넣어야지. 말하자면 덤으로 넣는 거야. 그리고 오락기도."

"그리고 아이들도요."

"그래, 아이들. 나는 아이들을 무척 사랑하고 있어. 아마 당신이 예상하는 것보다 훨씬 더할 거야. 정말이라고. 나는 아이들을 굉장히 좋아해. 그렇지만 내 나이 벌써 44살이나 되었어. 내가 얼마나 지쳐 버렸는지 당신은 모를 거야. 한번 생각 좀 해 봐."

그는 이렇게 말하다가 갑자기 나를 쳐다보며 물었다.

"추워? 갈까?"

"아니. 아니에요. 계속해요. 어서 계속해요."

내가 재촉했다.

"그만해 두자고, 무엇 때문에 계속해? 다투지 말자. 당신은 나를 알고 있어. 그리고 또 알아야 해. 내가 어쩔 수 없는 사람이라는 걸 당신도 알잖아. 그리고 이 나이에는 아무도 더 이상 달라지지 않아. 아무도 달라진 사람이 없어. 나를 위해 말할 수 있는 것이라곤 당신을 사랑한다는 사실뿐이야."

"네, 그래요. 당신에게 특별한 점이라곤 없어요."

나는 대답했다.

"우리 이제 가봐야 하지 않아?"

"아니에요. 여기서 좀 더 있어요. 당신, 추워요?"

"아니, 하지만 당신과 같이 여관으로 가고 싶어."

"바로 가요. 그렇지만 당신은 나에게 아직 몇 가지를 말해야 돼요. 얘기하고 싶지 않으세요?"

"물어봐."

나는 그의 가슴에 머리를 기대고서 아무 말도 없었다. 우리 둘은 오케스트리온의 음향과 회전목마를 돌리는 사람의 고함 소리, 돈 걷는 남자의 목쉰 짧은 외침을 들었다.

"프레드, 식사는 제대로 하는 거예요? 입을 조금만 벌려봐요."

내가 머리를 돌리자 그는 입을 벌렸다. 빨갛게 곪은 잇몸이 보였다. 이를 만져보았고, 흔들거림을 느꼈다.

"이가 썩고 있어요. 치주염이에요. 늦어도 1년 내에는 의치를 끼워야 될 거예요."

"정말 그렇게 생각해?"

그는 걱정스럽게 물어보고 내 머리를 쓰다듬으며 이렇게 덧붙였다.

"우리는 아이들을 잊어버렸군"

우리는 다시 아무 말도 않고 바깥에서 들려오는 시끄러운 소리에 귀를 기울였다.

나는 입을 열었다.

"내버려둬요. 아이들 때문에 걱정되진 않아요. 조금 전에는 걱정을 했지만. 그 젊은 사람들과 놀도록 놔둬요. 아이들에게는 아무 일도 일어나지 않을 거예요, 프레드."

나는 점점 더 나직이 말을 했고 그의 가슴에 얼굴을 묻었다.

"도대체 당신은 어디에서 주무세요?"

"에셔 거리에 있는 블록 씨 집에서."

"블록 씨라고요? 모르겠는데요."

"당신은 모를 거야. 아버지 집 아래층에 살던 사람인데, 종이가게를 했었잖아?"

"아, 그 사람, 아주 우스꽝스러운 금발 고수머리였고 담배를 안 피웠지요. 그 사람 집에서 주무신단 말이에요?"

"한 달쯤 됐어. 그를 어떤 술집에서 만났는데 취한 나를 데리고 갔어. 그때부터 거기에 있어."

"장소는 충분해요?"

그는 말이 없었다.

그때 바로 우리 옆의 가설 소극장 문이 열리며 누군가가 여러 번 힘차게 트라이앵글을 쳤고, 확성기를 통해 목쉰 소리가 들려왔다.

　"자, 여러분. 잘 보세요. 아, 그리고 신사분들에게 보여드릴 게 있습니다."

　"프레드, 제 말 듣지 않았나요?"

　"들었어. 블록 씨네 집은 아주 넓어 방이 열세 개나 있지."

　"13개요?"

　"그래."

　그가 말을 이었다.

　"블록 영감은 벌써 석 달째 비어 있는 그 집의 수위야. 그 집은 어떤 영국인 집인데 이름이 아마 스트리퍼 씨라고 하지. 그가 장군인지 갱인지, 아니면 둘 다인지 모르겠는데 석 달 전에 여행을 떠났는데 블록 씨네 가족들이 그 집을 봐 주고 있어. 겨울에도 잔디가 아름답게 보존토록 손질해 줘야 해. 매일 블록 영감은 롤러나 잔디 깎는 기계를 끌고 큰 정원을 돌아다니고 사흘에 한 번씩 인조 비료를 담은 짐짝이 도착하지. 그건 참 멋있는 일이야. 목욕탕이 여러 개 있어서 네 번이나 목욕할 수도 있어. 책이 가득 차 있는 서재도 있어.

나는 문화에 대해선 모르지만 책에 관해선 좀 알지. 책들이 많이 있어. 굉장한 책들이 많단 말이야. 부인들 방도 있어. 사람들이 어떻게 부르는지 잘 모르지만, 흡연실, 식당, 개가 있는 방도 있고 위층에는 침실이 두 개나 있는데 하나는 갱스터인가 하는 그 사람의 것이고 또 하나는 부인을 위한 거야. 손님을 위한 방도 세 개나 있어. 물론 부엌도 있지. 하나, 둘, 그리고……."

"그만해요, 프레드. 제발 그만해요."

"아, 아니야. 그만두지 않겠어. 여보, 괴롭히고 싶지 않았기 때문에 이제까지 말을 안 했어. 말하고 싶지 않았지. 그러나 이제 당신도 내 말을 끝까지 듣는 게 좋을 것 같아. 집에 대해서 이야기해야겠어. 나는 집에 대해 꿈을 꾸고 있지. 잊어버리려고 술을 마시지. 그러나 아무리 술에 취해도 잊을 수가 없어. 여덟 개, 아홉 개, 얼마나 많은 방을 세어 보았는지 나도 몰라. 거기에는 방이 열세 개나 돼. 개가 있는 방만 봐도 알 거야. 그 방은 우리 방보다 약간 크지만 그 이상은 절대 아니야. 사람은 정당해야 하니까. 정당성보다 더 중요한 건 없어. 정당성이란 단어를 우리 겸손의 깃대 위에 써 볼까, 그렇지 않아?"

"오, 프레드. 정말 저를 괴롭히시는군요."

내가 말했다.

"내가 당신을 괴롭힌다고? 아, 당신은 나를 이해하지 못해. 꿈에서도 당신을 괴롭히고 싶지 않아. 그러나 집에 대해선 이야기해야 되겠어. 정말이야. 개집은 탑이야. 높이 서 있는 이 문화적인 집에서는 그 정도 크기의 것이라곤 조리대밖에 없지. 목욕탕 네 개 외에도 샤워실이 몇 개 더 있어. 그걸 세어 보진 않았어. 나는 정당하고 싶고, 정당성에 취해보고 싶어. 나는 결코 샤워실을 방으로 세려고 하지 않아. 그건 불공평할 거야. 우리 겸손한 깃대 위의 정당성 옆에 공평이란 글자도 쓰자. 이 모든 것은 나쁘지 않지. 그런데 그 집은 비어 있어. 아, 그 커다란 별장 뒤에 큰 잔디밭은 얼마나 멋지다고. 아이들이 그 위에서 놀 수만 있다면. 아니면 개라도. 여보, 우리 개들에게 커다란 잔디밭을 만들어 줍시다. 그런데 그 집은 비어 있어. 여기에서 더러운 말을 사용하는 것이 나에게 허락이 된다면, 그 잔디는 전혀 사용되어지지 않아. 침실도 비어 있고 손님방도 비어 있고. 아래층은 다 비어 있어. 다락 밑에도 방이 세 개나 있어. 하나는 가정부, 하나는 요리사, 하나는 하인을 위한 것이지. 그 착한 부인은 가정부도 방이 필요하다고 불평을 해서 그녀는 지금 손님방에서 자고 있지. 여보, 이런 걸 생각해 봅시다.

우리가 집을 짓게 된다면 우리는 공평함과 함께 정당성의 깃대를 그 집 위에 감아올립시다……."

"프레드, 나는 더 이상 들을 수가 없어요."

"아직은 들을 수 있어. 당신은 아이를 다섯이나 낳았고 또 낳을 수도 있어. 이제 끝까지 다 얘기해야 되겠어. 그만둘 수가 없어. 가고 싶으면 가도 좋아. 오늘 밤 당신과 함께 있고 싶지만 내 말을 듣기 싫으면 가도 좋아. 나는 한 달 전부터 그 집에 살고 있는데 언젠가 한 번은 당신과 그 집에 관해 이야기해야 된다고 생각했어. 바로 당신과, 그렇게 얘기를 나누지 않던 당신과 말이야. 여보, 나는 당신에게 그런 얘기를 삼가려고 했지만, 당신이 물어보았으니 대답을 다 들어야 해. 그 착한 마나님은 일종의 자살을 시도했지. 가정부의 방이 없다고 말이야. 당신은 그 여자가 얼마나 다정다감하고 그녀의 마음이 얼마나 근심으로 억눌려 있는지 상상할 수 있을 거야. 그러나 그들은 지금 여행중이야. 여행을 떠난 지 석 달이나 되었어. 그들은 일 년에 아홉 달은 여행을 가거든. 그 늙은 갱두목, 거기 사는 그 사람 말이야. 그 친구는 단테 연구가야. 아직도 생존해 있는 몇 명 되지 않는 진지한 연구가 중의 한 사람이야. 얼마 되지 않는 진지한 연구가 중의 한 사람이지. 교양 있는 기독교도인 당신이 아마 잘 알고 있을 우리 주교처럼 말이야. 그 집은 일 년에 아홉 달은 비어 있어. 그 동안 블록 영감이 잔디를 감시하고 돌보지. 잘 다듬어진 잔디보다 더 멋있는 것은 아마 없을 거야. 개가 있는 방바닥은 밀랍으로 반들반들하게 닦아져서는 안 되지. 그리고 아이들은 집에 들어와서도 안 돼."

"자, 여기를 보십시오. 남성들의 구경거리가 있습니다. 태양 아래 가장 매력 있는 여자 마누엘라가 있습니다."

옆에서 목쉰 고함 소리를 질러댔다.

"프레드, 왜 아이들이 들어가서는 안 되나요?"

내가 조용히 물었다.

"그 부인은 아이들을 싫어하기 때문에 아이들이 집에 들어가면 안 돼. 부인은 아이들의 냄새도 싫어하지. 아이들이 있으면 금방 냄새를 맡아. 아홉 달 뒤라도 냄새를 맡지. 블록 씨 전에 있던 사람은 상이군인이었는데, 한번은 자기 손자 둘을 지하실에서 놀게 했대. 잔디가 아니고 지하실에서 놀도록 했는데도 마님이 다시 돌아와서 그 사실을 알고 그를 해고시켰대. 그렇기 때문에 블록 씨는 조심스럽게 되었지. 우리 아이들이 나를 찾아와도 괜찮은지 물어본 적이 있어. 그의 얼굴이 하얗게 변하더군. 나는 잔디 깎는 것을 도와주고 난로를 때며 그를 도와주고 있기 때문에 그 집에 살 수 있는 거야. 나는 현관 아래쪽의 조그만 방에 있는데 거긴 원래 옷을 걸어두는 곳이었다. 아침에 눈을 뜨면 붉은 네덜란드 사람을 보지. 부드럽게 바랜 색깔의 어떤 술집 그림이야. 나는 오래 전부터 한 장 훔치고 싶었어. 서재에는 더 많은 그림이 걸려 있으니까. 그러나 그들은 곧 알게 될 테고, 블록 씨에 대해서도 떳떳하지 못한 일이지."

"마누엘라가 사랑의 노래를 부릅니다."

옆에서 메가폰 소리가 울려왔다.

"블록 씨는 심지어 그 부인이 동성연애를 한다고 말하더군."

"아, 프레드. 이젠 그만두시지 않겠어요? 여관으로 가지 않을래요?"

"1분만 더."

그가 말했다.

"1분만 더 들으면 돼. 그럼 내가 어디 사는지, 어떻게 사는지 알게 돼. 종종 저녁이면 주교가 오지. 그는 이 집에 들어올 수 있는 유일한 사람이야. 모든 단테 연구 서적을 볼 수 있는 사람이지. 블록 씨는 그를 편안하고 따스하게 해주고 커튼을 치라는 부탁도 받곤 해. 그리고 나는 그를 몇 번 본 일이 있어. 주교 말이야.

얼굴에는 조용한 기쁨이 넘치고 손에 책을 들고 곁에는 찻주전자가 있었어. 메모장과 연필을 가지고 있었지. 그의 운전수는 우리와 같이 지하실 아래에 있고, 파이프 담배를 피우며 차가 그대로 있는지 보려고 자주 밖으로 나가곤 해. 주교가 가려면 벨을 누르는데, 그럼 운전사가 일어나서 뛰어가지. 블록 씨도 밖으로 나가서 팁을 받지. 자, 이제 전부야. 당신이 가고 싶으면 가. 가겠어?"

나는 말할 수 없었기 때문에 고개를 흔들었다. 눈물이 목으로 흘러내렸다. 나는 너무나 피곤했다. 밖에는 여전히 햇빛이 비치고 있었다. 프레드의 말은 전부 거짓말일 거라고 생각됐다. 왜냐하면 그의 목소리에서 증오를 느꼈기 때문이다. 옆에서는 메가폰 소리가 들려왔다.

"신사 여러분, 아직 마누엘라를 보고 그녀의 노래를 들을 수 있는 시간이 있습니다. 여러분을 감동시킬 멋진 여자입니다."

누군가가 다른 쪽에서 회전목마로 기어오르는 소리가 들렸다. 프레드는 나를 쳐다보았다. 천막 중앙의 문이 열렸다가 다시 닫혀 버렸다. 불이 켜지더니 갑자기 회전목마의 한가운데에서 자동 피아노 소리가 울리기 시작했다.

우리가 볼 수 없었던 어떤 사람이 텐트를 감아올려 주위가 밝아졌다. 천막 한가운데의 유리창이 열리더니 얼굴이 아주 긴 창백한 남자가 우리를 쳐다보며 이렇게 말했다.

"신사 숙녀 여러분, 한번 타 보시겠습니까? 물론 첫 번째 타는 것은 공짜입니다."

그가 쓰고 있던 모자를 벗자 갈색 머리가 이마로 흘러내렸다. 그는 머리를 감아올리고는 다시 모자를 쓰고 조용히 나를 쳐다보았다.

비록 미소를 짓고 있었지만, 그의 얼굴은 우울해 보였다. 그는 프레드를 쳐다보며 이렇게 말했다.

"아니, 당신 부인은 안 되겠습니다."

"그래요?"

프레드가 놀란 듯이 물었다.

"네, 안 되겠어요."

그는 나에게 웃어 보이려고 했으나 잘 되지 않았다. 그리고는 어깨를 움찔했다. 프레드는 나를 쳐다보고 있었다. 그 남자는 창문을 닫고 자동 피아노를 돌아 우리에게 가까이 다가와서 섰다. 그는 키가 컸고, 점퍼 소매가 너무 짧았다. 근육이 튀어나온 깡마른 팔뚝은 너무나도 흰 빛깔이었다. 그는 나를 찬찬히 살펴보더니 이렇게 말했다.

"정말, 당신 부인은 안 되겠습니다. 그러나 조금 더 쉬고 싶으시다면 제가 기다릴 수는 있습니다."

"아, 아니에요. 우린 가야 해요."

내가 말했다.

그동안 천막이 걷혔고 아이들 몇 명이 말과 백조 위로 기어올랐다. 우리는 일어나서 내려갔다. 그 남자는 모자를 벗고 한 번 더 손짓하더니 인사했다.

"안녕히 가세요. 모든 일이 잘 되길 빕니다."

"고맙습니다."

내가 대답했다.

프레드는 아무 말도 없었다. 우리는 천천히 룸멜 광장을 지나면서 서로 쳐다보지 않았다. 프레드는 내 팔을 꼭 잡고 몸멘 거리로 나를 이끌었다. 우리는 서서히 폐허더미를 가로질러 성당을 지나 호텔로 걸어갔다. 역 주위의 거리는 여전히 조용했고, 아직 햇빛이 비치고 있어서 폐허의 잡초 위에 떠 있는 먼지가 드러났다.

갑자기 회전목마의 리듬이 내 속에서 솟구쳐 올라와 어지러움을 느꼈다.

"프레드, 눕거나 앉아야 되겠어요."

그는 깜짝 놀라 나를 안고 쓰레기더미가 있는 곳으로 데려갔다. 우리는 다 타버린 높은 담에 둘러싸였다.

그 높은 벽엔 '뢴트겐실은 왼쪽에'라고 씌어 있었다.

프레드는 열린 문으로 나를 데려가서 부서진 담 위에 내려놓았다. 나는 그가 외투를 벗는 모습을 무기력하게 쳐다보았다. 그리고 나서 그는 내 등을 밀어 포개 놓은 외투 위에 나를 눕혔다. 밑은 매끄럽고 차가왔다. 나는 담 끝을 손으로 더듬어 석판을 매만지며 이렇게 중얼거렸다.

"회전목마를 타지 않는 게 좋을 뻔했지요. 하지만 재미있거든요. 회전목마 타는 건 재미있어요."

"마실 것 좀 갖다 줄까? 커피나 뭐 그런 거. 역까지는 멀지 않아."

프레드가 조용히 물었다.

"아니에요. 그냥 내 곁에 계세요. 곧 여관으로 갈 수 있을 것 같아요. 그냥 곁에 있어줘요, 프레드."

"그래."

그는 대답하고선 내 이마에 손을 얹었다. 나는 붉은 점토 자국이 보이는 초록빛 벽을 바라보았다. 거기에는 내가 알아볼 수 없는 글자도 있었다.

서서히 원을 그리며 내 몸이 돌아갔기 때문이고, 점점 더 빨리 돌아가는 원의 한가운데에 내 양 발이 꽉 붙들려 있었다. 마치 힘찬 투사가 날씬한 미녀의 발을 붙들고 뱅뱅 돌리는 서커스 같았다.

처음에는 붉은 점토 자국이 있는 초록빛 벽과 반대에 있는 창틀의 흰빛을 보았다. 초록빛과 흰빛이 교차되며 지나갔으나 이 구분은 금세 사라지고 색깔들이 서로 겹치더니 매우 밝은 흰초록색이 내 앞에 맴돌았고 나는 그 빛깔 앞에서 빙빙 돌았다. 빠른 속도로 색깔들이 겹쳐 지나가며 거의 무색의 어슴푸레한 빛 속에서 내 몸이 땅바닥과 평행으로 도는 것을 느낀 것은 한참 후였다.

움직이는 속도가 늦추어지자 비로소 나는 그 자리에 누워 있다는 것을 알아차렸다. 내 머리는 아직 도는 것처럼 보였고, 때로는 내 몸이 옆으로 누워 있는 것 같았다. 머리는 발에 붙어 있는 것처럼 느껴졌고 목은 잠깐씩만 붙어 있는 것 같았다.

내 머리는 몸 주위를 빙빙 도는 것 같고, 실제로는 그렇지 않은 것도 같았다. 손으로 아래턱을 만져보았더니 뼈가 솟아 있는 것이 느껴졌다. 머리가 발밑에 가 있는 것 같은데도 턱은 느낄 수 있었다. 빙빙 도는 것은 아마도 두 눈동자뿐인 모양인데 난 정신이 없었다.

사실 그것은 쓰디쓴 신물이 나는 구역질이었을 것이다. 이 신물은 자주 목으로 올라왔다가는 내려가고 다시 천천히 올라왔다. 눈을 감아보아도 아무 소용이 없었다. 내가 눈을 감으면 머리만 도는 것이 아니고

195

가슴과 다리까지도 이 미칠 것 같은 회전에 휩쓸리는 것 같았다. 그러나 눈을 뜨게 되면 벽이 항상 제자리에 그대로 있음을 알 수 있었다. 위쪽에는 초콜릿 색깔의 테두리를 가진 초록빛 담 조각과 연초록 벽에 진갈색으로 그려진 글자가 있었지만 나는 해독할 수 없었다. 글자들은 안과의 검안표 위에 있는 잔 표시들처럼 오그라들었다가 다시 늘어났다. 보기 흉한 진갈색 소시지처럼 너무 빨리 늘어나서 그 의미나 형체를 파악할 수가 없었다. 글자들이 불쑥 나타나 벽갈색으로 희미해져서 읽을 수도 없게 되었다가 다음 순간 파리 똥처럼 조그맣게 오그라들었다. 그러나 없어지진 않았다.

나를 빙빙 돌게 하는 요인은 구역질이었다. 구역질은 이 회전목마가 돌아가는 중심점이었다. 나는 1센티미터도 움직이지 않고 예전과 똑같은 장소에 똑바로 누워 있음을 알고 깜짝 놀랐다. 잠시 구토증이 가라앉자 모든 것은 조용해졌고 함께 전체를 이루고 있었다. 나는 나의 가슴과 더러운 갈색 구두를 보았다. 내 시선이 벽의 글자에 멈추었을 때 이제는 읽을 수가 있었다.

'신이 그를 돕는다면 당신의 의사도 당신을 도울 것이다.'

눈을 감으니 신(神)이라는 단어가 내게서 맴돌았다. 감은 눈꺼풀 뒤에 남아 있는 것이 처음에는 네 개의 진갈색 큰 알파벳 같았다. 그리고 나서는 더 이상 글자를 보지 못하고 단어만 내게 남아 있었다. 글자는 내 속으로 가라앉아서 점점 더 깊이 내려가더니 바닥을 찾지 못하고 갑자기 다시 위로 올라왔다. 글자가 아니라 '신'이라는 단어로서.

'신'은 내게 남은 유일한 것 같았다. 내 심장을 넘쳐 흐르고 혈관을 채우며, 피처럼 몸속에서 맴도는 이 구역질. 나는 식은땀을 흘리며 죽음의 공포를 느꼈다. 순간 프레드와 아이들 생각이 났다. 어머니 얼굴도 보였다. 거울 속에서 보았던 것처럼 아이들 얼굴이 보였다. 그러나 모든 것이 구토의 홍수에 밀려 떠내려가 버렸다. 이 모든 것에 대한 무관심이 나를 엄습했고 '신'이란 단어 이외에 나에겐 아무것도 남지 않았다.

나는 울었다. 이 유일한 단어 이외에는 아무것도 보이지 않았다. 눈에선 뜨거운 눈물이 빠른 속도로 얼굴 위로 흘러내렸다. 몸으로 느끼지는 못했지만, 눈물이 떨어지는 것만으로 내가 모로 누워 있다는 것을 알았다. 조금 전보다 더 빨리 내 몸이 돌아갔다. 그러다 갑자기 정지했다. 나는 쓰레기더미 위로 머리를 수그리고 먼지투성이의 녹색 잡초 위에다 토해 버렸다.

프레드는 자주 그랬던 것처럼 내 이마를 받치며 조용히 물었다.

"좀 괜찮아?"

"네, 괜찮아요."

그는 자기 손수건으로 조심스럽게 내 입을 닦아주었다.

"좀 피곤할 뿐이에요."

"잠이 들면 괜찮을 거야, 여관까지는 몇 발자국만 가면 돼."

프레드가 말했다.

"당신은 이제 잘 수 있어."

"네, 잘게요."

내가 대답했다.

11장

그녀의 누런 얼굴빛이 더 검게 변했다. 피부는 거의 갈색으로 되었고, 흰 눈동자도 심하게 변해 있었다. 나는 그녀에게 탄산수를 따라주었고 그녀는 잔을 비운 다음 내 손을 가져다가 자기 이마 위에 올렸다.

"의사를 불러올까?"

"아니에요. 이제 괜찮아요. 아기 때문이었어요. 우리가 한 저주에 대해서, 자기에게 닥쳐올 가난에 대해서 저항했겠지요."

케테가 대답했다.

"앞으로 약사의 손님이 될 것에 대해서, 교구의 참한 신자가 될 것에 대해서 반항한 거야. 하지만 나는 그 아이를 사랑할 거야."

내가 낮게 얘기해 주었다.

"그 아이는 교구 신자가 아니라 주교가 될 거예요. 아마도 단테 연구가가 되겠지요."

"아, 케테, 농담은 그만둬."

"농담이 아니에요. 당신 아이가 무엇이 될지 알아요? 아이들은 찬 심장을 가질지도 모르고, 자기 개에게 벽을 만들어 주거나 아이들 냄새를 싫어하게 될지도 모르지요. 아마 아이들 냄새를 맡을 줄 모르는 그 여자는 자기 개보다 더 작은 방에 사는 열다섯 몇 중의 하나일 거예요. 아마 그 여자는……."

케테는 말을 중단했다. 밖에서 힘찬 폭음이 들렸기 때문이다. 꽝 하는 소리가 났고, 폭발 소리 같은 것이 터져 나왔다. 나는 창가로 달려가서 창문을 열어젖혔다. 소음은 모든 전쟁을 포함하고 있었다. 비행기의 윙윙거리는 소리, 연거푸 나는 폭발 소리. 하늘은 이미 진회색으로 변했고 눈같이 흰 낙하산들로 덮였다. 이 낙하산들을 타고 커다랗게 펄럭이는 빨간 깃대가 서서히 아래로 내려왔다.

그 깃대에는 다음과 같은 글이 씌어 있었다.

'그리스 고무가 당신의 건강을 보호해줍니다.'

깃발은 성당의 탑을 지나 역의 지붕으로, 거리로 천천히 내려왔고 여러 곳에서 아이들의 환호 소리를 들을 수 있었다. 깃대와 낙하산이 아이들 손으로 떨어져 내려왔다.

"무슨 일이에요?"

케테가 침대에 누워서 물었다.

"아, 아무것도 아니야. 광고 장난이야."

그러자 비행기 한 떼가 날아왔다. 비행기들은 기막히도록 우아하게 다가왔다. 집 위로 나지막이 회색 날개를 흔들며 날아왔고 비행기의 엔진 소리가 우리의 심장을 겨냥하여 정확히 맞혔다. 나는 케테가 몸을 떨기 시작하는 것을 보고 침대로 달려가서 그녀의 손을 잡았다.

"맙소사, 무슨 일이 일어났어요?"

우리는 비행기들이 도시 위를 선회하는 소리를 들었다. 그들은 다시 멋지게 사라져 버렸다. 비행기의 윙윙거리는 소리는 보이지 않는 지평선으로 사라져 버렸고 도시의 하늘은 온통 아주 천천히 내려오는 크고 빨간 새들로 뒤덮였다. 새들은 갈기갈기 찢겨진 저녁노을처럼 하늘에 가득 차 있었다. 크고 빨간 고무새들은 지붕 위에까지 다다랐을 때에야 모양을 알아볼 수 있었는데, 목이 부러진 황새들이었다. 이 황새들은 발을 흔들거리며 내려왔는데 그 느슨한 머리들은 마치 한 무리의 목 잘린 사람들이 하늘에서 내려오는 것처럼 처절하게 밑으로 처져 있었다. 이들은 회색 저녁 하늘에 빨간빛으로 내려오며 추하고 역겨운 무언의 고무 구름을 형성하고 있었다.

길가에는 아이들의 환호가 소리가 터져 나왔다. 케테는 내 손을 꼭 쥐었다. 나는 허리를 굽혀 그녀에게 키스했다.

"프레드, 저 빚을 졌어요."

그녀가 조그맣게 중얼거렸다.

"그건 중요한 일이 아니야. 나도 빚이 있어."

"많이요?"

"그래, 많아. 이제 누구도 나에게 더 이상은 돈을 빌려주지 않아. 30만 인구가 있는 이 도시에서 50마르크를 빌리는 일보다 더 어려운 일은 없어. 생각만 해도 진땀이 나."

"아이들을 가르치시잖아요."

"그래. 하지만 담배를 많이 피워."

"다시 또 술을 마시세요?"

"그래, 하지만 자주 마시지도 않아, 여보. 당신과 아이들에게서 떠난 이래로 취한 적은 두 번밖에 없었어. 그것도 많아?"

"많지 않아요. 당신이 마시는 걸 잘 이해할 수 있어요. 그러나 마시지 않도록 노력하실 수 있었을 텐데요. 술 마시는 건 무의미한 짓이에요. 당신은 전쟁중에는 거의 마시지 않았어요."

"전쟁 때는 달랐지."

나는 말했다.

"그때는 권태에 취해 살았어. 당신은 믿어지지 않을 거야. 어떻게 권태에 취할 수 있는지 말이야. 권태에 취한 후 침대에 누우면 모든 것이 눈앞에서 뱅뱅 돌지. 세 통의 미지근한 물을 마셔봐. 물에 취하게 되지. 권태에 취하는 것도 마찬가지야. 전쟁이 얼마나 지루했는지 당신은 상상이 안 될 거야. 종종 나는 당신과 아이들을 생각하고 당신의 목소리를 들어보기 위해서 전화를 걸었지. 당신의 목소리를 듣는 것은 매우 가슴 아픈 일이었지만 권태에 취하는 것보다는 훨씬 나았지."

"당신은 나에게 전쟁에 관해서 얘기한 적이 거의 없어요."

"그건 아무 소용없는 일이야. 여보, 온종일 전화통에서 거의 똑같은 고위 장교들의 목소리만 듣고 있다고 생각해 봐. 그 고위 장교들이 얼마나 바보처럼 전화를 거는지 당신은 상상조차 못 할 거야. 그들이 사용하는 어휘 수는 아주 적어. 아마 어림잡아서 120개에서 140개 정도 될 거야. 6년 동안의 전쟁에서는 너무 적은 숫자이지. 매일 여덟 시간씩 전화통에 매달려 있었지. '보고-출동-출동-보고-출동-마지막 피 한 방

203

울-명령-전황 보고-복명-출동-최후의 피 한 방울-
사수해라-총통-결코 물러서지 마라.' 그리고는 여자
들에 대한 약간의 수다. 그리고 병영을 생각해 봐. 거
의 3년 동안이나 나는 병영의 교환수였어. 나는 몇 년
동안 내내 권태를 토하고 싶었지. 한잔 하려고 술집에
가 보면 거기에는 언제나 군복들이 있었어. 내가 얼마
나 군복 입은 사람을 싫어하는지 당신도 알 거야."

"알아요."

"내가 알았던 어떤 중위는 자기 애인에게 전화로 릴
케의 시를 읽어주었어. 좀 다른 경우이긴 해도 나는
곧 감각을 잃어버렸어. 또한 많은 사람들은 노래를 부
르고 전화로 서로에게 노래를 가르쳐 주었지만 대부
분의 사람들은 전화로 죽음을 보냈어. 죽음은 전화선
속에서 허우적거렸고 사람들은 다른 사람의 귓바퀴
속에다가 작은 목소리로 죽음의 소식을 퍼부어댔어.
이 다른 사람이란 많은 사람들이 죽는 일을 돌보아 주
어야 하는 사람이야. 많은 사람들이 죽지 않으면 전투
가 잘 되지 않는다는 게 고위 장교들의 생각이었어.
시체 수에 따라 전투의 크기를 측정하는 일은 터무니
없는 일이 아니었어. 시체들이란 지루함을 모르지. 묘
지도 마찬가지지만."

나는 그녀 곁에 누워서 이불을 잡아당겼다. 아래층

에서는 악사들이 악기를 조율하고 있었고 술집 밖에
서는 한 남자의 노래가 우울하고도 아름답게 들려왔
다. 그리고 남자들의 노래 소리 사이로 칼칼하고 거친
여인의 목소리가 들렸다. 가사를 알아들을 수는 없었
으나 리듬이 있는 아름다운 돌림노래였다. 역으로 기
차가 들어왔고, 아나운서의 목소리는 친구의 부드러
운 중얼거림처럼 어두워진 희미한 빛을 통해 우리가
있는 곳까지 들려왔다.

"춤추러 가고 싶지 않아?"

"아, 아니오."

그녀가 대답했다.

"이렇게 조용히 누워 있는 게 더 좋아요. 별일은 없
는지 발룬 부인에게 바로 전화 좀 걸어주면 좋겠어요.
그리고 무얼 좀 먹고 싶어요, 프레드. 그러나 저에게
먼저 얘기해 주세요. 왜 저와 결혼하셨는지 말씀 좀
해주실 수 있지요?"

"아침 식사 때문이지. 나는 일생 동안 같이 아침 먹
을 사람을 찾고 있었어. 나는 당신을 선택했지. 그렇
게 말할 수 있어. 당신은 멋진 아침 식사의 파트너였
지. 그리고 나는 당신과 함께하는 게 전혀 권태롭지
않았어. 당신도 아마 내가 지루하지 않았을 거야."

"그래요. 당신과 같이 있는 게 한 번도 지루한 적이

없어요.”

그녀가 맞장구쳤다.

“하지만 당신은 밤에 혼자 있을 때는 울잖아. 내가 이대로라도 다시 돌아가면 나아지지 않을까?”

그녀는 나를 쳐다보며 아무 말이 없었다. 나는 그녀의 손과 목에 키스했지만 그녀는 몸을 돌리고 말없이 벽만 쳐다보았다. 술집에서 들리는 소리는 그치고 악대가 연주를 시작했으며 우리는 홀에서 춤추는 사람들의 시끄러운 소리를 들었다. 나는 담배에 불을 붙였다. 케테는 여전히 벽을 쳐다보며 아무 말이 없었다.

“이해해 줘. 당신이 정말로 아이를 가졌다면 당신을 혼자 놔둘 수는 없어. 그러나 당신이 원하는 만큼 그렇게 부드러워질 수 있는지는 모르겠어. 당신을 사랑해. 당신도 거기에 대해서 의심하지는 않을 거라고 생각해.”

“의심하지 않아요.”

그녀는 움직이지도 않고 말했다.

“정말로 의심하지 않아요.”

나는 그녀를 껴안아 어깨를 잡아서 나에게로 돌리고 싶었다. 그러나 갑자기 그렇게 해서는 안 된다는 것을 알았다.

“만약 조금 전처럼 그런 일이 또 생기면 당신 혼자

있어서는 안 돼."

"집에 있는 사람들이 내가 임신했다는 걸 알게 될 때 그들이 나에게 퍼부을 악담을 생각하고 싶지도 않아요. 임신한다는 게 얼마나 끔찍스런 일인지 당신은 모를 거예요. 내가 막내를 가졌을 때 당신 아시지요?"

"알지. 끔찍했었지. 여름이었는데 당신에게 물 한 병 사 줄 돈도 없었지."

"그리고 저는 아주 무감각했어요. 진짜 칠칠치 못한 여자가 되는 것이 재미있었어요. 사람들 앞에서 침을 내뱉고 싶기도 했고."

"정말 뱉기도 했다구."

"맞아요. 프랑케 부인이 몇 개월째 되느냐고 나에게 물었을 때 그녀 발밑에 침을 뱉었지요. 누가 몇 달 되었냐고 물으면 특별히 더 자극적이거든요."

"그렇기 때문에 우리는 집을 못 얻었지."

"아니에요. 당신이 주정을 하기 때문에 집을 얻지 못했던 거예요."

"정말 그렇게 생각해?"

"그래요, 프레드. 사람들은 임산부에 대해선 너그러운 편이거든요. 저는 악하고 추했지만 그렇게 되는 게 재미있었어요."

"이쪽으로 몸을 좀 돌리면 좋겠어. 당신 얼굴 보기

가 힘드니까."

"아, 내버려두세요. 이렇게 누워 있는 게 좋아요. 내가 대답할 것을 생각해야 하거든요."

"천천히 생각해. 먹을 것을 좀 가져오고 전화를 걸게. 뭐 좀 마시겠어?"

"네, 맥주를 좀, 프레드. 그리고 담배도요."

그녀는 어깨너머로 손을 내밀었고 나는 담배를 주고 일어났다. 그녀는 여전히 벽을 향해 누워 있었고 내가 나가자 담배를 피웠다.

복도는 소음으로 가득 찼고, 홀 아래에서 사람들이 춤추느라 삐걱거리는 소리가 들렸다. 나는 춤의 리듬에 맞춰 층계를 내려가고 있었다. 갓이 없는 작은 전구 하나만 켜져 있었고 바깥은 캄캄했다. 술집에는 겨우 몇 명만이 테이블에 앉아 있었다. 카운터에는 다른 부인이 앉아 있었다. 그녀는 주인아주머니보다 나이가 더 들었는데 내가 가까이 다가가자 안경을 벗고 맥주가 고여 있는 곳에다 신문지를 덮었다. 신문지는 맥주를 흠뻑 빨아들여 검게 변했다. 그 부인은 나를 쳐다보았다.

"먹을 것 좀 주시겠어요? 11호실입니다만."

"방으로요?"

그녀가 되물었다.

208

나는 고개를 끄덕였다.

"그렇게는 안 돼요. 방으로는 아무것도 가져갈 수 없어요. 방에서 식사하는 것은 게으름뱅이가 하는 짓이지."

"아, 죄송합니다. 하지만 제 아내가 아파서요."

"아프다고요? 그랬군요. 혹시 전염병이나 그런 고약한 건 아니겠지요?"

"아닙니다. 아내가 몸이 좀 불편할 뿐이에요."

그녀는 맥주가 고인 곳에서 신문을 들어 물기를 털어내고 그대로 스팀 위에 얹었다. 그리고 나서는 어깨를 움츠리며 물었다.

"그럼, 무얼 드시겠어요? 따뜻한 음식은 한 시간 정도 있어야 되는데."

그녀는 그녀 뒤에 세워져 있는 승강기식 찬장에서 접시를 꺼내 찬 음식이 있는 유리창으로 갔다. 나는 그녀를 따라 커틀릿과 완자 두 개를 집어 들고 빵이 있느냐고 물었다.

"빵요? 왜 빵을 잡술까? 샐러드를 드시지. 감자샐러드로요."

"빵이 더 낫겠어요. 그게 아내를 위해서 더 좋을 것 같아요."

"몸이 불편한 여인들과 함께 호텔에 들면 안 돼요."

그녀는 이렇게 말하고서 창구로 가 입구에 대고 소리쳤다.

"빵이오. 빵 몇 조각만 줘요."

승강구에서 둔탁하고 위협적으로 '빵이오'라는 소리가 되울려 나왔다. 부인은 몸을 돌리고 말했다.

"잠깐만 기다려 주세요."

"전화 좀 할 수 있을까요?"

"의사에게요?"

"아니오."

그녀는 카운터 위에 있는 전화기를 내게 밀어주었다. 번호를 돌리기 전에 나는 말했다.

"맥주 두 잔과 화주 한 잔만 주세요."

나는 발룬 부인의 번호를 돌리고 벨 소리를 들으며 기다렸다. 그 부인은 카운터 위로 화주잔을 내밀고 빈 맥주잔을 가지고 수도꼭지로 갔다.

"여보세요, 여보세요, 누구신가요?"

수화기에서 발룬 여사의 목소리가 들렸다.

"보그너입니다."

"아, 당신이었군요."

"저, 미안하지만 좀⋯⋯."

나는 약간 더듬거리며 말했다.

"아무 일 없어요. 방금 위층에 있었어요. 아이들은

210

아주 즐거워해요. 젊은 아이들과 교회 미사에 갔다 왔지요. 게다가 고무풍선까지 들고 왔어요. 돌아온 지 얼마 안 돼요. 빨간 황새들을 가지고 왔는데, 멋있는 진짜 고무로 만들었지요. 실물만한 크기이구요.”

“프랑케 씨 댁은 돌아왔습니까?”

“안 돌아왔어요. 아마 늦을 거예요. 내일 아침이나 돼야 돌아올 거예요.”

“됐어요. 정말 아무 일 없죠?”

“그렇습니다. 마음 놓으세요. 부인에게 인사 전해주시고. 새 립스틱이 맘에 들지 않아요?”

“아주 좋아요. 대단히 감사합니다.”

“천만에요. 안녕히 계세요.”

나는 수화기를 내려놓고 화주를 마시고는 두 번째 잔에 맥주가 천천히 채워지는 것을 보았다.

승강기가 덜커덩 소리를 내며 돌자 흰 빵 네 조각을 담은 접시가 나왔다.

나는 우선 잔 두 개를 가지고 이층으로 올라가서 침대 옆에 있는 의자 위에 놓았다. 그녀는 여전히 침대에 누워서 벽을 응시하고 있었다.

“집에는 아무 일 없어. 우리 아이들은 고무 황새를 가지고 놀고 있대.”

그러나 케테는 단지 고개만 끄덕일 뿐 아무 말도 하

지 않았다. 내가 음식이 든 접시를 가지고 올라갔을 때 그녀는 여전히 벽에 시선을 고정한 채로 맥주 잔 하나를 이미 반쯤 비웠다.

"굉장히 목이 말라요."

그녀가 말했다.

"자, 마셔."

나는 그녀 곁에 누웠다. 그녀는 주머니에서 깨끗한 손수건 두 장을 꺼내 의자 위에 올려놓았다. 우리는 깨끗한 손수건으로 고기와 빵을 집어먹으며 맥주를 마셨다.

"좀 더 먹어야겠어요, 프레드."

그녀는 나를 쳐다보며 미소지었다.

"임신중인데 이렇게 많이 먹어도 괜찮은지 모르겠어요. 정말 배가 고픈 것인지도 잘 모르겠고."

"먹어. 뭘 또 먹고 싶어?"

"완자와 오이 하나, 맥주 한 잔. 잔도 가져가요."

나는 다시 아래층으로 내려갔고 그 부인이 테이블에서 맥주잔을 채우고 있는 동안 나는 화주 한 잔을 더 마셨다. 부인은 방금 전보다는 더 친절하게 나를 쳐다보며 완자와 오이 하나를 접시 위에 담아 젖은 카운터 위로 밀어주었다. 바깥은 완전히 캄캄해졌다. 술집은 거의 텅 비었고 댄스홀에서는 시끄러운 소리가

212

흘러나왔다. 계산을 마쳤을 때는 2마르크밖에 남지 않았다.

"내일 아침 일찍 떠나세요?"

"네."

"그럼 방 값을 지금 지불하는 것이 좋겠는데요."

"벌써 계산했습니다."

"아, 그러세요? 그럼 잔과 접시를 미리 내려보내 주세요. 그런 걸 가져가 버리는 어이없는 일도 있었어요. 가져오실 수 있지요?"

"물론이지요."

케테는 똑바로 누워 담배를 피우고 있었다.

내가 그녀 곁에 앉자 그녀가 말했다.

"여기는 참 좋아요. 여관에 온다는 건 멋진 생각이었어요. 우리는 오랫동안 여관에 와 보지 않았지요. 비싸나요?"

"8마르크야!"

"그렇게 많은 돈을 가지고 있어요?"

"벌써 지불했어. 이젠 2마르크밖에 없어."

그녀는 핸드백을 들어서 침대 시트 위에 내용물을 쏟았다. 우리는 칫솔, 비누갑, 립스틱, 메달 사이에서 내가 룸멜 광장에서 그녀에게 준 잔돈을 찾아내었다.

4마르크 정도는 족히 되었다.

"충분해. 이걸로 아침은 먹을 수 있어."

"우리가 아침을 먹을 수 있는 좋은 곳이 있어요. 이곳에서 나가면 왼쪽으로 바로 지하도 뒤에요."

나는 그녀를 쳐다보았다.

"매력 있는 아가씨와 노인이 있는 멋진 곳이지요. 거기 외상값이 있어요."

"또한 바보 아이도 있었어?"

내가 놀라서 물었다.

그녀는 입에서 담배를 빼더니만 나를 쳐다보았다.

"거기 자주 가세요?"

"아니, 오늘 아침 처음으로 갔어. 내일 아침 일찍 거기 갈까?"

"그래요."

그녀는 다시 창을 향해 반대편으로 돌아누우며 나에게 등을 돌렸다. 내가 접시와 맥주를 건네려고 하자, 그녀는 말했다.

"놔두세요. 나중에 먹을게요."

그녀가 등을 돌렸음에도 불구하고 나는 그녀 곁에 앉아서 맥주를 마셨다. 역은 조용했다. 창을 통해서 역 뒤의 높은 빌딩 옆에 언제나 그곳 하늘에 걸려 있는 커다란 코냑 병을 보았다. 불쑥 튀어나온 코냑 병

가운데엔 술 마시는 남자의 그림이 보인다. 그리고 고층 건물 꼭대기에는 자주 바뀌는 글자가 있었다. 번쩍이는 글자들은 아무것도 없는 곳에서 불쑥 나타났다. 나는 그 글자를 천천히 읽어 보았다.

'영리하시오.'

글자는 사라졌다.

'취하지 마세요.'

글자는 캄캄한 밤에 쏟아져 나왔다.

잠시 동안 아무 글자도 나타나지 않았다. 이상한 긴장감이 나를 사로잡았다.

'술에 취했을 때는'이라는 글자가 나타났다가 다시 없어지고 잠시 동안 아무것도 보이지 않더니 갑자기 모든 글자가 한꺼번에 번쩍거리며 나타났다.

'둘로린을 복용하시오.'

아무 글자도 없는 곳에서 세 번, 네 번 빨간 글자가 빛났다.

'둘로린을 복용하시오.'

그리고는 진한 노란색으로 글자가 나타났다.

'당신의 약사를 믿으시오.'

"프레드."

케테가 갑자기 입을 열었다.

"당신이 아까 알고자 했던 말에 대해서 이야기한다

면, 당신은 기회를 갖고 있지 않다고 생각해요. 그렇기 때문에 나는 그 점에 관해선 얘기하고 싶지 않아요. 당신은 당신이 해야 할 일을 알아야 해요. 그러나 내가 임신중이라고 해도 당신이 집에 돌아와서 소리를 지르며 돌아다니고, 아이들이 아무 잘못도 하지 않았음에도 불구하고 아이들을 때리는 것은 싫어요. 나는 그걸 원치 않아요. 오래지 않아 우린 서로 소리를 지르게 될 거예요. 저는 그걸 원하지 않아요. 그리고 이제 당신에게 올 수도 없어요."

그녀는 등을 돌리고 누워 있었고 우리 두 사람은 말없이 고층 건물 꼭대기 조명 글자를 빤히 바라보았다. 글자는 점점 더 빠르고 갑작스럽게 변해 가며 컴컴한 어둠 속에 여러 가지 색깔을 나타냈다.

'당신의 약사를 믿으시오!'

"제 말 들으셨나요?"

"그래, 들었어. 왜 내게 올 수가 없어?"

"저는 창녀가 아니기 때문이에요. 저는 창녀를 반대하지는 않지만 프레드, 저는 창녀가 아니에요. 다 쓰러진 집의 복도에서나 밭에서 당신과 함께 있다가 집으로 돌아가는 것은 처참한 일이에요. 전차를 탈 때마다 당신은 내 손에 5마르크나 10마르크를 쥐어 주는 일을 잊어버렸으리라는 끔찍한 생각이 들어요. 여자

216

들이 몸을 팔고 얼마나 받는지는 모르겠지만."

"훨씬 덜 받을 거라고 생각해."

나는 맥주를 비우고 벽을 향해 몸을 돌린 채 녹색 벽지 위의 하트 무늬를 쳐다보았다.

"우리가 헤어져야 한다는 뜻 같군."

"그래요, 그게 더 좋을 거라 생각해요."

그녀가 말했다.

"당신을 억압하고 싶은 생각은 없어요. 저를 아시겠지만. 우리가 헤어지는 것이 더 나을 것 같아요. 아이들이 더 이상 믿지 않아요. 당신이 아프다고 내가 말할 때면 믿기는 하는 것 같아요. 그러나 아이들은 아프다는 말에서 어떤 쓸데없는 얘기가 아이들에게 영향을 줘요. 프레드, 아이들은 성장하고, 많은 오해가 생길 거예요. 당신이 다른 여자를 데리고 산다고 생각하는 사람도 많아요. 그렇지는 않지요, 프레드?"

여전히 우리는 서로 등을 돌리고 누워 있었고 그녀는 제삼자와 얘기하는 것처럼 들렸다.

"그렇지 않아. 내게 다른 여자가 없는 건 당신도 알잖아?"

"그걸 어떻게 확실히 알아요? 당신이 어디 사는지 모르기 때문에 종종 의심한 적도 있었어요."

"내게 다른 여자는 없어. 더군다나 당신을 속인 일

도 없어. 그건 당신도 알 거야."

내가 대꾸했다.

케테는 무엇인가 생각하는 것 같았다.

"그런 일은 없는 것 같아요. 그리고 당신이 나를 속인 일이 결코 없다고 생각해요. 그런 기억은 나지 않아요."

"아는군."

나는 의자 위에 놓아둔 그녀의 맥주를 한 모금 마셨다.

"사실 당신은 속이 편한 사람이에요."

그녀는 말했다.

"당신은 당신이 원한다면 술에 취할 수도 있고 공동묘지로 산책을 갈 수도 있고 나를 원할 때는 전화만 하면 내가 오고요. 그리고 저녁이면 그 단테 연구가 집에서 잘 수도 있고요."

"블록 씨 집에서 자주 자지는 않아. 대부분 다른 곳에서 잘 때가 많아. 집에서 잘 수가 없기 때문이지. 그 집은 너무 크고 텅 비어 있으며 훌륭하고 우아해. 하지만 나는 그런 품위 있는 집들을 좋아하지 않아."

나는 고개를 돌려 그녀의 등 너머로 고층 건물 꼭대기의 빛나는 글자를 바라보았다.

'당신의 약사를 믿으시오!'

밤새도록 여러 가지 색깔의 스펙트럼으로 타오르고 있는 글자는 언제나 같은 문장이었다. 우리는 오랫동안 그대로 누워서 담배를 피우며 아무 말도 하지 않았다. 한참 후에야 침대에서 일어나 커튼을 쳤으나 여전히 엷은 커튼 사이로 비친 글자를 볼 수 있었다. 나는 케테에게 너무 놀랐다. 그녀는 이제까지 한 번도 나에게 그런 이야기를 한 적이 없었다. 그녀의 어깨에 손을 얹고 아무 말도 하지 않았다. 그녀는 나에게 등을 돌리고 누워서 핸드백을 열었다. 찰칵거리는 라이터 소리와 함께 연기가 천장으로 올라가는 것이 보였다.

"불을 끌까?"

나는 그녀에게 물어보았다.

"네, 그게 좋겠어요."

나는 일어서서 불을 끄고 케테 옆에 다시 누웠다. 그녀는 등을 돌렸다. 나는 손으로 그녀의 어깨를 더듬다가 그녀의 얼굴을 만져보고는 깜짝 놀랐다. 그녀의 얼굴은 눈물로 젖어 있었다. 나는 아무 말도 할 수가 없었다. 얼굴에서 손을 떼어 시트 밑으로 그녀의 작고 단단한 손을 찾아 꼭 쥐었다. 그녀가 손을 쥐게 해준다는 것이 기뻤다.

"남자들은 결혼을 하면 그가 해야 할 일을 알아야 해요."

그녀가 어둠 속에서 말했다.

"뭐든지 할게. 우리가 집을 마련할 수만 있다면 정말 뭐든지 할 거야."

"그만두세요,"

그녀가 웃는 것처럼 들렸다.

"집이 문제가 아니에요. 정말 집이 문제라고 생각하세요?"

나는 자리에서 몸을 일으키고 그녀의 얼굴을 보려고 했다. 나는 그녀의 손을 놓고 그녀의 창백한 얼굴과 내가 자주 가슴에 품었던 그녀 머리의 가느다란 흰 가르마를 내려다보았다. 고층 건물 꼭대기에서 글자가 비쳤을 때 녹색이 된 그녀 얼굴을 분명히 볼 수 있었다. 정말 그녀는 웃고 있었다. 나는 다시 자리에 누웠고 그녀는 내 손을 찾아 꼭 쥐었다.

"정말 당신은 집이 문제가 되지 않는다고 생각해?"

"그럼요, 문제 되지 않아요."

그녀는 단호하게 말했다.

"물론 문제 되지 않고요. 솔직하게 말해 보세요, 프레드. 내가 당신에게 집이 있다고 말하면 당신은 놀라시겠어요, 아니면 기뻐하시겠어요?"

"기뻐할 거야."

나는 즉각 대답했다.

"당신은 우리 때문에 기뻐하실 거예요."

"그렇지 않아. 당신에게 돌아갈 수 있어서 기쁜 거야. 아, 어떻게 그런 생각을 할 수가⋯⋯."

이제 완전히 캄캄해졌다. 우리는 다시 등을 대고 누웠다. 나는 케테가 돌아누웠는지 보기 위해 가끔 고개를 돌려보았지만, 그녀는 거의 반 시간 동안 창을 응시하면서 아무 말도 하지 않았다. 고층 건물 꼭대기의 글자가 여전히 번쩍였다.

'당신의 약사를 믿으시오!'

역에서는 아나운서의 친절한 소리가, 술집에서는 춤추는 사람들의 떠들썩한 소음이 들려왔지만 케테는 아무 말도 하지 않았다. 이야기를 다시 시작하는 것이 어렵게 느껴졌으나 나는 입을 열었다.

"뭐 좀 먹지 않겠어?"

"먹을게요. 접시를 좀 주고 불을 켜 주세요."

나는 일어나서 불을 켜고 다시 그녀에게 등을 대고 누워 그녀가 오이와 완자를 먹는 소리를 들었다. 그녀에게 맥주잔을 건네주자 그녀는 '고마워요.'라고 말했다. 나는 그녀가 맥주를 마시는 소리를 들었고, 등을 돌려 그녀의 어깨에 손을 얹었다.

"저로서는 아무리 생각해도 도저히 참을 수가 없는 일이에요, 프레드."

그녀는 조용히 말했다. 나는 그녀가 다시 입을 열어 기뻤다.

"나는 당신을 잘 이해하고 있어요. 아마 너무 이해하고 있는지도 몰라요. 당신 마음을 알아요. 때로는 진흙 구덩이 속을 그렇게 배회하는 일이 얼마나 멋진 일인지도 이해할 수 있어요. 그런 심정은 알 수 있어요. 아마 당신은 이런 걸 전혀 이해할 줄 모르는 부인과 사는 것이 나은지도 몰라요. 그러나 당신은 아이들을 잊고 있어요. 아이들은 살아 있고, 아이들 때문에 참을 수가 없는 거예요. 우리 두 사람이 술을 마시기 시작했을 때 어땠는지 당신은 아시나요? 술을 마시지 말라고 말한 사람은 당신이었어요."

"우리가 집에 돌아왔을 땐 정말 끔찍했어. 아이들은 술 냄새를 맡았지. 그러나 당신이 술을 마신 것은 내 책임이야."

"누가 어떤 일에 책임이 있는가를 확인하는 것은 나에게 중요하지 않아요."

그녀는 접시를 치우고 맥주를 한 모금 마셨다.

"당신에게 책임이 있는지 어떤지는 모르겠고 또 알려고 하지도 않아요, 프레드. 저는 당신의 마음을 아프게 하고 싶진 않아요, 프레드. 하지만 당신이 부러워요."

222

"나를 부러워한다고?"

"네, 그래요. 당신을 부러워해요. 당신은 임신을 할 수가 없기 때문에 당신은 그대로 도망쳐 버릴 수 있어요. 그래도 저는 이해할 수 있어요. 당신은 산책을 하고, 몇 시간이고 묘지에 있고, 화주에 취할 돈이 없을 때면 우울에 취하시겠지요. 당신은 슬픔에 취하실 수도 있겠지요. 그 슬픔은 바로 당신과 우리를 떨어뜨려 놓지요. 당신이 아이들과 나, 우리를 좋아한다는 건 알고 있어요. 하지만 당신은 당신을 그렇게 참을 수 없도록 만드는 상태가 당신이 피해 버리는 그 상태가 우리를 서서히 죽이고 있다는 사실을 한 번이라도 생각해 본 일이 있어요? 당신은 우리와 함께 있지 않으니까요. 그리고 당신은 기도가 도움을 줄 수 있는 유일한 것이라는 사실에 대해서도 한 번도 생각하지 않아요. 당신은 기도를 하지 않지요, 그렇지요?"

"아주 가끔. 할 수가 없어."

내가 대답했다.

"당신 얼굴에서 알 수 있어요, 프레드. 당신 늙으셨군요. 가난한 늙은 독신자처럼 아주 늙어 보여요. 자기 부인과 가끔 함께 잔다는 게 자기 부인과 결혼했다는 뜻은 아니에요. 당신은 전쟁 때 말한 적이 있어요. 군인이 되는 것보다는 더러운 지하실에서 나와 함께 사는 게 낫겠다고요. 당신이 그런 편지를 썼을 때 당신은 이미 청년이 아닌 36살이었어요. 전쟁이 당신에게 상처를 주었다고 생각할 때가 종종 있어요. 전쟁 전의 당신은 달랐어요."

나는 매우 피곤했다. 그리고 그녀가 말하는 모든 것이 나를 우울하게 만들었다. 그녀가 옳다는 걸 알고 있기 때문이다. 나는 그녀가 아직도 나를 사랑하고 있는지 물어보고 싶었지만 너무 바보 같은 질문일까 봐 두려웠다. 전에는 그런 두려움을 갖지 않았다. 바보 같은 말로 들릴지라도 생각이 나면 모두 그녀에게 얘기해 버렸다. 그러나 지금은 아직도 그녀가 나를 사랑하는지를 물을 수 없었다.

"전쟁 때문에 변했을지도 모르지."

나는 피곤하게 말했다.

"케테, 나는 죽음을 생각했지. 그게 나를 미치게 만들더군. 전쟁에서 굉장히 많은 사람이 죽었는데 나는 그 시체들을 본 적은 없고 듣기만 했어. 무관심한 목소리들이 전화통에다 숫자를 불러댔는데 그 숫자는 죽은 시체들의 수였지. 나는 그것을 상상해 보려고 노력했어. 나는 상상할 수 있었어. 300명의 시체, 그걸 쌓으면 산 하나는 될 것 같더군. 나는 사람들이 최전선이라고 부르는 곳에서 3주 동안 머문 적이 있었어.

거기에서 시체들을 봤지. 나는 밤에 전선 접속선을 고치기 위해 나갔지. 어둠 속에서 종종 시체가 발에 채이곤 했어. 아무것도 보이지 않을 정도로 캄캄했어. 칠흑 같은 밤인데 전선을 잡고 기어가다가 망가진 곳에 도착하지. 선을 고치고 검사기를 연결시키고 어둠 속에 웅크리고 앉아 있었지. 탐조등이 비치거나 총소리가 나면 바짝 엎드렸어. 나는 30~40미터쯤 떨어진 벙커에 있는 사람과 얘기를 나누었는데, 그 거리는 하느님과 우리 사이보다도 더 먼 거리였어."

"하느님은 멀리 계시지 않아요."

그녀는 자그맣게 말했다.

"그 거리는 멀었어. 전선이 다시 작동하는지를 시험하기 위해 나와 말을 나누는 그 사람의 목소리는 수백만 킬로미터나 떨어져 있었어. 그러고 나서 나는 손에 전선을 쥐고 천천히 되돌아왔는데 어둠 속에서 다시 시체가 발에 걸렸고 시체들 곁에 누워 있을 때도 있었어. 한번은 밤새도록 시체 옆에 누워 있었지. 사람들은 내가 죽었을 거라고 생각하고 나를 찾다가 포기해버렸지. 그러나 나는 볼 수 없고 느낄 수만 있던 그 시체들 옆에서 밤새도록 누워 있었어. 왜 거기 누워 있었는지 모르겠어. 그 시간은 지루하지도 않았어. 다른 사람들이 나를 발견했을 때는 내가 취한 줄 알았지.

살아 있는 사람들에게 되돌아와야 했을 때 나는 다시 권태를 느꼈어. 대부분의 인간들이 얼마나 지루한지 당신은 모를 거야. 시체는 훌륭해."

"당신은 끔찍해요, 프레드."

그녀는 그렇게 말했지만 내 손을 놓지는 않았다.

"담배 한 대 주세요."

나는 주머니에서 담배를 찾아 그녀에게 내주고 성냥불을 켰다. 그리고는 그녀의 얼굴을 보기 위해 그녀의 위로 허리를 굽혔다. 케테의 얼굴은 젊고 혈색이 좋아서 더 이상 누런 빛깔로 보이지는 않았다.

"불편하지 않아?"

"아니오. 괜찮아요, 좋아요. 하지만 정말 당신이 두려워요."

"나에 대해서 두려울 것 없어. 전쟁 때문에 내가 달라진 것은 없어. 그저 권태로울 뿐이야. 내게 온종일 들리는 걸 당신도 한번 들어봐. 대부분 쓸데없는 수다지만."

"기도해야 돼요. 정말이에요. 권태롭지 않은 건 기도뿐이에요."

그녀가 말했다.

"나를 위해 기도해 줘. 전에는 기도를 할 수 있었는데 이젠 잘 할 수가 없어."

226

"훈련이 많이 필요해요. 마음을 단단히 먹고 자꾸 해봐야 돼요. 술을 마시는 건 좋지 않아요."

"취하면 기도가 아주 잘 될 때가 있어."

"그건 좋지 않아요, 프레드. 기도는 맑은 사람이 하는 거예요. 당신은 마치 에스컬레이터 앞에 서서 올라타는 것을 두려워하는 것과 마찬가지예요. 자꾸 시도해 보다가 한번 에스컬레이터를 타면 올라가게 돼요. 저는 그걸 분명히 느껴요, 프레드. 내가 밤에 잠을 이루지 못하고 울 때, 모든 것이 조용해지면 내가 위로 올라가는 걸 느껴요. 그밖의 모든 다른 일엔 관심이 없어져요. 집과 더러움, 가난, 심지어 당신이 없다는 사실마저도 나를 아무렇지 않게 만들어요. 물론 오랜 시간은 아니니까요, 프레드. 이제 30~40년, 그 정도는 견딜 수 있어요. 우리는 함께 참으려고 노력해야 한다고 생각해요, 프레드. 당신은 잘못 생각하고 꿈을 꾸고 있어요. 꿈을 꾸는 건 위험해요. 당신이 어떤 여자 때문에 우리를 떠났다고 해도 이해할 수 있을 거예요. 저에겐 지금보다 훨씬 더 처참한 일이겠지만 이해할 수는 있어요. 그 가게에 있는 아가씨 때문이라면, 프레드, 이해할 수는 있어요."

"제발 그런 얘기는 하지 마."

"그러나 당신은 꿈을 꾸기 위해 나갔어요. 그건 좋

지 않아요. 당신은 가게에 있는 소녀를 보는 걸 좋아하지요? 그렇지요?"

"그래, 나는 그 애 보기를 좋아해. 대단히 좋아한다구. 그 애가 있는 곳에 자주 가지만 그 애 때문에 당신을 떠난다고 생각해 본 적은 없어. 그 소녀는 아주 경건한 애야."

"경건하다고요? 당신은 어떻게 그걸 아세요?"

"그녀를 교회에서 봤기 때문이지. 그녀가 무릎을 꿇고 축성을 받는 걸 보았을 뿐이야. 3분 동안이었어. 그애는 바보와 함께 무릎을 꿇고 있었는데 신부님은 두 사람을 다 축복해 주었지. 그러나 나는 그 애의 동작을 보고서 그 애가 경건하다는 것을 알았어. 그 애가 내 맘을 감동시켰기 때문에 그 애를 따라갔지."

"그 애가 뭘 했다고요?"

"내 마음을 감동시켰어."

"저도 당신 마음을 감동시킨 적이 있었나요?"

"내 마음을 감동시킨 적은 없지만, 마음을 돌린 적은 있어. 그때 난 매우 아팠지. 젊지는 않았어."

나는 계속 말했다.

"거의 서른 살 때였나. 그러나 당신은 내 마음을 돌이키게 했어. 그렇게 말할 수 있을 것 같아. 나는 정말 당신을 사랑하고 있어."

"더 많은 여자들이 당신의 마음을 감동시켰나요?"

"그래, 아주 많아, 내 마음을 감동시킨 사람은 몇 명 있어. 보통 그런 말을 잘 하지 않지만 별다른 표현을 할 수 없어. 약간 감동시켰다고 말해야 할 것 같아. 베를린에서 한 여자를 보았지. 기차의 차창에 기대 서 있었는데 갑자기 플랫폼의 반대쪽에서 다른 기차가 들어왔어. 내 앞의 창문이 내려지면서 어떤 여자의 얼굴이 보였는데 그 여자가 바로 내 마음을 움직였어. 그 여자는 아주 젊고 늘씬했어. 나는 그 여자를 향해 웃어 보였어. 그때 내가 탄 기차는 출발했지. 나는 고개를 숙이고 그 여자가 안 보일 때까지 손을 흔들었어. 나는 더 이상 그 여자를 본 적이 없고 또 보려고 하지 않았어."

"하지만 그 여자는 당신 마음을 감동시켰잖아요. 감동받은 얘기를 전부 다 해주세요, 프레드. 그 여자도 당신에게 그 손짓으로 응답했어요?"

"그래, 그 여자도 내게 손짓을 했지. 조금 더 천천히 생각해 보면 다른 얘기들도 생각날 거야. 나는 얼굴을 잘 기억하거든."

"자, 어서 생각해 보세요, 프레드."

"아이들이나 심지어는 노인, 할머니에게도 나는 그런 걸 느낄 때가 있어."

229

"그런데 저는 당신 마음을 돌이킨 적밖에 없군요."

"감동시킨 적도 있어. 아, 여보. 이 말을 자주 사용하게 하지 마. 당신 생각을 하면 그런 마음이 들 때가 있어. 나는 당신이 계단을 내려가거나 시내를 혼자서 어슬렁거리며 배회하거나 시장을 보거나 꼬마에게 먹을 것을 주고 있는 걸 보지. 그럴 때면 당신에게 감동을 받아."

"그 가게의 꼬마는 바로 옆에 있어요."

"아마도 내가 다시 보게 된다면 좀 달라질 거야."

"그럴지도 모르지요. 맥주 더 마시겠어요?"

그녀가 물었다.

"그래."

그녀는 나에게 맥주를 주었고 나는 그걸 다 마셨다.

나는 자리에서 일어나 불을 켰고 빈 잔과 접시를 가지고 아래층으로 내려갔다. 빈 잔과 접시를 테이블 위에 놓는 나를 보고 테이블 옆에 서 있던 두 청년이 히죽거렸다. 주인아주머니가 다시 나타났다. 그녀는 내게 고개를 끄덕였다. 나는 다시 이층으로 올라왔다. 방에 들어서자 케테가 나를 쳐다보며 웃었다.

나는 불을 끄고 어둠 속에서 옷을 벗고 침대에 누웠다.

"10시나 됐어."

"잘 됐어요. 아홉 시간은 잘 수 있겠군요."

"그 청년은 아이들과 언제까지 같이 있지?"

"여덟 시 직전까지요."

"그러나 아침은 조용히 먹읍시다."

"깨워 달라고 얘기했어요?"

"아냐, 난 일찍 일어나."

"고단해요, 프레드. 하지만 또 얘기해 줘요. 이제 더 이상 감동받은 얘기 없어요?"

"몇 가지 생각날 것도 같아."

"해봐요. 당신은 착한 사람이에요. 하지만 때려주고 싶을 때가 있어요. 당신을 사랑해요."

"내게 말해줘서 기쁜데. 실은 당신에게 물어보는 게 두려웠어."

"전에는 3분마다 물어보셨는데."

"오랫동안 그랬지."

"오랫동안이에요."

그녀가 되풀이했다.

"자, 얘기해 봐요."

그녀는 말하면서 다시 내 손을 꼭 쥐었다.

"여자들에 관해서?"

내가 물었다.

"아니, 남자들이나 아이들, 할머니들 얘기가 더 좋

아요. 젊은 여자들 얘기는 왠지 기분이 언짢아요."

"두려워할 필요 없어."

나는 몸을 숙이고 그녀 입술에 키스했다. 다시 돌아
눕자 내 시선이 바깥으로 향했다. 그리고 '당신의 약
사를 믿으시오'라는 조명 글자를 보았다.

"자, 얘기해 봐요."

그녀가 재촉했다.

"이탈리아에서 내 마음을 건드린 사람은 많아. 남녀
노소 할 것 없이 아이들이나 심지어 부자 남자까지도.
당신이 나를 사랑한다는 걸 알게 된 후부터는 아주 달
라졌어. 훨씬 나아졌어. 당신은 나에게 끔찍한 얘기를
해줬거든."

"그런 얘기를 취소하지는 않겠어요. 이젠 좀 쉬어
요, 프레드. 우리가 쉰다는 걸 잊지 말아요. 좀 있다가
진지해지면 돼요. 내가 말한 건 그대로예요. 내가 당
신을 사랑한다는 말은 무슨 특별한 의미를 갖지는 않
아요. 당신은 아이들을 좋아하고 또한 아이들이 지저
분해지는 걸 걱정하지요."

"아, 그건 나도 알고 있어. 잘 말했어. 자, 그럼 남자,
여자, 아이들 중 하나를 골라 봐. 그리고 나라는?"

"네덜란드, 네덜란드 남자로 하세요."

그녀가 말했다.

"오, 당신 비겁하군. 마음을 건드리는 네덜란드 남자를 발견한다는 것은 어려운 일이야. 하지만 나는 전쟁중에 내 마음을 건드린 네덜란드 남자를 정말 본 일이 있어. 게다가 돈 많은 남자였지. 하지만 그는 부자가 아니었어. 내가 로테르담을 통과했을 때, 그건 내가 첫 번째로 본 파괴된 도시였어. 이제 파괴되지 않은 도시가 내 마음을 억누르니 이상한 일이지. 그때 나는 완전히 정신이 없었어. 사람과 파편을 보았을 뿐이라구."

쥐고 있는 케테 손이 느슨해지는 것을 느끼자 나는 허리를 굽혀 그녀를 쳐다보았다. 케테는 자고 있었다. 자고 있는 그녀 얼굴은 오만하고 매우 냉정해 보였으며, 약간 벌어진 입은 괴로운 표정을 짓고 있었다. 나는 돌아누워 담배를 한 대 피우면서 오랫동안 잠들지 못하고 어둠 속에서 여러 가지 생각을 했다. 기도를 하려고 노력해 보았지만 되지 않았다. 순간 다시 아래층으로 내려가서 초콜릿 공장에서 온 아가씨와 한 번 정도 춤을 추거나 화주를 마시고, 틀림없이 비어 있는 오락기에서 게임을 할까 하는 생각도 해 보았다. 그러나 나는 그대로 누워 있었다.

고층 건물 꼭대기의 글자가 번쩍일 때마다 그 글자

는 하트 무늬를 한 녹색 벽지에 비쳤고, 램프 그림자와 털이불의 무늬가 보였다. 공놀이를 하는 사람들로 바뀌었던 곰들은 커다란 비눗방울을 서로 던지는 목이 굵고 튼튼한 근육질의 경기 선수들 같았다. 그러나 내가 잠들기 전에 마지막으로 본 것은 높은 곳에 있는 글자였다.

'당신의 약사를 믿으시오!'

12장

눈을 떴을 때는 아직 어두웠다.

나는 깊이 잠을 잤고 깨어났을 땐 아주 쾌적한 기분임을 느꼈다. 프레드는 벽을 향해 누워 아직 자고 있었다. 나는 그의 야윈 등을 보았다. 자리에서 일어나 커튼을 젖히고 역 위로 펼쳐진 새벽하늘의 밝은 회색을 보았다. 불을 밝힌 기차들이 들어오고 아나운서의 부드러운 목소리가 쓰레기더미를 지나 여관까지 들려왔다. 기차의 둔중한 레일 소리도 들을 수 있었다. 여관 안은 조용했다. 나는 배가 고팠다. 창문을 열어놓고 침대에 도로 누워 기다렸다. 그러나 이제 불안해지고 자꾸 아이들 생각이 나면서 보고 싶어졌다.

몇 시나 되었는지 알 수가 없었다. 프레드가 아직 자고 있는 걸로 보아 아직 여섯 시 반은 안 되었을 게다. 그는 언제나 정확하게 여섯 시 반이면 깬다. 시간은 아직 있었다. 나는 다시 일어나 외투를 걸치고 구두를 신고는 조용히 침대 주위를 걸어 다녔다. 조심스레 문을

235

열고 더러운 복도에서 화장실을 찾기 위해 더듬거렸다. 마침내 어둡고 고약한 냄새가 나는 모퉁이에서 화장실을 발견했다. 내가 돌아왔을 때도 프레드는 아직 자고 있었다. 역에서 불이 켜진 시계를 보았다. 노랗게 반짝이는 시계판이 보이기는 했으나 시간을 알아볼 수 없었다. 고층 건물 꼭대기에는 회색 어둠 속에서 뚜렷하게 드러나는 문자가 타오르고 있었다.

'당신의 약사를 믿으시오!'

나는 소리를 내지 않고 조심스럽게 세수를 한 뒤 옷을 입었다. 내가 돌아보았을 때 프레드가 나를 쳐다보고 있었다. 그는 눈을 깜빡거리며 침대에 누워서 담배를 입에 문 채 내게 물었다.

"잘 잤어?"

"잘 잤어요."

"괜찮아?"

"아주 좋아요."

"잘 됐군. 서두를 필요 없어."

"가야 해요, 프레드. 마음이 편하지 않아요."

"같이 아침 안 먹을 거야?"

"그래요, 안 먹을래요."

초콜릿 공장의 사이렌이 힘차게 울렸고, 그 거친 소리는 세 번이나 아침 공기를 갈라놓았다. 나는 침대

모서리에 앉아서 구두끈을 매며 프레드가 뒤에서 내 머리를 만지는 것을 느꼈다. 그는 자기 손가락으로 부드럽게 내 머리를 쓰다듬으며 말했다.

"당신이 어제 말했던 게 모두 사실이라면 이제 쉽게 당신을 볼 수 없을 텐데. 최소한 커피라도 같이 마시지 않겠어?"

나는 아무 대답도 없이 스커트 지퍼를 올리고 블라우스의 단추를 끼웠다. 그리고는 거울로 가서 머리를 빗었다. 나는 거울도 보지 않고 머리를 빗으며 심장이 두근거림을 느꼈다. 어제 말한 것이 모두 생각났으나 취소하고 싶진 않았다. 그가 돌아오리라는 걸 거의 확실히 믿었지만 모든 것이 불확실하게만 보였다.

그가 일어나 침대 옆에 똑바로 섰다. 유난히 초췌해 보이는 그는 매일 입고 있는 셔츠를 입은 채 잠을 잤다. 머리는 헝클어져 있었으며, 바지를 위로 추켜 입을 때의 얼굴은 불만스런 표정을 짓고 있었다. 나는 그저 무의식적으로 빗질을 하고 있었다. 나는 결코 진지하게 이 가능성에 대해 생각해 본 일이 없지만, 프레드가 정말로 우리를 홀로 놔둘 것이라는 단순한 가능성이 이제야 생각났다. 내 심장은 멈췄다가 다시 심하게 뛰다가 멈추는 듯했다. 나는 그를 자세히 관찰했다. 그는 입에 담배를 물고 지루한 표정으로 구겨진 바지의 단추를 채우고 허리띠를 팽팽하게 조이고 양말과 구두를 신었다.

그리고 나서 한숨을 쉬며 그 자리에 서서 손으로 이마와 눈썹 위를 쓸어 올렸다. 나는 15년 동안이나 그와 결혼생활을 해 왔다는 사실을 이해할 수 없었다. 지금 손으로 머리를 받치고 침대에 쪼그리고 앉아 있는 이 권태롭고 냉담한 사람이 나에게는 낯설기만 하다. 나는 거울 속에 나를 맡겨 버리고 이혼이라는 다른 생활의 약속을 상상해 보았다. 결혼이 없는 인생이란 훌륭할 것이다. 거기에는 잠자리에서 일어나자마자 담배갑을 찾는 그런 게으른 남자들도 없을 것이다.

나는 머리를 잘 빗고는 거울에서 시선을 돌려 창가로 갔다. 날은 환해졌고 역 위에는 밝은 회색빛이 감돌았다. 나는 이미 내 마음속에 그런 생활을 받아들이고 있었다. 나는 여전히 우리에게 약속된 이 결혼 없는 생활을 꿈꾸고 있었고, 합창 예배의 리듬을 듣고 있었다. 그리고 나는 결혼하지 않은 남자들, 내 품에 안기기를 갈망하지 않는 남자들과 내가 함께 있는 것을 보았다.

"당신 칫솔을 써도 되지?"

프레드가 세면대에서 물었다. 나는 그를 쳐다보며 주저하다가 "쓰세요."라고 대꾸했다. 갑자기 다시 잠에서 깨어나는 것 같았다.

"맙소사. 세수를 하려면 적어도 와이셔츠 정도는 벗어야지요."

내가 큰 소리로 말했다.

"그럴 필요 없어."

그는 셔츠의 칼라는 안으로 집어넣고는 젖은 손수건을 가지고 얼굴, 등, 목을 닦았다. 무관심한 그의 행동이 나를 자극했다.

"나는 약사를 믿을 거고 믿을 만한 칫솔을 살 거야. 약사에게 우리의 전적인 믿음을 보내보지 뭐. 믿어봐."

"프레드, 당신이 농담을 할 수 있다는 것과 아침에 당신 기분이 좋다는 건 아주 새로운 사실이에요."

나는 크게 말했다.

"절대로 기분이 좋은 건 아니야. 아직 아침도, 커피도 마시지 못해 언짢긴 하지만 특별히 나쁘진 않아."

"오, 당신을 알아요. 당신 마음이 움직이도록 해보세요."

그는 내 빗으로 머리를 빗다가 이내 그만두고는 되돌아서 쳐다보았다.

"여보, 당신을 아침 식사에 초대했는데 아직 대답하지 않았어."

그는 부드럽게 말했다. 그는 다시 몸을 돌려 머리를
계속 빗다가 거울에 대고 이렇게 말했다.

"10마르크는 다음 주에 줄 수 있어."

"아, 그만두세요. 당신이 가진 돈 전부를 저에게 주
지 않아도 돼요."

"하지만 주고 싶어. 제발 받아줘."

"고마워요, 프레드. 정말 감사해요. 아침을 먹으려
면 지금 가야 돼요."

"같이 가겠어?"

"그래요."

"아, 잘 됐군."

프레드는 넥타이를 잡아당겨 매고는 윗도리를 가지
러 침대로 갔다.

"돌아갈게. 꼭 다시 되돌아갈게. 당신과 아이들에게
돌아갈 거야."

그는 갑자기 큰 소리로 말했다.

"그러나 내가 즐겨하고 싶은 일을 강요당하고 싶지
는 않아."

"프레드, 이제 거기에 대해선 얘기할 게 더 이상 없
다고 생각해요."

"그래. 당신 말이 옳아. 당신과 결혼하지 않고 지금
처럼 당신을 사랑할 수 있는 생활 속에서 당신을 다시

만나게 되면 좋을 거야."

"저도 방금 그런 생각을 했어요."

나는 나지막한 소리로 말하면서 흘러내리는 눈물을 억제할 수가 없었다.

그는 재빨리 침대로 돌아 나에게로 와서 나를 껴안았다. 그리고는 그의 턱을 내 머리 위에 대고서 말했다.

"거기에서 당신을 다시 만난다는 건 좋은 일이었을 거야. 내가 거기에 나타나더라도 당신이 놀라지 않기를 바래."

"아, 프레드. 꼬마 생각을 좀 해보세요."

"생각하고 있어. 매일 생각하고 있지. 내게 키스라도 좀 해줘."

나는 머리를 들고 그에게 키스했다. 그는 내가 외투 입는 것을 도와주었다. 그가 옷을 입는 동안 나는 가방에다 우리 짐을 챙겼다.

"결혼할 때 서로 사랑하지 않는 사람들이 더 행복하겠지. 사랑하면서 결혼하는 건 끔찍한 일이야."

"당신 말이 맞을지도 몰라요."

밖은 여전히 어두웠고 화장실이 있는 구석에서 냄새가 났다. 아래층 식당은 문이 잠겨 있었고 아무도 없었다. 문은 다 닫혀 있었고, 프레드는 식당으로 가는 입구 옆 커다란 못에 열쇠를 걸어 놓았다.

거리는 초콜릿 공장으로 가는 여공들로 가득 찼다. 나는 그의 얼굴에 비친 쾌활함에 깜짝 놀랐다. 대부분의 아이들은 팔짱을 끼고 갔고, 서로 깔깔거렸다. 우리가 가게에 들어섰을 때 성당에서는 7시 15분 전을 알렸다. 소녀는 우리에게 등을 돌리고 커피머신을 작동시키고 있었다. 테이블은 하나만 비어 있었다. 바보 아이는 난롯가에 쭈그리고 앉아서 막대사탕을 빨고 있었다. 안은 따스하고 연기가 자욱했다. 소녀는 몸을 돌려 나에게 미소를 지으며 반가워했다. 그리고는 프레드와 나를 쳐다보며 미소 짓고 빈 테이블을 닦기 위해 걸어갔다. 프레드는 커피와 빵과 버터를 주문했다.

우리는 자리에 앉아 그 소녀가 정말로 기뻐하는 것을 보고 기분이 좋았다. 우리들에게 접시를 준비해 주면서 서두르느라 그녀의 귀가 빨개졌다. 그러나 나는 아이들 생각에 마음이 놓이지 않아 마음 놓고 식사를 하지 못했다. 프레드도 불안해 보였다. 그는 내가 자기를 쳐다보지 않을 때는 소녀를 보지 않고 나를 보려고 애썼다. 내가 그를 볼 때마다 그는 시선을 돌렸다. 가게에는 많은 사람들이 몰려들어 소녀는 빵과 소시지, 그리고 우유를 건네주고 돈을 받았다. 종종 그녀는 나를 쳐다보며 동의를 구하는 것처럼 미소를 지었다.

그녀가 말없이 약속하는 것처럼 보이는 그 무엇에 대한 동의 같았다. 좀 한가해지면 그녀는 바보 아이의 입을 닦아주며 그의 이름을 조그맣게 속삭였다. 나는 그녀에게 그 바보에 관해 해줄 말이 생각났다. 내가 어제 고해한 그 신부가 갑자기 들어왔을 때 나는 깜짝 놀랐다. 그는 소녀에게 웃어 보이며 돈을 내주고는 카운터 위로 빨간 상자의 담배를 건네받았다. 프레드도 긴장해서 그를 쳐다보았다. 신부는 포장을 뜯으며 술집을 훑어보다가 나를 보았다. 그가 놀라고 있음을 알 수 있었다. 그는 더 이상 웃지 않고 검은 외투주머니에 담배를 집어넣으며 나에게 오려다가 얼굴이 붉어지며 다시 돌아갔다.

나는 자리에서 일어나 그에게 걸어갔다.

"안녕하세요, 신부님."

"안녕하세요."

그는 당황한 듯 주위를 둘러보며 조용히 말했다.

"당신과 할 얘기가 있어요. 오늘 아침 벌써 당신 집에 갔었어요."

"맙소사."

내가 말했다.

그는 외투주머니에서 담배를 꺼내 입에 물고 성냥갑을 열며 조용히 말했다.

"당신은 면죄되었습니다. 제가 어리석었습니다. 용서하십시오."

"정말 감사합니다."

내가 말했다.

"집은 어떻던가요?"

"어떤 중년부인과 말을 나누었을 뿐입니다. 당신 어머니신가요?"

"어머니요?"

나는 깜짝 놀라며 물었다.

"한번 오세요."

그는 그렇게 말하고 서둘러 나갔다.

내가 테이블에 돌아왔을 때 프레드는 잠자코 있었다. 괴로운 것 같아 보였다. 그의 팔에 내 손을 얹었다.

"가야겠어요, 프레드."

나는 나지막이 말했다.

"좀 있다가 가면 안 돼? 아직 당신과 얘기할 것도 있는데."

"여기서는 얘기할 수 없어요. 나중에 해요. 밤새도록 시간이 있잖아요."

"곧 갈게."

그는 나지막이 말했다.

"여기 아이들을 위한 돈이 있어. 약속했었지. 아이

들에게 뭐 좀 사다줘. 괜찮다면 아이스크림 같은 것."

그는 1마르크를 올려놓았다. 나는 그걸 집어 외투주머니에 넣었다.

"당신에게 주어야 할 나머지 돈은 나중에 줄게."

그가 속삭였다.

"아, 프레드. 안 주셔도 돼요."

"아니야, 이런 생각을 한다는 건 내게 아주 힘든 일이야. 내가 혹시 당신을……."

"전화하세요."

나는 조용히 말했다.

"전화하면 나오겠어?"

"내가 지불해야 하는 커피 한 잔과 과자 세 개 값 잊지 마세요."

"잊지 않을게. 정말 가려고 그래?"

"가야 돼요."

그는 자리에서 일어났고 나는 그대로 앉아서 그가 카운터에 서서 기다리는 걸 그냥 바라보았다. 프레드가 계산을 하자 소녀는 나에게 미소를 지어 보였다. 나는 일어서서 프레드와 같이 문으로 갔다.

"또 오세요."

소녀가 소리쳤다.

"네."

나는 다 빨아먹은 사탕의 나무막대를 입에 물고 쭈그리고 앉아 있는 바보 아이를 힐끗 쳐다보았다.

프레드는 나를 버스 타는 곳까지 바래다주었다. 우리는 더 이상 서로 아무 말도 하지 않았고 버스가 오자 재빨리 키스했다. 전에도 자주 그렇게 보였던 프레드는 그렇게 남루한 옷을 입고 우울하게 정거장에 그대로 서 있었다. 뒤돌아보지도 않고 천천히 역 쪽으로 걸어가는 모습을 나는 계속해서 바라보았다.

우리가 살고 있는 집의 더러운 층계를 오르고 있을 때야 비로소 내가 오랫동안 집을 비웠다는 생각이 들었다. 내가 이렇게 오랜 시간을 아이들만 남겨 놓은 것은 이번이 처음이라는 생각도 들었다. 집 안은 어수선했다. 물주전자가 소리를 내며 끓고 있었고 라디오에서는 직업적인 명랑한 소리가 나오고 이층에선 메제비츠 씨가 아내와 다투고 있었다. 우리 방에서는 아무 소리도 들리지 않았다. 나는 초인종을 세 번 누르고 기다렸는데 벨러만이 문을 열었을 때야 아이들 소리가 들렸다. 나는 세 아이의 소리를 듣고 벨러만에게 잠깐 인사를 한 뒤 방 안으로 들어갔다. 내가 있었을 때는 그런 적이 없었는데, 아이들은 책상 주위에 얌전히 앉아 있었다. 내가 들어섰을 때 아이들은 말소리와 웃음을 그쳤다. 순간 잠시 동안의 침묵이 나를 심한 불안에 빠뜨렸다. 나는 두려웠다. 이 순간만은, 그러나 나는 이 순간만은 잊을 수가 없다.

큰 아이 둘이 일어나 나를 껴안았다. 나는 꼬마를 팔에 안고 키스했는데 그 아이의 눈물이 내 얼굴 위로 흘러내리는 걸 느꼈다. 벨러만은 벌써 외투를 입고 있었고 손에 모자를 들고 있었다.

"아이들이 말을 잘 들었어요?"

내가 물었다.

"네. 아주 잘 들었어요."

아이들은 그를 쳐다보며 웃었다.

"잠깐만"

나는 꼬마를 의자에 앉히고 서랍에서 지갑을 꺼내 벨러만과 함께 복도로 갔다. 프랑케 씨 부부의 모자가 옷걸이에 걸려 있는 것을 보았다. 나는 화장실에서 나오는 호프 여사에게 인사했다. 그녀는 머리에 컬 페이퍼를 말고 팔에는 잡지를 끼고 있었다. 나는 그녀가 방으로 들어갈 때까지 기다렸다가 벨러만을 보고 물었다.

"14마르크지요?"

"15마르크입니다."

그가 나에게 웃으며 말했다.

나는 그에게 15마르크를 주었다.

그는 웃으면서 우리 방 안으로 한 번 더 머리를 내밀었다.

"애들아, 안녕."

아이들도 '안녕' 하고 대답했다.

우리끼리만 남게 되자 나는 아이들을 껴안으며 찬찬히 살펴보았다. 나는 아이들의 얼굴에서 내 공포를 증명해 주는 것 따위는 발견할 수 없었다. 나는 한숨을 쉬며 아이들이 학교에 가져갈 빵을 준비하기 시작했다.

카를라는 낮에는 우리가 접어서 천장에 걸어두는 미국식 야전 침대에서 자고 클레멘스는 이미 오래 전부터 그에게 너무 작아져 버린 낡은 플러시 소파에서 잔다. 벨러만은 잠자리까지 깔아주었다.

"애들아."

내가 입을 열었다.

"아빠가 인사를 전하더라. 너희들에게 전해줄 돈도 주셨어."

아이들은 아무 말도 없었다.

카를라는 내 옆으로 와서 버터빵 꾸러미를 받았다. 나는 카를라를 쳐다보았다. 카를라는 프레드의 검은 머리칼과 갑자기 초점을 잃는 눈동자를 닮았다. 꼬마는 작은 의자에서 놀면서 내가 있는 걸 확인이나 하듯

이 이따금 나를 쳐다보며 놀이를 계속했다.

"너희들, 기도는 했니?"

"네."

카를라가 대답했다.

"아빠는 곧 돌아오실 거야."

내가 말했다.

아이들에 대한 커다란 애정을 느꼈다. 눈물이 났으나 울음은 터뜨리지 않으려고 애를 썼다. 아이들은 다시 아무 말도 없었다. 나는 내 옆 의자에 앉아서 책을 들척이며 무심히 우유를 마시는 카를라를 바라보았다. 갑자기 카를라는 나를 향해 일어나며 조용히 말했다.

"아빠는 하나도 아프지 않아요. 아빠는 아직도 공부를 가르치시는 걸요."

나는 고개를 돌려 지도를 가지고서 소파에 쭈그리고 앉아 있는 클레멘스를 쳐다보았다. 그는 조용히 나를 쳐다보며 말했다.

"바이젬이 그렇게 말했어요. 그 아이는 우리 반 내 짝이에요."

그러나 그것에 대해선 나도 알 수 없었다.

"침대에 누워 있을 필요가 없는 병도 있어."

내가 설명했다.

아이들은 아무 말도 없이 가방을 메고 나갔다. 나는

복도에 서서 아이들이 책 무게에 눌려 어깨를 약간 구부린 채 회색빛 거리로 천천히 가고 있는 모습을 바라보았다. 나는 등에 가방을 메고 책에 눌려 어깨를 약간 굽히고 거리로 사라지는 내 자신을 바라보는 것 같아 더욱 슬펐다. 이제 더 이상 아이들의 모습은 볼 수 없었고, 위에 있는 내 모습만 보였다. 뜨개질 본이나 카를대제가 죽은 해를 생각하며 걸어가는 금발의 조그만 소녀였다.

내가 돌아왔을 때는 프랑케 부인이 거울 앞에 서서 모자에 달린 보라색 베일을 매만지고 있었다. 8시 미사를 알리는 종소리가 울렸다.

그녀는 인사를 하고는 어두운 복도에 서 있는 내게 미소를 지으며 내가 방으로 들어가기 전에 나를 세웠다.

"당신은 남편과 헤어졌다고 하던데 정말이에요?"

그녀가 다정스레 물었다.

"정말이에요. 그는 떠나 버렸어요."

나는 나직이 대답했다. 조금도 증오의 마음이 생기지 않는 걸 보고 나는 놀랐다.

"당신 남편은 술을 많이 마시지요? 그렇지요?"

그녀의 아름다운 목에 베일을 감았다.

주위는 이제 조용했다. 방 안에서는 꼬마가 블록 조

각을 가지고 이야기놀이를 하며 내는 부드러운 달그락 소리와 다섯 번, 여섯 번, 일곱 번 말하는 라디오 아나운서의 목소리가 조용한 가운데 들려왔다.

"7시 39분입니다. 당신은 매혹적인 아내를 떠날 시간입니다. 그러나 여러분들은 아직 불버의 상쾌한 아침 행진곡을 들으실 수 있을 것입니다……."

나는 아침 음악을 들었고, 직업적인 명랑한 목소리는 채찍질 소리처럼 느껴졌다. 프랑케 부인은 움직이지도 않고 아무 말도 없이 내 앞에 서 있었다. 하지만 나는 그녀의 눈에서 빛나는 끔찍스런 광채를 보며 갑자기 쉰 목소리의 흑인 영가를 듣고 싶어졌다. 단 한 번 듣고 나서 기다려지는 그 목쉰 음성의 노래.

'그리고 그는 아무 말도 하지 않았다.'

"안녕히 가세요."

나는 프랑케 부인에게 인사하고 방으로 들어갔다. 그녀는 아무 말도 하지 않았다. 나는 꼬마를 팔에 안고 꼭 껴안았다. 그리고는 프랑케 부인이 미사에 가는 소리를 들었다.

13장

버스는 늘 똑같은 곳에서 멈춘다. 버스가 정차해야 하는 도로는 좁고 움푹 들어가서 버스가 설 때마다 흔들거렸는데, 그때마다 나는 졸음에서 깨곤 했다. 나는 차에서 내렸다. 길을 건너 철물가게 유리창 앞에 서서 간판을 힐끗 쳐다보았다.

'온갖 종류의 사다리 있음. 층계당 가격은 3마르크 20페니히.'

여기에서는 시간을 확인하기 위해 건물 꼭대기의 시계를 본다는 건 무의미한 일이다. 언제나 정확하게 8시 4분 전이다. 시계가 8시거나 혹은 8시가 지났으면 시계가 틀린 것이다. 왜냐하면 버스가 시계보다 더 정확하기 때문이다.

아침마다 나는 잠깐씩 이 간판 앞에 선다.

'온갖 종류의 사다리 있음. 층계당 가격은 3마르크 20페니히.'

이 게시판 옆에는 3층 사다리가 세워져 있고 사다리 옆에는 여름부터 야외용 의자가 하나 있었다. 여기에는 마분지나 납으로 만든 커다란 금발의 여자 인형이 휴식을 취하고 있다. 이 인형 여인은 선글라스를 끼고 석 달 전부터 소설을 읽고 있다. 《나의 휴가》라는 소설을. 저자명은 어항 위로 비스듬히 세워 놓은 난쟁이 인형의 수염에 가려져 있기 때문에 읽을 수가 없다.

그러나 오늘 버스에서 내렸을 때 '각종 크기의 사다리 있음. 층계당 가격은 3마르크 20페니히'라는 간판이 치워져 있었다. 그리고 여름 내내 그곳 안락의자에 누워서 《나의 휴가》라는 소설을 읽고 있던 인형은 스키화에 목도리를 나부끼며 푸른색 스키 연습복을 입고 서 있었다. 그리고 그녀 옆에는 '겨울 스포츠를 일찍 생각해 보세요'라는 광고판이 서 있었다.

나는 겨울 스포츠는 생각하지 않고 멜히오 거리로 가서 사무실 왼쪽 옆에 있는 가게에서 담배 다섯 개비를 샀다. 그리고는 수위 앞을 지나 복도로 갔다. 수위는 나에게 인사했다. 그는 이 건물에 있는 내 친구들 중의 하나로, 종종 위층에 올라와서 파이프 담배를 피우며 새로운 소문을 나에게 들려주었다.

나는 수위에게 고개를 끄덕이며 서류가방을 들고 재빨리 층계를 올라가고 있는 성직자 몇 명에게 인사를 했다. 위층으로 올라가서 교환실로 가는 문을 열고 테이블에 담배를 던져놓고는 그 옆에 흩어진 돈을 모으고 외투와 모자를 걸어 놓은 뒤 전화선을 연결시키고 자리에 앉았다.

내가 사무실에 앉을 때면 부드럽게 윙윙거리는 소리가 나야 마음이 놓였다. 누군가 사내에서 번호를 두 번 돌리고 빨간 불이 켜지면 나는 "교환실입니다."라고 대답하고 전화를 연결시킨다. 테이블 위에 놓여 있는 내 돈을 세어 보았다. 1마르크 20페니히나 되었다. 나는 전화로 수위를 불렀다.

"보그너입니다. 안녕하세요. 신문 왔어요?"

"아직요. 오면 갖다 드릴게요."

그가 대답했다.

"별일 있었나요?"

"없었습니다."

"그럼, 이따 봅시다."

"그러지요."

8시 30분이면 사무소장 브레스겐 씨가 매일 고위

성직자들의 방에서 인사 보고를 한다. 모든 사람들, 심지어 사제직에서 행정직으로 옮긴 이 건물 내의 신부들까지도 그를 무서워하고 있다. 브레스겐 씨는 한 번도 '천만에요'나 '감사합니다'라는 말을 하는 적이 없다. 그가 전화를 걸어 내게 말할 때는 가벼운 전율이 나를 엄습한다. 매일 아침 8시 30분 정각에 그는 분명히 말한다.

"주교실."

브레스겐 씨의 보고가 들렸다.

"벨트리히, 직크, 카플란, 후헬 씨는 병중이고 카플란 조덴 씨는 지금까지 변명이 없습니다."

"조덴 씨는 어떻게 된 겁니까?"

"모르겠습니다, 주교님."

조덴 씨의 이름이 나올 때면, 내가 종종 듣는 한숨 소리를 방에서 듣는다. 그리고 나서 첫 번째 통화가 끝난 9시경이 되어서야 비로소 맹렬하게 일상적 통화가 쏟아지기 시작한다. 외부로부터 오는 전화, 그리고 내부에서 외부로 가는 통화, 내가 가끔 스위치를 켜고 도청을 하는 장거리 통화에서도 통화의 어휘 수는 거의 150개를 넘지 못한다는 것을 알게 된다. 대부분 사용되는 단어는 '조심'이라는 말이다. 일상적인 대화를 지배하는 이 단어는 계속해서 나타난다.

255

"좌익 신문이 에스에(SE)의 연설을 공박했습니다. 조심하십시오."

"우익 신문은 에스에 연설을 완전히 묵살해 버렸습니다. 조심하세요."

"기독교 신문은 에스에의 연설 내용을 칭찬했습니다. 조심하십시오."

"조덴 씨는 결근입니다. 조심하십시오."

"볼츠 씨가 11시에 접견합니다. 조심하세요."

에스에(SE)란 '자이네 에미넨츠 Seine Eminenz', 즉 주교의 약자이다.

이혼 소송 조정관들은 서로 전문적인 이야기를 할 때는 전화기에 대고 라틴어로 말한다. 한마디도 알아들을 수 없음에도 불구하고 나는 언제나 그들의 말에 귀를 기울인다. 그들의 말투는 아주 진지하면서도 라틴어로 농담을 하며 웃는 것을 들으며 기이한 느낌이 든다. 이 사람들 중에서 나에게 동정을 갖고 있는 사람은 피츠 신부와 제르게 주교뿐이라는 사실도 신기한 일이다. 열한 시에 침머 씨가 주교의 비밀 비서에게 전화를 했다.

"약사들이 몰인정함에 대한 항의가 있었다. 그러니 조심하시오. 히로니무스 행렬을 조소한 것이 아니라면 모독한 것이다. 조심하시오."

5분 후 주교의 비서관이 다시 전화했다.

"각하는 사적인 차원에서 항의를 시작할 것이다. 각하의 사촌이 약사협회 회장이다. 그러나 조심하시오."

"볼츠 씨의 알현은 어떻게 되었나?"

"아직 확실한 것은 모르겠지만 계속해서 조심해야 한다."

침머 신부는 곧바로 바이너 신부를 찾았다.

"이웃 교구에서 여섯 명이 전근된다."

"어떤 사람들인데?"

"두 사람은 4점, 세 사람은 3점, 한 사람은 좋은 것 같아. 후크만 씨인데 귀족 출신이지."

"나도 알아. 훌륭한 가문이지. 어제는 어땠어?"

"끔찍했지. 투쟁이 계속되고 있어."

"어떻게?"

"계속되고 있지. 투쟁은 다시 샐러드에 식초야."

"그렇지만 당신은……."

"몇 달 전부터 명백하게 레몬을 주장해 왔지. 식초는 질색이니까. 명백한 선전포고야."

"당신은 배후에 누구를 예상해?"

"베(W) 씨야."

침머 씨가 말했다.

"베 씨가 확실해. 괴로운 일이지."

"끔찍한 일이군. 거기에 관해선 또 이야기합시다."

"네, 나중에 합시다."

이렇게 해서 나는 틀림없이 식초 방울로 진행될 싸움에 곧 말려들게 될 것이다.

11시 15분에 제르게 씨가 내게로 전화했다.

"보그너 씨."

그가 말했다.

"시내에 좀 다녀올 생각 있나요?"

"자리를 비울 수 없습니다, 신부님."

"30분 간 교대시켜 드리지요. 은행에만 다녀오면 됩니다. 물론 나가고 싶은 생각이 있으시면 말입니다. 가끔 나가고 싶어지는 때도 있으니까요."

"누가 교대를 할 건가요?"

"한케 양입니다. 비서는 지금 자리에 없고 한케 양은 허리가 아파 나갈 수가 없습니다. 생각 있으세요?"

"네."

"아, 됐어요. 한케 양이 가면 바로 올라오세요."

한케 양은 바로 올라왔다. 그녀가 몸을 이상하게 흔들며 내 방에 들어올 때면 나는 언제나 좀 놀란다. 내가 자리를 비워야 할 때는 언제나 그녀와 교대한다. 치과에 가거나 제르게 씨가 기분 전환을 시켜주기 위해 내게 부탁하는 그 일을 하게 될 때면.

258

한케 양은 키가 크고 말랐으며 검은 피부를 갖고 있다. 그녀는 스무 살이 되던 3년 전에 허리를 다쳤다. 나는 그녀의 얼굴을 쳐다보는 걸 싫어하지 않는다. 그녀의 얼굴은 섬세하고 유순해 보인다. 그녀는 보라색 과꽃을 내 방으로 가져와 창가에 있는 화병에 꽂고 손을 내밀었다.

"가보세요."

그녀가 말했다.

"아이들은 어때요?"

"좋아요. 별일 없으니까요."

나는 외투를 입었다.

"보그너 씨!"

그녀는 웃으면서 말했다.

"당신이 술에 취한 걸 본 사람이 있어요. 침머 씨가 말을 끄집어내기 전에 알아두세요."

"고맙습니다."

"술 마시지 마세요."

"알겠습니다."

"그리고 부인은 어떠세요?"

그녀는 조심스럽게 물었다.

나는 외투의 단추를 잠그고 그녀를 쳐다보며 이렇게 말했다.

"전부 얘기해 보세요. 제 아내에 대해서 뭐라고들 해요?"

"또다시 애를 낳을 거라고 하던데요."

"제기랄, 내 아내가 그걸 안 것은 겨우 어제였어요."

"비밀정보기관은 당신 부인에게 직접 들었대요."

"한케 양, 무슨 일이 있었어요?"

그녀는 통화를 받아 연결시키고는 미소를 지으며 나를 쳐다보았다.

"별일은 아니에요. 정말 아니에요. 당신이 술을 마신다는 것, 당신 부인이 임신했다는 것, 그밖에 당신이 오랫동안 부인과 헤어져 있다는 것, 그런 얘기들이에요."

"물론입니다."

"자, 보세요. 저는 당신에게 단지 경고할 힘밖에는 없어요. 침머 씨, 브레스겐 씨, 헤히트 양, 이런 사람들 말예요. 그러나 당신은 회사 안에 친구도 있지요. 적보다는 친구가 더 많아요."

"그렇게 생각하지 않아요."

"그래요. 특히 신부님들은 대개는 당신을 좋아하고 있어요."

그녀는 다시 미소를 지으며 말했다.

"타입이 비슷한 모양이지요. 그리고 당신만 주정꾼

은 아니잖아요."

나는 웃으며 말했다.

"한 가지만 더 말해주세요. 침머 씨를 식초 방울로 서서히 살해하는 사람이 누굽니까?"

"그걸 모르세요?"

그녀는 놀라는 표정으로 나를 쳐다보며 물었다.

"정말 모릅니다."

"맙소사. 교구의 절반이 그것 때문에 웃고 있는데 그 소문의 중심에 앉아 있는 당신이 그것을 모르다니요. 이런 거지요. 부프 씨, 부프 수도원장은 누이가 있는데 그녀는 <성모의 청색 외투> 수도원장의 요리장이래요. 더 얘기해야 돼요?"

"더 얘기해 보세요. 난 무슨 뜻인지 전혀 못 알아듣겠어요."

"침머 씨는 부프 씨가 주교가 되는 걸 방해했어요. 거기에 대한 반발로 침머 씨가 나타나기만 하면 <성모의 청색 외투> 수도원 부엌에서는 어디 숨겨진 귀퉁이에서 50페니히짜리 값싼 식초병이 사용된대요. 이제 가보세요. 제르게 씨가 기다리겠어요."

나는 그녀에게 고개를 끄덕이고 나갔다. 한케 양과 얘기를 할 때마다 이상하게도 마음이 가벼워진다. 그녀는 어떤 어려운 일이라도 받아들이는 재능을 가지

261

고 있다. 심지어는 가장 나쁜 험담까지도 그녀에게 있어서는 사교의 유희가 되고 만다.

제르게 씨의 방으로 가는 흰색 통로 벽에는 바로크 조각들이 벽에 붙어 있다. 제르게 씨는 책상 앞에 앉아 손으로 머리를 받치고 있었다. 그는 나보다 몇 살 아래인 아직 젊은 나이인데 결혼법에 권위가 있었다.

"안녕하세요, 보그너 씨?"

"안녕하세요?"

나도 대답을 하면서 그에게로 갔다.

그가 내게 손을 내밀었다. 그는 내가 돈을 꾼 다음날 나를 만나도 돈에 대한 건 잊어버렸다는 느낌이 들게 하는 특별한 재능을 지니고 있다. 아마 그는 정말로 내게 돈을 빌려준 사실을 잊어버렸는지도 모른다. 그의 방은 파손되지 않은 몇 개 되지 않는 방 중의 하나다.

구석에 있는 바로크식 파이안스 난로는 그 방에서 가장 볼 만한 것이다.

미술기념물 안내 소책자에는, 제후가 겨울에는 조그만 성에 머물렀기 때문에 거의 사용되지 않는 것이 난로라고 쓰여져 있는 것이 특징이다. 제르게 씨는 대체 수표 몇 장과 현금이 들어 있는 편지 봉투를 내게 내밀었다.

"62마르크입니다."

그가 말했다.

"그리고 80페니히지요. 이 수표와 현금을 우리 구좌에 넣어 주십시오. 구좌 번호는 아시지요?"

"알고 있어요."

"이 일에서 벗어나게 되어 기쁩니다. 다행히 비치 씨가 모레 돌아올 겁니다. 그러면 나는 일을 다 맡길 수 있습니다."

그는 매우 온화하고 큰 눈으로 나를 쳐다보았다. 그리고 나는 그가 내 결혼생활에 대해 이야기해 주기를 기다리고 있다는 것을 느꼈다. 사실 그는 나에게 충고를 해줄 수 있는 사람일지도 모른다. 한편으로는 내 개인적인 사생활이 그에게 흥미를 주는 것인지도 모른다. 그의 얼굴에서 착한 표정과 지혜로움을 보았다. 그와 얘기해 보고 싶지만 그렇게 하지를 못한다. 때때로 나는 더러운 신부와 얘기를 하고 그에게 고해하게 되리라는 생각이 들 때가 있다.

또한 어떤 사람이 청결하고 청결을 사랑한다면 그건 전혀 그 사람의 잘못이 아니라는 걸 알고 있다. 때문에 나는 내가 느끼는 착한 제르게 씨의 청결함을 탓하지 않는다. 그럼에도 불구하고 그의 흰 칼라, 보랏빛 가장자리를 가운 밖으로 내보인 차림새는 그와의 대화를 가로막는다.

나는 외투 안주머니에다 돈과 수표를 집어넣고 끊임없이 나를 응시하는 것 같은 그의 유순하고 커다란 눈동자를 다시 한 번 쳐다보았다. 그가 나를 도와주고 싶어한다는 것, 모든 것을 알고 있다는 것, 자기 스스로는 결코 이야기를 꺼내지 않으리라는 걸 자신도 알고 있다는 것, 이런 것들을 나는 느꼈다. 나는 그가 미소를 지을 때까지 그의 시선을 가만히 견디고 있다가, 오래 전부터 한 번은 신부에게 물어보고 싶어했던 질문을 갑자기 꺼냈다.

"신부님, 죽은 사람이 부활한다는 걸 믿으세요?"

나는 그의 아름답고 깨끗한 얼굴을 자세히 쳐다보았다. 그의 눈동자에서 그의 얼굴이 변하지 않음을 확인했다.

"네."

그는 조용히 대답했다.

"그리고 당신은……?"

나는 계속해서 물어보려고 했다. 그러나 그는 내 말을 막고 손을 쳐들며 조용히 말했다.

"다 믿습니다. 당신이 물어보고 싶은 모든 것을. 그렇지 않으면 나는 즉시 이 옷을 벗어 버리고 이혼 변호사가 될 것이고 모든 것을 여기에 그대로 둘 것입

264

니다."

그는 책상 위에 있는 커다란 서류뭉치를 가리키며 말했다.

"나는 이 서류뭉치를 다 태워 버릴 것입니다. 왜냐하면 이 서류들은 나와 같은 것을 믿으며 괴로워하는 사람들에게는 불필요한 것이기 때문입니다."

"죄송합니다."

내가 말했다.

"아, 천만에요. 내가 당신에게 물어볼 권리를 갖기 이전에 당신이 나에게 물을 권리가 있습니다."

"아니오, 물어보지 마세요."

"예, 물어보지 않겠습니다. 그러나 어느 날 당신은 입을 열 것입니다. 그렇지요?"

"네, 언젠가는 얘기할 거예요."

나는 수위에게서 신문을 받아들고, 입구에서 돈을 다시 한 번 세어본 뒤 천천히 시내로 걸어갔다. 나는 많은 것을 생각했다. 아이들, 케테, 그리고 제르게 씨와 한케 양이 이야기한 모든 것을. 그들이 모두 옳고 내 생각만 잘못된 것이다. 그러나 그들 중 누구도, 케테까지도, 내가 얼마나 아이들과 케테를 보고 싶어하는지를 모르고 있었다.

그러자 내가 옳고 다른 사람들이 틀렸다고 생각되

는 순간이 있었다. 왜냐하면 그들 모두는 얘기하는 것을 아주 잘 이해하지만 나는 전혀 말을 할 줄 모르기 때문이었다. 나는 커피를 한 잔 마시며 신문을 읽을까 하고 생각해 보았다.

누군가가 바나나를 사라고 큰 소리로 외치고 있었다. 나는 본네베르크의 진열장 앞에 멈춰 서서 추동복 외투와 나에게 늘 공포감을 불러일으키는 마네킹들의 얼굴을 쳐다보았다. 나는 외투 안주머니에 있는 수표를 세어보고 현금이 든 편지봉투를 확인했다. 그때 갑자기 내 시선이 본네베르크 진열장을 갈라놓고 있는 통로에 가 닿았다. 나는 어떤 여인을 보았다. 그 여인의 눈초리는 내 마음을 움직이고 동시에 흥분을 불러일으켰다. 그 여자는 젊지는 않았으나 아름다웠다.

나는 그녀의 다리와 녹색 스커트, 다 떨어진 갈색 재킷, 녹색 모자, 그리고 무엇보다도 부드러우면서 서글픈 옆모습을 보았다. 그러자 순간 내 심장은 멈췄다. 나는 두 유리벽 사이에서 그녀를 보았다. 나는 그녀가 옷을 쳐다보면서도 동시에 어떤 다른 걸 생각하고 있음을 보았다. 내 심장이 다시 뛰기 시작했고, 나는 계속해서 이 여인의 옆모습을 바라보았다. 갑자기 나는 그녀가 케테임을 알았다. 다시 그녀는 나에게 낯설게 다가왔고, 얼마 동안 의심스러운 생각이 들었다.

내 마음은 뜨거워졌고 미칠 것 같은 생각이 들었다. 그러나 그녀는 계속 발걸음을 옮겼고, 나는 서서히 그녀의 뒤를 따랐다. 유리벽이 없는 곳에서 그녀를 보았을 때 나는 그녀가 정말로 케테임을 알았다.

그녀는 케테였다. 그러나 내가 기억하고 있는 케테와는 아주 달랐다. 그녀를 따라 거리를 걷고 있는 동안 그녀가 계속 나에게 낯설면서도 친한 사람으로 보였다. 어제 밤새도록 함께 있었고 15년 간 결혼생활을 해온 내 아내였다.

'내가 정말로 미쳐가는군'

나는 생각했다. 나는 케테가 가게로 들어가는 걸 보고 깜짝 놀랐다. 나는 어떤 야채 손수레 옆에 서서 가게 입구를 주시했다. 바로 내 뒤에서 '캐비지 사세요. 캐비지요. 두 개에 1마르크입니다.'라고 소리치는 야채장수의 목소리가 마치 먼 지옥에서 들려오는 것만 같았다. 나는 많은 것을 생각하고 있었으나 무엇을 생각하고 있는지 알 수가 없었다. 터무니없는 생각이었음에도 불구하고 나는 케테가 다시는 가게에서 나오지 않을 것 같은 두려움에 사로잡혔다.

나는 입구 쪽을 쳐다보면서 커피 잔을 흰 이에 대고 빙글거리는 종이로 만든 자바인 얼굴을 바라보았다.

"캐비지 사세요, 캐비지. 두 개에 1마르크입니다."

267

소리치는 야채장수의 목소리가 먼 지옥에서 들려오는 것 같았다. 나는 많은 것을 생각하고 있었으나 무엇을 생각하고 있는지 알 수가 없었다. 케테가 다시 가게에서 나왔을 때 나는 깜짝 놀랐다. 그녀는 재빨리 녹색거리로 걸어갔다. 갑자기 그녀를 잃어버리자 나는 겁이 났다. 그러나 그녀는 장난감가게 유리진열장 앞에 섰다. 나는 다시 그녀의 슬픈 옆모습을 볼 수 있었다. 그렇게 오랜 세월 동안 밤마다 내 곁에 누워 있었고 4시간 전에도 보았지만 지금은 알아볼 수 없는 그녀의 모습을 보았다.

그녀가 몸을 돌렸을 때 나는 재빨리 야채장수 뒤로 숨어 그녀에게 들키지 않고 계속 그녀를 볼 수 있다. 그녀는 시장바구니 속을 들여다보더니만 쪽지를 꺼내 꼼꼼히 훑어보았다. 내 옆에서 한 남자가 큰 소리로 외쳐댔다.

"여러분, 50년 동안 면도를 한다고 생각해 보세요. 여러분의 피부는……."

그러나 케테는 무심하게 발걸음을 옮겼고 나는 그 남자의 목소리를 끝까지 들을 수가 없었다. 나는 내 아내를 따라 그녀 뒤에서 40보쯤 거리를 두고 빌도너 광장에서 교차하는 전찻길을 건너갔다. 케테는 한 꽃장수 앞에서 발걸음을 멈췄다. 나는 그녀의 손을 자세히 보았다. 이 세상에 있는 그 어떤 손보다 내게 밀접히 연결되어 있는 손이다. 나는 끊임없이 손을 잡고 10년 동안 함께 잠을 잤을 뿐만 아니라 먹고 이야기하곤 했다. 그리고 함께 잠을 자는 것보다 더욱더 깊이 사람들을 결합시켜 주는 그 무엇이 그 손과 나를 연결시켜 주었다. 즉, 우리가 서로 손을 맞잡고 기도했던 시간이었다.

그녀는 크고 노란, 그리고 흰 빛깔의 마가렛을 샀다. 그녀는 천천히, 아주 천천히 걸어갔다. 조금 전에는 그렇게 빨리 걷던 그녀다. 나는 그녀가 생각한 것이 무엇인지 안다. 그녀는 항상 말했다.

"나는 우리 아이들이 한 번도 놀아본 적이 없는 풀밭 위에서 자라는 꽃을 사곤 해요."

우리는 계속해서 걸어가면서 아이들을 생각하고 있다. 난 그녀에게 다가가 말을 건넬 용기가 없었다. 나를 둘러싸고 있는 소음을 거의 들을 수 없었다. 마이크에 대고 외치는 한 아나운서의 소리가 아주 먼 곳에서 부드럽게 내 귓속을 울렸다.

"자 여러분, 약품 전시회에 가는 특별 열차가 출발합니다. 여러분, 특별 열차입니다……."

나는 케테의 뒤를 따라 회색 물결을 통과하듯 헤엄쳐 나가면서 더 이상 내 심장의 고동을 느낄 수가 없었다. 케테가 수도원 교회 안으로 들어가고 검은색 가죽으로 포장된 문이 그녀 뒤에서 닫혔을 때 나는 또다시 깜짝 놀랐다.

내가 수위실을 지나 사무실을 나왔을 때 피워 물었던 담배가 벌써 다 타 버렸음을 비로소 알았다. 담배를 던져 버리고 교회 문을 열자 오르간 변조음이 울렸다. 좌석이 있는 곳을 지나 의자에 되돌아와서 앉아 기다렸다. 나는 오랫동안 기다리며 케테가 버스를 탈 때의 아침이 어떠했는지를 상상해 보려고 애썼다. 그러나 아무것도 상상할 수가 없었다. 나는 강물 속으로 끝없이 허우적거리며 빠져 들어가는 것 같은 기분을 느꼈고 내가 본 유일한 것이라곤 케테가 나올 것 같은 검은 교회문뿐이었다.

정말 그녀가 나왔을 때는 알아보지 못했다. 그녀는 더 빨리 걸어갔고 줄기가 긴 커다란 꽃들을 바구니 위에 올려놓고 있었다. 그녀가 재빨리 빌도너 광장을 지나 녹색 보도로 되돌아갔을 때 나는 그녀와 보조를 맞추기 위해 서둘러야 했다. 그녀의 발걸음에 맞추어 꽃들은 흔들거렸고 내 심장이 두근거리는 소리로 가득 찬 동안 내 손에는 땀이 나며 걸음은 약간 비틀거렸다.

그녀는 본네베르크의 진열장 앞에서 멈춰 섰고 나

는 방금 전에 내가 서 있던 곳에 그녀가 서 있는 것을 볼 수 있었다. 부드럽고 서글픈 그녀의 옆모습이 보였고 그녀가 남자의 추동복 코트를 살펴보는 것을 관찰했다. 본네베르크 상점의 커다란 흔들문이 열릴 때마다 안으로부터 확성기 소리가 흘러나왔다.

"코트요? 본네베르크에서 사세요. 모자요? 본네베르크에서 사세요. 화장품요? 본네베르크에서 사세요. 코트든, 재킷이든, 모자든 본네베르크에서는 모든 것이 다 좋습니다."

케테는 몸을 돌려 거리를 가로질러 레몬에이드 가게 앞에 섰다. 그녀가 카운터 위로 돈을 내밀고 거스름돈을 받아 지갑에 넣는 동안, 나는 다시금 그녀의 조그만 손을 바라보았다. 내가 알고 있는 이 조그만 동작은 지금 내 마음에 심한 고통을 불러일으켰다. 그녀는 잔에 레몬에이드를 따라 마셨고 안에서는 또 큰 소리가 울려나왔다.

"코트요? 본네베르크입니다. 모자요? 본네베르크입니다. 코트나, 재킷이나, 모자나 다 본네베르크의 물건이 최고입니다."

그녀는 서서히 레몬에이드 병과 잔을 돌려주고 오른손에 꽃을 들었다. 나는 다시 그녀가 걸어가는 것을 보았다. 알아보지도 못하면서 수없이 껴안은 내 아내. 그녀는 빨리 걸으면서도 불안스럽게 보였고 자꾸 뒤를 돌아보았다. 그럴 때마다 나는 허리를 굽혀 몸을 숨겼다. 그녀의 모자가 잠깐이라도 보이지 않게 되면 마음이 아팠다. 그녀가 게르스텐 가의 12번 정류장에 멈췄을 때 나는 재빨리 정거장 맞은편에 있는 술집 안으로 뛰어들어갔다.

"화주 한 잔 주세요."

나는 주인의 둥글고 붉은 얼굴을 향해 소리쳤다.

"큰 걸로요?"

"네."

나는 대답하면서 바깥에서 12번 버스가 도착하고 케테가 타는 모습을 보았다.

"건배."

주인이 말했다.

"감사합니다."

나는 그렇게 말하면서 대번에 꿀꺽 마셨다.

"한 잔 더 드릴까요?"

주인이 나를 쳐다보며 말했다.

"아니오. 감사합니다. 얼마이지요?"

"80페니히입니다."

나는 그에게 1마르크를 내주었다. 그는 여전히 나를 찬찬히 살펴보며 내 손에 동전 두 개를 세어 주었다.

나는 밖으로 나왔다. 어디로 가는지도 모르면서 게르스텐 거리에서 몰트케 광장을 지나 천천히 사무실로 가는 길로 다시 접어들었다. 흰 칠을 한 통로의 수위실을 지나고 바로크 조각들을 지나 제르게 씨의 방문을 노크하고 안에서 아무런 대답이 없자 안으로 들어갔다. 제르게 씨의 책상 옆에 아주 오랫동안 앉아 있으면서 서류뭉치를 쳐다보았고, 전화벨이 울리는 소리를 들었지만, 그녀는 내버려뒀다. 복도에서 웃음소리가 들렸다. 다시 전화가 요란하게 울렸다. 그때 뒤에서 제르게 씨가 내게 말했을 때 제정신이 들었다.

"아니, 보그너 씨. 벌써 돌아왔습니까? 어떻게 이렇게 빨리?"

"빨리요?"

나는 돌아보지도 않고 대답했다.

"네."

그는 웃으며 대답했다.

"거의 20분도 안 걸렸는데요."

그는 내 앞에 서서 나를 쳐다보았다. 그의 얼굴을 보았을 때에야 비로소 나는 무슨 일인지를 알았다. 이제 모든 것을 알 수 있었다. 그는 무슨 사고가 난 것이라고 생각하고 있었다. 그의 표정에서 나는 그것을 읽을 수 있었다.

"보그너 씨."

그가 조용히 말했다.

"어디가 아픈가요, 아니면 술을 드셨습니까?"

나는 주머니에서 수표와 현금이 든 봉투를 꺼내 전부 제르게 씨에게 내주었다. 그는 그걸 보지도 않고 책상 위에 놓았다.

"보그너 씨."

그가 낮은 목소리로 말했다.

"무슨 일이 있었는지 말씀해 보세요."

"아무것도, 아무 일도 없었습니다."

"어디 편찮으세요?"

"아뇨, 무슨 생각을 하고 있었을 뿐이에요. 무슨 생각이 났거든요."

제르게 씨의 깨끗한 얼굴 뒤에서 다시 한 번 모든 것을 보았다. 나의 아내인 케테의 얼굴을 보았고 누군가가 소리치는 소리를 들었다.

"코트요?"

다시 케테의 얼굴, 녹색 보도, 케테의 다 떨어진 갈색 재킷을 보았다. 누군가가 약품전시회로 가는 특별 열차 <하(H)> 호를 외치는 소리를 들었다. 검은 교회 문, 내 아이들의 무덤에 쓰일 긴 줄기의 노란 마가렛을 보았다.

"캐비지 사세요!"

누군가가 외쳤다. 나는 모든 것을 보고 들었다. 제르게 씨의 얼굴을 통해서 케테의 서글프고 부드러운 옆모습을 보았다. 그가 내 앞에서 떠나 버리자 한 번도 사용해 본 일이 없는 파이안스 난로 위의 흰 벽에 걸린 커피 잔을 입에다 댄 종이로 만든 자바 인의 모습을 보았다.

"차를 불러주세요."

제르게 씨가 전화에 대고 소리쳤다.

"즉시 차 한 대를 불러주세요."

그제야 다시 그의 얼굴을 보았고, 손에 있는 돈의 감촉을 느꼈다. 손바닥에서 반짝거리는 5마르크짜리 동전을 보았다.

제르게 씨가 말했다.

"댁으로 가셔야 합니다."

"네, 집으로 가야지요."

나는 말했다.

폐허 속에서 찾아낸 인간애

하인리히 뵐은 그의 소설 《여인과 군상 Gruppenbild mit Dame》으로 1972년 노벨문학상을 수상함으로써 우리나라에 잘 알려진 작가이다. 1917년 제1차 세계대전의 와중에 태어나 제2차 세계대전에 참전, 20대 청년기의 6년 간을 전쟁터에서 보낸 경험은 그의 작품세계에 많은 영향을 주었다. 그는 초기 작품에서부터 줄곧 독일인으로서 체험한 전쟁을 정직하게 서술하였으며 전쟁의 공포와 무의미, 그리고 귀환병의 눈에 비친 도시의 폐허들을 세밀하게 그려냈다.

그는 1951년 유머 소설 《검은 양들 Die schwarzen Schafe》로 47그룹상을 받음으로써 독일 문단에 비로소 알려졌다. 같은 해에 한 병사의 비극적인 사랑의 이야기를 주 테마로 한 《아담, 너는 어디에 있었느냐 Wo warst du, Adam?》의 출판과 더불어 체험적 전쟁작가로서 전쟁의 무의미함과 어리석음을 간결한 문체로 소박하게 표현함으로써 문학적 재능을 과시하였다.

이러한 문학 활동에 힘입어 그는 언제나 용기 있게 약자의 편에 서서 그들을 대변하는 양심적인 작가로서의 입지를 굳혀갔다.

뵐은 작품에서 언어를 통해 무력한 사람들에게 애정을 보여주었고, 실생활에서는 불의와 타협하거나 매수되거나 굴복하지 않았다. 그는 위험을 무릅쓰고 필요한 경우에는 날카롭고도 큰 목소리를 내면서 박애정신을 발휘하여 어떤 난관에도 좌절하지 않고 자신의 양심대로 인간성 회복에 앞장섰던 것이다.

뵐의 첫 장편소설 《그리고 아무 말도 하지 않았다 Und sagte kein einziges Wort》는 제2차 세계대전 후에 프레드 보그너 Fred Bogner와 케테 보그너 Käte Bogner 부부가 겪는 어려운 부부생활, 즉 주거의 곤란과 생활비 부족에 대해 다루고 있다.

1. 보그너(Fred Bogner) 가족 이야기

《그리고 아무 말도 하지 않았다》의 보그너(Fred Bogner) 가족 이야기는 전후를 살아온 평범한 한 가정의 불행을 담담하게 보여준다. 뵐은 그 원인을 물질적 빈곤과 이웃의 몰인정에서 찾아내고 있다. 남편과 아내가 번갈아가며 등장하는 1인칭 서술을 통해 전쟁

직후의 그들의 사랑과 결혼생활이 회상되며, 현재의 고통이 표출된다. 보그너 가족의 결정적인 문제점은 그들이 가난하다는 것이다. 가난은 인간의 기본적 존엄성을 지켜줄 수가 없다. 돈은 사회 속의 개인이 인간답게 살 수 있는 기본 조건으로 보여진다. 돈은 보그너 가족에게는 인간관계의 모든 것이다. 돈은 우정의 척도이다. 왜냐하면 프레드는 친구를 평가할 때, 그 친구가 얼마 간의 잔돈이나마 빌려주는가 아닌가로 결정하기 때문이다.

돈이 필요한 사람에게 돈을 (빌려)주는 것—이것은 뵐이 열심히 되뇌이던 자비의 일곱 가지 덕행의 변형이다. 배고픈 사람에게 먹을 것을 주고…… 돈이 필요한 사람에게는 돈을 줄 수가 있어야 한다는 것이다.

2. 보그너 가족의 주거문제

보그너 가족이 반쯤 해체된 상태에 놓인 원인은 바로 주거문제이다. 그들에게 '살만한(bewohnbar)' 공간이 없다는 것이 바로 불행의 원인이었다. 그런데 더욱 심각한 문제는 프레드의 일자리가 있다는 점이다. 그는 직업에 열광하지는 않고, 또 유능한 편도 아니기 때문에 약종상, 사진사, 도서관 직원, 벽지공장, 운송업, 전화교환수 등으로 수차례나 직업을 바꾸었다 해도 현재 그는 일정한 직업이 있다. 더구나 개인으로 과외지도를 하고 있다. 그런데도 불구하고 그는 세 아이와 아내를 부양할 돈을 벌지 못한다.

정상적인 근무만으로는 가족의 생계를 부양할 수 없다는 논리는 가난이 사회적 구조에 책임이 있음을 지적하는 것이다. 이 지적은 뵐의 창작적 환상에서 나온 것이 결코 아니다. 실제로 전후의 빈곤기를 겪은 그의 체험은 우연히 발견된 메모장에서 정확히 확인되었다. 당시 뵐의 아내는 영어교사였고, 생계를 담당하는 편이 바로 아내였다고 한다. 낡은 물가계산서가 보여준 것은 당시 2파운드의 밀가루와 반 파운드의 버터가 325마르크로 교사의 한 달 월급이었다.

그렇게 되면 한 달을 살기 위해 여교사는 20개월을 일해야 하겠지만 한 달은 한 달이 아닌가? 이러한 구체적인 증거들은 프레드가 직장인이면서도 말할 수 없이 가난했다는 이야기의 신빙성을 강화해 준다. 정상적인 방법으로 사회구조에 대처하는 선량한 인간들에게는 미래란 없다는 것이 뵐의 주장이었다.

그들은 '가난의 먼지'를 마시며 '가난의 숨소리'를 듣는다. 이러한 상황은 개선될 희망을 보이지 않는다. 유능하지 못한 보통사람의 생은 그 외면적 양상에 있어서 회복될 전망이 없다.

단칸방에서 살아야 하는 그들의 주거문제는 보그너 부부가 게으르고 태평해서가 절대 아니다. 프레드는 직장을 다니고 있고 과외지도까지 하면서 노력을 한다. 술이 좀 과한 편이 흠일 따름이다. 그러나 주위 가톨릭 교우 사회는 이들을 냉대한다. 프레드의 주벽뿐 아니라 아내가 '네 번째' 아이를 임신한 것도 멸시의 대상이 된다. 가톨릭 집행부와 좋은 유대를 가진 쪽은 이권을 얻지만, 프레드는 그렇지 못하다. 보그너 가족이 내놓고 이사하게 될 뻔한 방은 프랑케부인의 다섯 번째 방이 될 것이기 때문에, 그 방을 사양한 프랑케부인의 결정은 "자신의 손해를 무릅쓴" 것으로서, 그녀야말로 "나무랄 바 없는, 사리사욕이 없는 부인이라는 평판을 누리는 것이다. 그 대가는 보그너 가족의 해체로 나타난다.

3. 가톨릭 성직자의 침묵과 교회 기피

가출한 프레드가 겪는 주택문제의 체험은 더욱 비참하다. 대합실이나 친지에게 기식하는 그는 "석 달간이나 계속 비어 있는 집, 영국사람의 집인데 아무튼 장군인가 갱 두목인가 그 둘인가 하는 사람의 집, 열세 개의 방이 있는 집"의 수위를 알아서 신세를 진다. "정직하게 말해도 우리 방보다 2제곱미터쯤은 넓을 개집"을 생각하면, 그리고 비어 있는 열세 개의 방 생각이 떠오르면 프레드는 술을 마시지 않을 수 없다. 그러나 그가 술을 마시기 때문에 가톨릭 사회에서 경원시되어 집을 구할 수 없게 된다는 악순환이다.

이 불공평한 주거 분배에 가톨릭 성직자는 침묵 정도가 아니라 동조한다고 고발한다. 열세 개의 방을 소유한 "갱 두목"의 거창한 독서실에 묘하게도 신부만은 무상출입이다. 프랑케 부인의 사업과 관계되는 것으로 보이는 면담실 출입의 신부는 "탕아가 될 뻔했을 사람의 목소리"로 떠들며 위원회의 부인네들과 야비한 농담을 즐긴다. 똑같은 목소리로 제단 위에서 들을 수가 없기 때문에 아내 케테는 교회를 기피한다.

"제일 값나가는 것, 하느님과 장사를 하는" 프랑케 부인이 열심히 성체를 먹는다는 생각을 하면, 그러기에 그녀가 점점 더 가혹해지는 것을 생각하면, 케테는 미사를 가는 일에 두려움을 느낀다. 이 교회 기피는 필연적으로 가톨릭 사회에서의 소외를 초래한다.

남편 프레드 또한 교회의 행렬을 앞서가는 주교의 걸음걸이에서 "영주 같은 걸음걸이"를 보며 서글퍼진다. 그는 주교에게 어울리는 형용사를 찾아 고심하다가 외친다. "주교는 어리석었다." 프레드는 무신론자도 불가지론자도 아니지만, 점차 죽음의 부활을 의심하기 시작한다. 기독신앙의 중심교리가 흔들린 것은 오직 주교로 인해서 발생한 의혹 때문이다.

이 어리석은 주교나 탕아 같은 신부를 통해서 얻을 수 없던 종교적 감동을 케테는 흑인영가의 쉰 목소리는 통해서 듣는다. 그리고 아무 말도 하지 않았다.

이제 교회가 하는 일은 다시 새 생활에의 순응을 위한 촉구이다. 물탄 듯이 희석된 신앙에 대한 인식은 그 희석된 신앙 속에 섞여 들어간 미사여구를 선전광고처럼 느끼게 한다. 프레드는 광고의 홍수를 보기를 지옥의 불길처럼 느낄 수밖에 없다. 피임약 선전에 열을 올리는 광고며, 그에 따른 사회적 권유를 묵살하는 '네 번째' 아이를 가진 케테 역시 부적응자이다. 사회의 지탄의 눈길이 탐탁치 못한 부부에게 쏠리는 동안, 그들은 기구화한 교회를 점점 이탈한다.

4. 프레드의 귀가와 소녀의 역할

사회주의 비평가 베른하르트(Hans B. Bernhard)는 뵐의 1960년대까지의 거의 전 작품을 총괄하여 해석하면서 보그녀 부부의 부적응과 직업적 무능을 자본주의 사회에 대한 개인적이며 도덕적 저항의 표시라고 보았다. 그러나 이 작품《그리고 아무 말도 하지 않았다》에서의 뵐은 아직은 사회적 저항의 시도가 없었다고 보고자 했다. 왜냐하면 가난이 사회적 책임이라는 시각을 분명히 제시하긴 했지만, 프레드는 사회적 환경의 개선 가능성이 없는 채 집으로 돌아오기 때문이다. 그것도 아내에 대한 사랑의 재발견이 그의 돌연한 귀가를 결정하고 있다. 따라서 이들의 구원은 정신적 또는 주관적 측면의 구원이며 사회적 저항이나 문제 해결과는 별다른 관계가 없다.

프레드를 돌아오게 하는 천사는 아주 왜소하고 누추한 간이음식점 소녀로 현신해 있다. 소녀는 상이군인 아버지와 정신박약의 동생을 진심으로 사랑하고 보살핀다. 지치고 우울한 보그너 부부 사이에 들어온 소녀는 "빛을 발하는 현존"으로 이들과 대조된다.

소녀의 기능은 합리적 중재가 아닌 무한한 인간성의 방사라고 간주된다. 보그너 부부는 소녀가 지닌 인간성의 따뜻한 분위기에 부딪쳐 얼어붙은 듯한 소외감을 털어 낼 수 있게 된다. 소녀는 그 둘을 위해 뜨거운 커피와 빵을 판 일 외에는 아무 행동도 하지 않았지만, 그녀의 자연발생적인 인간애가 어른들에게 자성의 계기를 준다. 남편 프레드는 가족을 망각한 죄인이지만, 그는 마치 탕아가 돌아와야 하듯 돌아왔다. 이 부분은 인위적 도식 같은 무리가 없지는 않지만 뵐이 인간의 사랑은 언제나 구원의 힘을 지니고 있음을 보여주고 있다는 해석에는 반론의 여지가 없다. 더구나 이러한 위안은 전쟁 소설 이래 뵐의 전 작품을 흐르는 저류임은 새삼 일컬을 필요가 없다. 다만 이 구원의 기능은 전쟁 소설에서는 죽음과 영생이라는 도피적 상황에서 였다고 할 때, 여기서는 현세에서의 긍정적 귀결을 모색하고 있다.

와해된 가정 이야기를 중심으로 전쟁과 전후 경제기적에 수반된 비인간성에 대한 경고를 담고 있는 이 소설은 사회비판문학으로 단순히 취급될 수 없다. 이는 사랑과 신앙으로 결합되어 있는 프레드와 케테, 타락한 종교에 대한 신뢰의 회복의 가능성을 전해주는 순수한 간이음식점의 소녀, 약한 인간으로서 성직자의 직분에 충실하고자 고뇌하는 사제 등이 황무지 상태의 전후 사회에서 상실된 인간성의 회복의 가능성을 제시하고 있기 때문이다. 바로 이런 점에서 《그리고 아무 말도 하지 않았다》는 예술성과 의미를 지닌 뵐의 대표작에 속하며 세인의 주목을 끌고 있는 것이다.

하인리히 뵐(Heinrich Böll 1917. 12. 21~1985. 7. 16)

1917년 12월 21일	목공예가인 아버지 빅토르 뵐과 어머니 마리아 헤르만스 사이의 여섯째 아들로 퀼른에서 태어나다.
1937년	고등학교를 졸업한 후 국가시험에 합격하고, 본에 있는 고서적상에서 출판사 직원 직업 훈련을 받다.
1939년	퀼른 대학에 입학하여 독문학을 전공하였으나 곧 육군 보병으로 입대하여 1945년까지 무려 네 번이나 부상을 당하고 미군의 포로가 되다.
1942년	안네마리 체크와 결혼하다.
1945년	종전과 더불어 포로생활에서 풀려나 퀼른으로 귀환, 독문학을 전공하면서 가구상(家具商)의 조수로 근무하다.
1948년	아들 르네 출생하다. 르네는 후에 화가이자 라무브 출판사 설립자가 되다.
1949년	미델하우베 출판사에서 첫 번째 소설《열차는 정시에 발차하였다 Der Zug war pünktlich》로 문단에 데뷔하다. 이 처녀작으로 일대 선풍을 일으키다.
1950년	1950년아들 빈센트 출생하다. 빈센트는 후에 건축

예술가가 되다.

1951년   장편《아담, 너는 어디에 있었느냐 Wo warst du, Adam?》와 유머 소설《검은 양 Die schwarzen Schafe》으로 47그룹 문학상을 받다.

1953년   장편《그리고 아무 말도 하지 않았다 Und sagte kein einziges Wort》, 방송극《성자와 도둑 Mönch und Räuber》을 발표하다. 문학비평가상과 독일산 업체연맹의 문화명예상 및 남독일 방송국의 소설가상을 받다.

1954년   《주인 없는 집 Haus ohne Hünter》을 출판하다. 헤센주 예술원 회원이 되다.

1955년   《지난 시절의 빵 Das Brot der frühen Jahre》을 출판하다.

1957년   《말발굽 진동하는 계곡에서》를 출판하다.

1958년   《무르케 박사의 침묵 수첩 Doktor Murkes gesammeltes Schweigen》을 출판하다.

1959년   장편《아홉 시 반의 당구 Billard um halb zehn》와《칼을 먹고 사는 사나이 Der Mann mit den Messern》,《침프렌 역 Der Bahnhof von Zimpren》을 출판하여 부퍼탈 시 문화상을 받다.

1962년   첫 번째 희곡《한줌의 땅 Ein Schluck Erde》이 뒤셀도르프에서 초연되다.《전쟁이 일어났을 때 Als der Krieg ausbrach》와《전쟁이 끝났을 때 Als der Krieg zu Ende war》를 발표하다.

1963년   장편《어느 어릿광대의 고백 Ansichten eines Clowns》이 발간되어 가톨릭 측으로부터 심한 비판을 받다. 이 작품은 기독교를 기초로 하여 기존의 사회와 정치제도에 반대하려는 의도로 구성한 것이며, 어릿광대 한스 슈니어는 미로 같은 사회에서 길을 잃고 공식적인 기독교를 거부한다는 내용이다.

1964년   《부대와의 거리 Enthernung von der Truppe》와 1966년《운전임무의 끝 Ende einer Dienstfahrt》을 발표하다. 뵐의 반전과 반군국주의 이념을 대표하는 작품이다.

1970년
4월   서독 펜클럽 회장에 선출되다. 7월《여인과 군상 Gruppenbild mit Dame》을 출판하다. 이 작품은 노벨문학상 수상의 직접적인 계기가 된다.

1971년
9월   더블린의 국제펜클럽 회합에서 국제펜클럽 회장에 선출되다.

1972년   노벨문학상을 수상하다.

1974년   《카타리나 블룸의 잃어버린 명예 Die verlorene Ehre der Katharina Blum》또는《폭력은 어떻게 생기며 또한 어디로 가는가?》를 출판하다. 이 소설에서 신문과 가졌던 자신의 경험을 토대로 매스컴 시대의 병폐를 고발하다.

1978년   뵐의 문학전집 처음 5권(1947~1977)이 출간되다.

1978년   뵐 전집의 나머지 5권(수필, 희곡, 인터뷰, 라디오 드라마, 시나리오, 시 등을 수록)이 출간되다.

1979년   안보의 여러 가지 견해를 테마로 삼은 소설 《걱정스러운 집》이 발간되다. 에콰도르를 여행하다.

1981년   <책과 얽힌 이야기>라는 부제를 달고 있는 자전소설 《소년은 대체 무엇이 되겠는가? Was soll aus dem Jungen bloss werden? oder, Irgendwas mit Büchern》가 출간된다. 평화와 무기감축을 위한 크레펠트 호소와 유럽 작가들의 중성자탄과 무기 증산을 반대하는 호소를 지원하다. 10월 10일, 본에서 평화를 위한 시위 군중에게 연설하다.

1982년   뵐의 초기 미발표 전후소설 《유언 Die Vermächtnis》이 라무스 출판사에서 발간되다. 쾰른 시의회는 뵐에게 명예시민권을 수여하고 노르트라인 베스트팔렌 주는 뵐을 교수로 임명하다.

1983년   선거에서 녹생당을 지지하다. 1945년부터 1951년까지 미발표 소설들이 《상처입은 사람들》이라는 제목으로 라무스 출판사에서 발간되다.

1985년   대화와 독백으로 쓴 장편 《강풍경을 마주한 여인들 Frauen vor Flußlandschaft》이 유고로 출간된다. 7월 16일 아침 아이펠 지역의 랑엔부르흐에서 68세로 세상을 떠나다.